JN080148

アイシス
佐渡島凍耶
マリアンヌ
=ビクトリア

アリシア
=バトローナ
リンカ

神の手違いで死んだらチートガン積みで異世界に放り込まれました

CONTENTS

第3章　魔族対決編 006

第3章プロローグ　魔王と言う存在
第106話　作戦会議
第107話　AIサポートシステム　アイシス
第108話　マーカフォック王国へ
第109話　前を向いて歩くために
第110話　王国滅亡の真実　そして、母の愛
第111話　強い女達
第112話　想定外
第113話　苦しみを背負う者
第114話　新天地へ
第115話　五人のメイド
第116話　罠に嵌まった闘神
第117話　魔王復活……?
第118話　顕界と魔界
第119話　種は芽吹き、花は開く
第120話　不気味な予感
第121話　動かぬ闘神
第122話　頂天の宝玉
第123話　分かたれた運命
第124話　魔神の誕生は迫る
第125話　ザハーク
第126話　魔王降臨
第127話　戦いの序曲
第128話　佐渡島凍耶に仕える最強武闘派奴隷軍
第129話　熾天使の聖天魔法
第130話　怒れる乙女～復讐の時来たれり～
第131話　猫大活躍
第132話　可能性の塊　弱冠一二歳
第133話　精霊魔法の進化形
第134話　神なる獣
第135話　闇の底に漂うアリシア
第136話　狂った悪魔が生まれた日
第137話　ザハークの器
第138話　張りぼての魔王
第139話　破壊神凍耶
第140話　アイシスの妙案
第141話　ザハークって実は……前編
第142話　ザハークって実は……後編
第143話　狂気の悪魔
第144話　マリアの決意
第145話　龍皇拳
第146話　苦悩する悪魔
第147話　魂の叫びは彼の人に届くのか
第148話　祈りは届き、彼のものは大地に降り立つ
第149話　地上に降り立ったもう一人の理不尽
第150話　一条の光を求める魂
第151話　一条の光を放つ魂
第152話　慈母の心を持ったAI
第153話　ちょっと可愛い?　アイシスさん
第154話　神力
第155話　魔の者は浄化され新たな生を歩む
閑話　元魔王ちゃんとの初夜
閑話　煌翼天使が喘ぐ夜　前編
閑話　煌翼天使が喘ぐ夜　後編
閑話　ルカが語る佐渡島家の日常　前編
閑話　ルカが語る佐渡島家の日常　後編
閑話　ルカの語る佐渡島家の日常　舞台裏編
閑話　ロリっ娘マリア
第三章エピローグ　これで一安心?

あとがき 332

神の手違いで死んだら
チートガン積みで
異世界に放り込まれました③

かくろう

◆第3章プロローグ　魔王と言う存在

二人の勇者、生島美咲と桜島静音は大陸の外れにある小さな町の墓地へと足を向けていた。

ここに眠る者達を弔うためである。

「ようやく、仇が取れたわね……」

かつて、異世界に転生した美咲と静音は、凍耶を捜すという目標を目指しつつ、各地で魔王軍との戦いを繰り返していた。

そんな折、立ち寄った町で知り合った気のいい冒険者チームの女性達と意気投合した。

戦いに次ぐ戦いの日々に嫌気がさしていた二人は、同じ年ごろの娘達で構成された彼女達と酒場で酒を酌み交わした。

女二人旅。それは様々な危険の伴う旅である。その気持ちを同じ女として理解してくれた彼女達は、美咲と静音を友人として受け入れてくれた。

しばらく滞在したある日、その町が魔王軍に襲われ二人は彼女達と共に戦った。

二人は必死に戦った。しかし、押し返したと思った矢先に出くわした幹部の出現によって、戦局は覆されてしまった。

その部隊を率いていたのはガマゲールマの軍であり、当時の二人では消耗しながら戦うのは困難な相手であった。

次第に劣勢に追い込まれていく美咲達。もはや勝ち目はないと諦めかけた時、自分達を逃がすために冒険者の女性達が囮となることを提案する。

無論、人道的にそんなことができるはずもないと美咲は必死に突っぱねた。しかし、目的を忘れてはならないという静音の強い説得によってその提案を受け入れる。

美咲と静音は逃げ出すことに成功した。彼女達が死んだことを知ったのは、その町を再び訪れた一年後のことだった。

「わたくしは、今でもあの時の判断が間違っていたとは思っていませんわ。でも、本当は助けて差し上げたかった」

「分かってる。私達は弱かった。いくら勇者だなんだと言っても、四天王一人にすら対抗する力を持っていなかった。今回だって、凍耶からもらった力がなかったら、きっと勝てなかった」

「そうですわね。でも、わたくしは彼女達に感謝を送りたいですわ。あの時彼女達が逃がしてくれなかったら、今という時は存在しなかった」

「ええ。でも、今回だって私達の本当の力じゃない。凍耶の力を借りてようやく勝てた」

「手段は関係ありませんわ。仇を討ったのは事実。でも、わたくしはもっと強くならねばと思っています。もはや魔王軍との戦いに興味はない。でも、同じような境遇にいる人達を放ってはおけないと思うのは、先輩と同じ気持ちのつもりです」

「そうね。凍耶も協力してくれるって言ってくれてるし、早く世界を平和にしましょう」

二人は自分達を生かしてくれた女性達に感謝を送りながら手を合わせた。

◆　◆　◆

時は遡る。魔王と言う異世界の脅威がこの世界にやってきたのは四年前。

その時間より更に一一年前。

つまり今から一五年前一人の魔族がこの世界に転移してきた。

戯闘神デモン。

魔界と呼ばれる異世界の科学者である。ちなみにこの当時は力はあるが一介の科学者に過ぎないため、戯闘神という二つ名も持ち合わせていない。

デモンはこの世界に降り立ち、様々な地方を巡った。そして各地の魔物達に進化スピードを急速に進めるウイルスをまき散らした。

これが後に魔物達の急激なパワーアップの要因となるのだが、それは静かに、ゆっくりと誰にも気が付かれないまま世界の魔物を侵食していった。

そして今から四年前。

魔王ザハーク率いる異世界の魔王が降り立ち、まずこの世界の魔王に接見。

『力なき者ならば我が軍門に降れ』と挑発。

現世界魔王はこれに激昂。しかし、異世界の魔王ザハークは強かった。

一撃で絶命させられた主の姿を眼前にさらされ、当時最高幹部だった四天王はすぐにザハークの軍門に降る。

後に全員がデモンの実験台となり強力なパワーアップを果たすことになるが、この当時ではなおのこと四天王程度ではどうにもならないくらいの開きがあった。

新生魔王軍となったザハークは、まずこの世界の魔族が治める美しい島国、マーカフォック王国を襲撃。

そこを本拠地として世界各国への侵略を開始した。

時を同じくしてザハークは、まずすぐ近くにある小さな国を攻め落とす。

そこには当時まだA級冒険者だったアドバインの姿もあった。

戦争を仕掛けられた小さな国はなすすべも無く大敗。

それを見届けザハークはこの世界に自分を脅かす存在はいないと判断。

目的のエネルギー集めをデモンに任せ、自らは彼の開発した瞑想装置で眠りについた。

瞑想状態に入ることで集めた感情エネルギーを最高効率で吸収するためである。

それから魔王軍はカストラル大陸から東に広がるビーロート大陸を征服。

あらゆる悲劇を生み出し絶望の感情エネルギーを集め続ける。

そしてビーロート大陸を破壊し尽くし、カストラル大陸に侵攻を開始した。

通信手段が乏しいこの世界では、海を隔てた異国の地が侵略されていても知る手段は少ない。

二年後、デモンは本拠地をマーカフォックから北の大陸へと移した。

勇者シズネ、ミサキ達が魔王軍と戦い始めたのはこの頃からである。

二人は各地を旅しながら数々の魔王軍と熾烈な戦いを繰り広げてきた。数が多く、また自分達の未熟さのため、命からがら逃げだしたこともある。

その中には殺された仲間達もいた。勇者と共に旅した多くの仲間達が、二人を活かすために犠牲になった。

そして現在。

カストラル大陸の最北端。龍の霊峰を始め最高クラスの難易度を誇る一〇のダンジョンで構成されるドラグル山脈よりも更に北。

遙かな海を隔て、濃い霧と瘴気で覆われた呪われし大陸があった。


『ガストラの大地』

別名、絶望の大地とも言われ、一度足を踏み入れて帰ってきたものはいないと言われている。

そこは死霊系やリビングアーマー。死に果てた冒険者がゾンビとなって甦ったアンデッドが闊歩する最悪のフィールドである。

遙か昔、時の魔王と勇者との戦いで魔王が使った暗黒魔法の暴走が原因で死の瘴気に包まれたと言われているが、真実を今に伝えるものは既に存在しない。

その最奥。死骨山と呼ばれる場所の山間に一際瘴気の濃い森が存在し、その中に不気味にそびえる巨大な建造物があった。

それこそが魔王の居城である。

果てしなく地下に広がる広大な迷宮の最も奥深い場所に、魔王は眠っていた。

その魔王が眠りにつく場所に一人の男が急ぎ足で向かっていた。

立派な装飾が施され、さながら貴族のような衣服を着た角の生えた悪魔。

しかしその立派な衣服の上からは薬品まみれの薄汚れた白衣を羽織っており、折角の豪奢な服も台無しであった。

だがこの男こそ魔王軍の実力ナンバー2、戯闘神デモンその人である。

「どこへ行こうというのデモン？」

そのデモンの前に立ちはだかる一人の女。

黒を基調としたドレスを纏い、大きく開いた胸元には立派な果実を実らせ、くびれたウエストにスリットの入ったスカートからは艶めかしい脚線美が覗いている。

だが彼女の頭にもまた、禍々しいほどに曲がりくねった巨大な角が生えていた。

「アリシアか。転移魔術で帰ってきたんだな。相変わらず便利な魔法だね」

先日のドラムルー襲撃の際に使った戦艦の転移による奇襲作戦は、アリシアの転移魔術を応用しなければ実現不可能な作戦であった。

魔界の大陸で随一と言われる魔法の使い手、『魔闘神アリシア』。

そのアリシアに向かい合う科学者でありながら格闘戦随一の悪魔、『戯闘神デモン』。

魔王の両腕と言われ、実際魔王軍の戦力の中核を担っている二人がそろって魔王の居所へ詰めかけている。

「愚問だよ。魔王様に起きていただく」

「何のために？」

「とぼけないで欲しいな。君も見ていただろう、あのドラムルーの戦いを」

アリシアの整った眉が僅かに動く。その反応でデモンは彼女が事情を知っていることを確信した。

「佐渡島凍耶のこと？」

「その通りだ。あれを見て我々が束になったとて勝てぬことが明白なのは、君も分かったのではないか？」

「勿論よ。私達どころか、魔王軍が総力を上げてぶつかっても彼一人相手に一時間もたないでしょうね。下手をすればあの巨大な光で一瞬にして焼き尽くされておしまいよ」

アリシアの言葉にデモンの顔が忌々しそうに歪む。

「そこまで分かっているならそこをどいてくれないか」

「あなたこそ、そこまで分かっているならたとえ魔王様と言えども、いえ、今更魔王ごときが出張ったところで勝てる見込みはゼロに等しいことくらい分かるでしょ？」

「分かっているとも。ゼロに等しいどころがゼロであることもな」

「なら何故？」

「決まっている。魔王に暴れてもらっている間に我らは魔界に帰るのよ。元々魔王とはそう言う約束だ。自らの力を蓄える手伝いをする代わりに都合が悪くなればいつでも契約破棄して構わないとな」

「たしかにその通りね。元々魔王様、いや、魔王ザハークと私達は同じ魔界貴族。契約という名の下に従っていたに過ぎない」

いつの間にか彼らは魔王に対する敬称が消えていた。

『魔王ザハーク』

元々は魔界と呼ばれるこの世界と対をなす世界のとある大陸で一大勢力を築き上げた魔貴族の一人であっ

た。

　デモン、アリシアはその盟友であり、互いの利益のために盟約を結び、ザハークは力を、デモンは研究材料を、アリシアはザハークの力となるべく動いてきた。

「これまで集めたエネルギーを使えば彼の力は数百倍に膨れ上がるだろう。彼が求めていたのは純粋な強い力だ。我々のように貴族としての矜持を持ち合わせている訳ではない」

「あなたまさか、凶星魔法を使うつもりなんじゃ？」

　デモンの顔がニヤリと歪む。

「実はこの間のドラムルー襲撃で密かに実験した結果、あの魔法はエボリューションタイプに進化すれば八〇％以上の確率でレベルが下がるというデメリットを克服できることが分かっている。それどころか種族補正とレベルアップ補正が掛かり三倍以上の力を有することができる。まあ彼には一瞬で蒸発させられてしまったがね。元がクズのような種族だから仕方ない」

「でもエボリューションタイプにはグランドカイザータイプが複数必要なんじゃなかったかしら」

「そこを補うのが苦労して集めた絶望のエネルギーだ。それを注ぎ込めば擬似的にザハークがグランドカイザータイプになった場合の数体分のエネルギーをまかなうことができる。その状態で進化させればエボリューションタイプへの進化は可能だ。更にそこへ凶星魔法を掛ければ純粋な力の塊となった正真正銘の魔王の完成と言う訳さ。何しろこの世界の人口半分のエネルギーが詰まっているんだからね」

　それでは魔王ではなく、タダの破壊魔獣ではないか。

　うんちくを垂れ始めるデモンにアリシアは冷めた瞳でため息をついた。

「そう、好きにすれば？　私はこっちに残ることにしたから」

「なに？　どういうことだ？」

「どうもこうもそのままの意味よ。私は魔界へは帰らない。ザハークに惚れて手伝ったけど、もっと素敵なお方を見つけてしまったからね」

「な、なんだと!? ま、まさか」

「そう、私はね、佐渡島凍耶様の女になることに決めたの♡」

うっとり顔でそんなことをほざく同僚の年増女に、デモンはこけそうになる。

夢見がちなところがある女だとは思っていたが、ここまでアホだったとは。実際ザハークに惚れていたのも嘘ではない。

しかし当のザハーク本人は力だけを求め女になど興味の無い朴念仁だ。

一部の女幹部達には魔王様は肉奴隷を求めていると虚偽の情報を流して動かしていたが、力だけを求めるが故に他のことに頭が回らない脳筋でもある。

だからこそ、異世界という面白い研究材料が沢山あるであろう場所へ力を集めるために侵攻すると聞いた時は、喜んで盟約を結んだのだ。

余計なことに頭が回らないため、大抵のことには文句を言わないから御しやすい。

しかし一度キレると手がつけられないので、研究の邪魔にならないよう瞑想装置に上手く誘導したのだ。

言葉を使って上手く佐渡島凍耶にけしかければ奴の望む力あるものとの戦いを、と言う願いも叶うし、時間稼ぎにもなる。

「ふん、まあいいだろう。好きにするがいいさ。だが私の邪魔はしないでくれよ」

「しないわよ。たとえ数百倍に力が増したとしても、佐渡島凍耶には勝てない。心配する必要性が皆無ね」

ザハークに佐渡島凍耶と戦ってもらうのは勿論だが、その前に世界中で暴れてもらえば更に目を引けるかも知れない。

デモンはそんな計算を頭の中でしながら、魔王が眠る瞑想ルームの扉を開けた。

◆第106話　作戦会議

佐渡島家の屋敷にある大広間。

数百人は入るであろうパーティールームにも使用されるこの部屋で、俺の所有奴隷の女の子達全員が集まっていた。

俺は皆を一同に集めて先日決めたこれからの動きについて話すことにした。

「魔王を倒そうと思う」

皆を集めて俺がそう宣言すると、奴隷の女の子達全員が頷く。

「ん、賛成」

「世界を平和にしちゃうんだね、うん、いいと思うよお兄ちゃん」

「アリエルも頑張る〜」

みんな一様に賛成してくれた。ソニエルは俺の後ろに控え、目を閉じて立っている。

「まず手始めにソニエルの故郷、マーカフォック王国を取り戻す。あそこは魔王軍の拠点になっているが、四天王や三機神を下した今なら戦力は半減しているはず。俺達でそこを攻め落とし敵の拠点を潰してしまおう」

「しかし御館様、敵は転移魔術を使います。今回のように戦艦クラスで奇襲されては対処が難しいのでは？」

「それは心配無いよ」

元魔王軍のリルルが捕捉する。

「あの空中戦艦バハムートって言うのは、魔王軍の最強戦力の一つだ。あれ以上の戦艦は存在しないし、仮に存在したとしても主の力を思い知った以上、しばらくは手を出しては来ないと思うよ」

魔王軍の元幹部だけあって、ある程度の内情には詳しいリルルの言葉にマリアは安堵したように目を伏せた。

「そうですか。それなら安心ですね。出すぎた発言でした」

「いや、マリアの心配ももっともだ。だから今回の作戦では、万が一前回と同じ規模の敵がここに攻めてきたときのために保険、と言うか対策を講じておこうと思う」

全員の注目が集まる。

「リルル、敵の戦力は間違いなく三機神クラスは二闘神だけなんだな」

「うん、あたしの知っている限りではってことになるけど、四天王は全滅したし、八血集は諜報部隊。九武将は四天王に比べれば全然大したことない部隊長みたいなものだからそれほど心配しなくても良いと思う」

「七星将軍は？」

「あたしの元の戦闘力が13000でナンバー3だったってことでお察しだね。心配しなくても先の戦いで三人あたしが討ち取ったから」

得意げに鼻を高くしてエッヘンと控えめな胸を張った。

「そうか、よくやった。それなら敵の戦力は本当にガタガタだと判断して良いだろう」

「そうだね。あたしが討ち取ったのはナンバー1と2、それから6だ。他の奴は見かけなかったけど、多分主にやられてるんじゃないかな」

ちなみアイシスに確認して分ったことは、残りの七星将軍は俺のストレージに魔結晶として入っていたことと、九武将のうち一人は俺のストレージ。四人はソニエル経由でストレージに収納されていることが分った。

そして、別のツテから聞いた話によると、九武将残り四人は隣のアムルドの街を襲撃しており、いずれも討ち取られている。

なんでもかなりの豪傑が助っ人として現れたらしく、劣勢だった戦局をたった一人でひっくり返したそうだ。S級の冒険者でもいたんだろうかね。

あと、俺のマルチロックバーストの効果範囲はアムルドの街他、周辺の小さな町や村にも及んでいたらしく、これらの魔物を倒した経験値も加算されたため、あのトンデモないレベルアップが起こったらしい。細かい演算などはアイシスに任せているため調べてみるまで知らなかった。

幸いだったのはこの王都以外の場所に現れた魔物や敵兵士はレベルの低い個体が殆どでそれほど死傷者を出さずに済んだらしい。

まあこの王都でも死者がゼロだった訳ではないから手放しに喜ぶのは不謹慎ってもんだ。

と言う訳で魔王軍は事実上ほぼ全滅していることになる。

だがそうなると不思議なのは何故王都の襲撃だけにあれだけの戦力を集中させたのかと言うことだ。

――『現時点では推測でしかありませんが、可能性として考えられるとするなら、凍耶様を警戒して潰そうとしたのではないでしょうか。敵は魔結晶を通じて戦局を見ているようです。と言うことはこれまでも何処かで我々の戦いを見ていた可能生はあると思われます』

俺を警戒？　なんでだろう。

――『やはりこの世界の平均戦闘力からすると凍耶様の力は異常と言えるでしょう。そんな輩からみれば排除するために全力を投入してきても不思議ではありません』

うーんそんなもんかね。確かに数値やスキルはぶっ壊れもいいところだから異質な存在に見えてもおかしくはない。

うん、確かにその線はあるかもな。と言うことは今度はこっちから乗り込むことになるから、敵の不意を突くこともできるかも知れないな。

「それで凍耶、その対策っていうのは？」

考えごとをしていると美咲がしびれを切らしたのか尋ねてくる。いかんいかん、今は作戦会議してるんだった。

「対策と言っても大したことじゃないよ。マーカフォックへ行く組とここの防衛にあたる組を分けるってだけだ」

実際俺は王都全部の平和を守る義務はない。まあ力を持っているから実際攻めてきたらなし崩し的に守ることになるんだろうな。

そう言えば、ルカを始め屋敷のメイド達は王都全域に散開して各地で敵を撃退しつつ王都民の救出活動をしていたらしい。

俺はそれを聞いたときとても誇らしい気持ちになった。

うちのメイド達は王都民から英雄扱いされているそうだ。

良いことじゃないか。え？　俺？

高速で移動しながら敵を倒していたし、マルチロックバーストに関しては誰が使ったのか分からないってことで誰にも認知されておりません。

まあ女王とジークムンクを始めとする戦闘を生業としている貴族達にはバレていたようだがな。

「マーカフォック王国へはソニエルを当然連れて行く。その他には少数精鋭でいこうと思っているが、だれか希望者はいるか？」

そこで俺は聞き方がマズかったと後悔した。

何でって？　全員が手を上げたからですよ。

「あー。すまん、やはり俺の方で指定させてもらうのでそれ以外は屋敷と王都の防衛にあたってくれ」

結局、（熾烈なじゃんけん大会の末）マーカフォック王国へは、前衛のルーシア、ミシャ、中衛のソニエル、後衛と魔法支援のティナ、ティファを連れていくことになった。
「凍耶さんと初の冒険。頑張ります！」

ティファがグッと拳を握って気合いを入れている。先日のレベルアップで戦闘力は三五〇万となり、ここ数日のハッスル大会で既に四〇〇万を超えたティファ。

確かに一緒に戦いに赴くのは初めてだな。

「さて、王都防衛に関しては指揮をマリアに頼む。とは言え、全体を見渡すのは負担が大きすぎるだろう。もしもの時のための指揮をとる存在が必要だ」

「はい、元々私は個人戦は得意ですが戦闘指揮はソニエルほど得手ではありません。しかし、ソニエル以上の指揮能力を持ったものがいるのですか？」

「ああ、こと戦局を見渡すことにおいて絶対的な上位者が味方にいる」

「一体誰が？」

マリアは周りを見渡した。一瞬静音を見やったが、彼女自身が首を横に振り否定した。

「お兄様、わたくし達の知っている人物でしょうか？」

「いや、ちゃんと紹介するのは初めてだ。しかし、彼女はずっと俺達を見守ってくれていた。美咲と静音がガマゲールマに襲われていることを知らせてくれたのも、ソニエルがゴーザットと交戦していることを教えてくれたのも彼女だ」

一同は誰のことか分からずざわめきたつ。美咲と静音も顔を見合わせて首をかしげていた。

「それだけじゃない。ルーシアの村が魔族に襲われていることを教えてくれたのも、ティナやティファ達の村の正確な位置を探して教えてくれたのも、全部彼女の功績だ」

ますますざわめきたつ女の子達。

「そもそも、俺がこの異世界に転生してきたとき、ドラゴンに喰われそうになった俺を最初に助けてくれたのも彼女だ。彼女はずっと俺のそばにいて、ずっと俺を支えてくれていた。だから俺がこの世界で最も信頼しているパートナーが誰だと聞かれたら、一秒も迷うこと無く彼女と答えるだろう」

そこまで言って一同のざわめきが最高潮に達した。

「それって誰なの主様～？」

「もったいつけないでよ。一体誰なの？」

「気になりますわ！」

全員が俺に前のめりで問いただそうと迫ってきた。鬼気迫る勢いで全員の目が血走っている。

ちょっともったいつけて煽りすぎたか…

隠していた訳ではないのだが、俺は彼女をしっかりと皆に紹介することにした。

◆第107話　AIサポートシステム　アイシス

昨晩のこと。

作戦会議前の晩。

俺はオメガ貴族へと昇進し城での授与式が終わり屋敷へと戻っていた。

王都も復興作業へ着手し始め、街は破壊された建物の改修作業を始めている。

死人はどうしようもなかったが、怪我人は密かにマルチロックバーストによる回復魔法を王都全体に散布することによって重い怪我、軽い怪我にかかわらず治療し、国民は元気を取り戻した。

レイズデッドという手段もあるにはあるが、あれは負担がとても大きいためポンポコ使えるものではない。

今では皆元気に復興作業に奮闘していることだろう。我が家からもメイド達による炊き出しが行われ、美女美少女が配膳を行ってくれるうちの大鍋の前には長蛇の列ができあがっていた。

諸々の処理が終わり、いよいよこっちから攻勢に出ることになる。

ソニエルにマーカフォックを取り戻すと約束した以上、今度の作戦は失敗できない。抜けがないようにしないとな。

今度また今回のような襲撃があったときのために万全の対策を講じておかないといけないだろう。

アイシス、何か良いアイデアはないかな？

――『それでしたら凍耶様、私を皆さんに紹介して頂けませんか？』

アイシスを？　そう言えば皆にはアイシスのことを話して無かったな。別に内緒にしていたわけではなかったのだが、なんとなくタイミングがなかった。

それで？　確かにアイシスは普通の人間よりできることは多いけど、具体的にはどうするの？

――『今回の凍耶様のパワーアップによって私のレベルもアップしています。能力制限のリミッターは殆ど解除状態にまで持って行けているので、所有奴隷全員に個別で並列思考によるサポートが可能となりました』

並列思考ってことは同時進行で色んなことを考えられるってやつだっけ？

――『肯定します。現在の所有奴隷は三三人。一人ひとりに凍耶様とほぼ同じレベルのサポートが可能です』

なるほど、それならこれほど心強い味方はいないな。俺がこの異世界で最も信頼しているアイシスが参謀なら誰も死なせずに済むだろう。

――『ありがたきお言葉。痛み入ります。それでは皆さんを集めて作戦会議をすることを提案します』

よし、では諸々の処理も終わったことだし、皆にアイシスを紹介してマーカフォック王国へ出発しよう。

◆　◆　◆

「では紹介しよう。アイシス、皆に話しかけてくれ」

――『了解しました』

――『！？？』

突如として聞こえる謎の声にざわめきが起こる。中には悲鳴をあげるものすらいた。

そりゃ何もないところでいきなり声がしたら誰でもびびるよね。

「だ、だれ？　どこにいるの？」

「お、お化けこわいのです」

「頭の中で声がする。変な、感じ」

――『初めまして皆さん。私は凍耶様の異世界ライフをお手伝いするＡＩサポートシステム。固有名『アイシス』です。アイシスとお呼びください』

口々に上がる疑問の声、皆自然と天を仰いで声の主を探した。

「もしかして、トーヤのスキルの正体？」

――『その認識で概ね間違っていません』

「アイシスは俺がこの世界に転生した時、最初から俺をサポートしてくれた存在だ」

「えっと、アイシスさん？　はどこにいるんですか？」

――『私に肉体は存在しません。情報と意識だけの存在です。あえて言うならどこにでもいるしどこにもいないとも言えます』

とんちみたいな答えだけど間違ってはいないな。

「なるほど。今までのご主人様の不可思議な力の正体はあなたが手を貸していたのですね」

――『条件付きで肯定します。私の役割は解析や提案が主です。その他細かいサポートも行います』

実際いつの間にか防御障壁を展開してくれていたり、俺に不利益になりそうなものを予め知らせてくれたりとサポートの幅はとても広い。今まで何度助けられたか分からないな。

「質問があります。あなたにとってご主人様はどのような存在ですか？」

ん？　何その質問？

――『私にとって凍耶様はお仕えすべき主であり、支えるべき対象です。私は生命体ではありませんがこのお方にお仕えできることに生きがいを感じています』

「なるほど。分かりました」

何が分かったのかな？　いや、アイシスの気持ちは嬉しいけど。

「アイシス様、わたくしからも質問してよろしいでしょうか？」

「私からもお願いします」

なにやら静音とマリアが並んで上を向く。この二人の組み合わせって何か珍しいな。

――『どうぞ。なんなりと』

「あなたは、『こっち側』ですか？」

――『はい、その通りです』

え？　何だその質問は!?　アイシスも何で普通に答えてるの？

「マリアさん、だそうですわ」

「ええ、心強いですね。安心しました」

「え？　え？　何、何なの？」

なぜだか勝手に納得した二人に俺は意味が分からず混乱する。

「お兄様、アイシス様がどのような存在か分かりましたわ」

「ええ、とても心強い味方ができました」

「なにそれ、今ので分かっちゃうの？　こっち側ってなんぞ？」

「何でもありませんわ。乙女の秘密です。ね、アイシス様？」

――『はい。殿方には秘密です』

何でこんなに最初から仲いいわけ？　まあいいか。アイシスなら悪いようにはしないだろうし。

「ぼそ…（これでお兄様がこの世界の支配者になるときがいっそう早くなりますわ）」

「何か言ったか？」

「いいえ」

アイシスは早速並列思考でそれぞれに話しかけているようだ。混乱している子もまだいるが概ね友好的に受け入れられているらしい。

意気投合してくれて何よりだね。

◆第108話　マーカフォック王国へ

「それじゃあ作戦指揮や細かい指示はアイシスがしてくれるから、先ほど選抜したメンバーでマーカフォック王国へ行くことにしよう」

俺達は悠久の翼でマーカフォック王国へと出発した。

ここドラムルーからマーカフォック王国へは遙か東に向かって丸三日くらいの場所にある。

普通に馬車で行ったら一ヶ月以上かかる道のりを空を飛ぶことで三日に短縮できる訳だ。

聖天魔法があってよかった。

「リルル、そう言えば魔王軍の幹部で八血集ってのはどんな奴らだ？」

俺は空を飛びながら何もない前方に向かって話しかける。正確に言うと離れた場所にいるリルルに話しかけているのだ。

――『うーん、そうだね。八血集は諜報活動がメインで滅多に表に出てこないんだよね。一応男性四人と女性四人でそれぞれ四人ずつ二闘神のお二人直属の部隊ってとこまでは知ってる』

アイシスを皆に紹介して新たにできるようになった能力がこの念話能力。

アイシスの力を通じて離れた所にいる相手と通信魔術のように会話ができるのだ。

通常この世界で使われている通信魔術は効果範囲が限定されてそれほど便利な代物ではないしコストもかなりかかるらしい。

冒険者ギルドの支部同士をつないだり王族や上位貴族に使っている奴がいるくらいであまり一般には出回っていないそうだ。

わかりやすく言うなら公衆電話と携帯電話くらいの違いと言えばいいだろうか。

アイシスいわく特殊な結界に阻まれていない限り世界中どこにいても通話可能とのことなので実質携帯電話よりも便利なのは間違いない。

――『女性の方の四人なら会ったことあるよ。二闘神の片割れ、魔闘神のアリシア様は魔王軍の女性幹部のまとめ役だったからね。多分だけど八血集は全員生きてると思うな。危険察知能力は異常に高い人達だったから』

確かにストレージにもそれらしい名前はない。

とは言え諜報メインということなら戦力的にそれほど警戒しなくても良いだろう。

油断はしないけどね。一応捕捉しておくと俺が諜報部隊と聞いて真っ先に連想したのは暗殺部隊なのではないか、と言うこと。

だが二闘神、少なくとも魔闘神のアリシアとやらは暗躍はするが暗殺はしていないとのことだ。

まあ、部下に見せられる顔が全部とは限らないから一応暗殺対策もしておいて損はないだろう。

◆　◆　◆

よし、そろそろマーカフォックの上空だな。

アイシスの示すナビに従って進むこと三日。いよいよマーカフォック王国へとさしかかった。

敵の戦力はほぼ壊滅しているだろうから、一番良いのは既に撤収してしまっていることだ。

「ソニエル、緊張しているのか？」

「え、ええ。故郷の土を踏むのは四年ぶりです。一体今どのようなことになっているか考えると不安で」

確かに。魔王軍によって滅ぼされ、男は殺されて女は陵辱されてって話だった。

胸くそ悪くなる話だったが、そうなると生存者がいるかどうかが絶望的だな。

気が重くなるのも仕方ないか。どうしようもなかったとは言え、事実上国民を見捨てて逃亡したことになるわけだから。

ソニエルはとても真面目だ。この四年間、生活の基盤を確保しつつマーカフォック奪還の力を蓄えいずれは取り戻すつもりでもあったそうだ。

ただそのためには力が足りなかった。故郷を取り戻したいと思いつつも自分の力が無いことも痛感しており血気に逸る真似は決してしてしない。

自分にも、家臣にも常にそう強く言い聞かせてきた。ソニエルは寂しそうにそう言った。

なるほど。理不尽に家族を失う悲しみは少しだけど分かるつもりだ。俺の両親は二人とも事故で死んだ。

しかも相手は酔っ払い運転。だが俺は既に成人して離れて暮らしていたし、相手も既に社会的制裁を受けている。

今更どうのこうのいったところで何も変わらないと、その当時は妙に割り切れてしまった。

悲しくなかったと言えば嘘になる。両親と幼馴染み、仲のよかったお隣夫婦。全部一遍に失ってしまい、失意のどん底に落とされ悲しいなんて気持ちも麻痺してしまっていた。

だからソニエルの境遇を考えれば俺なんてまだマシな方だろうな。

平和な日本で育った俺には戦争で家族を殺された人の気持ちを本当の意味で理解してあげることは難しい。

だからソニエルがちゃんと故郷を取り戻せるように精一杯協力してやらないとな。

◆第109話　前を向いて歩くために

「見た感じは静かだな。建物は朽ちてしまっているが」

俺達はマーカフォック王国上空へとやってきた。

周りを見渡すとチラホラと人影が見える。

だがその姿は遠目から見ても生気ある人間の動きには見えなかった。

だがそのうち街ゆく人達に乱暴を働いている鎧の兵士が目に入る。どうやら魔王軍はまだ残っているらしい。

「おらぁ、こっちへ来い！」

「きゃあああ」

門にほど近い道の真ん中で女性が魔王軍の兵士らしきオークに襲われていた。

「兄様、あそこに襲われてる人がいるのです」

「よし、救出するぞ」

「はいなのです」

元気よく返事をするミシャ。しかしミシャが動く前に既に飛び出していくものがいた。

ソニエルが翼を広げ、真っ直ぐに大地に向かって降下していく。

「俺達も追うぞ」

俺の指示に従ってティナ、ティファ、ミシャ、ルーシアも後に続く。

俺達が地上に降り立つ頃にはソニエルが敵兵や魔物を残らず烈殺の槍でバラバラに切り刻み民を救出し終わっていた。

「助けて、くださったのですか……あなた方は一体」

「でも、どこかで見たような……」

人々は口々にざわめきだした。その生気のこもっていない瞳から、ある女性の一言で輝きが灯り始める。

「……姫様？」

「え？」

「ソニエル様」

「ソニエル姫様だ!!」

人々がソニエルに気が付くとあっという間に黒山の人だかりができあがりソニエルを取り囲む。

「ああ姫様、よくぞ、よくぞご無事で」

「てっきり死んだとばかり」

ソニエルは喜びの声をあげる民達に笑いかける。

「皆さん。今更おめおめと戻ってしまい、お恥ずかしい限りです。でも、私は帰ってきました。このマーカフォック王国を魔王軍の手から解放します」

オオオオオオオオオオ！！！！！

歓声が鳴り響く。よかった。ソニエルはずっと自分が民から恨まれているのではないかと心配していた。

実際罵声を浴びせられることも覚悟していただけに、この反応は嬉しい誤算と言える。

見たところ街に生き残っているのは皆女性ばかりのようだ。

ボロボロになってしまっているが全員元々は綺麗な女性だったことはうかがえる。

アイシス、このマーカフォック王国内にいる人達を種族別に表示してくれ。

――『了解。検索を開始。完了。マーカフォック王国王都内に生存している人物を種族別に表示します』

人族　５９０
亜人　３４０
魔族　　５８２
魔王軍　３６６６

やはり魔王軍もそれなりに残っているようだ。
敵のボスはどこにいるか分かるか？
――『王宮の一角にそれらしき反応があります。戦闘力や役職からしてここの司令官と言ったところでしょう』
――『ゾット＝トーチルカ　（魔王軍　魔族）ＬＶ５５　４８８８』
なるほど。最高戦力がこの位なら戦いに苦労はしなさそうだ。
――『しかし、気になる項目があります。表示します』
――『ゾット＝トーチルカ　元マーカフォック王国大臣』
どういうことだ？　なんで元大臣が魔王軍の幹部やってるの？

――『生体データから経歴を解析した所、どうやら逆のようです。元々魔王軍だったゾットがマーカフォック王国の大臣になっていた、と言うのが正しいようです』

なんともきな臭い話になってきたな。

俺はソニエルにこのことを伝えるべきか悩んだ。実際この男がどういう人物かは分からないが、大臣になるくらいだからソニエルも知っている人物だろう。

そんな奴が今のマーカフォックを牛耳っている悪の親玉だなんて知ったら、ショックはでかいのではないだろうか。

俺なら人知れずそいつを始末することもできるが、やはりここは伝えるべきだろう。

ソニエルには傷ついて欲しくない。でも、優しさと甘やかしはちがう。

ソニエルがこの国を本当に解放したいと思うなら、彼女本人がそれと向き合うべきなのかも知れない。

少し前なら前者の選択肢をとっていただろう。俺はソニエルの悲劇的な過去を知って、これ以上傷ついて欲しくないと思った。

しかし、今の彼女を見ているとそんな心配は無用だろう。ソニエルは今、元王族として民と向き合おうとしている。

だからこそ、この国を取り戻した後のことを考えるなら、ここはソニエルが傷つくのが分かっていたとしても、彼女自身にそれに立ち向かってほしいと思う。

「ソニエル」

「はい」

俺は皆に取り囲まれているソニエルを呼び話しかける。

「どうやらあそこに敵のボスがいるらしい。街のことは俺に任せて早くこの国を取り戻してやれ」

「はい。ありがとうございます！」

「それでな、これからお前は辛い事実に向き合うことになるかも知れない」

俺はゾットのことをソニエルに伝えた。彼女の顔が苦悶に歪む。しかし、すぐにキッと表情を引き締め真っ直ぐに俺を見つめる。

「ご主人様の御心に感謝いたします」

ソニエルはそれだけ言うとサキュバスの姿に変身し城へと向かっていった。

「ルーシア、ソニエルをサポートしてやってくれ。俺は街に残った魔王軍を駆逐しておく」

「うん。分かったお兄ちゃん」

「それから、あそこでソニエルは傷つくことになると思う。支えてやってくれ」

俺はルーシアにアイシスから聞いた話を伝えた。

驚いたルーシアだったが、彼女は俺の目を見て言い放つ。

「お兄ちゃん、大丈夫だよ。ソニエルは強いから。でも意外。てっきりお兄ちゃんなら先にそいつのこと解決しちゃうかと思ったのに」

「まあ、そう思ったんだがな。でも、本当の意味でマーカフォックを取り戻すっていうのは、ソニエルにしこりの残るやり方はしたくないし、知らなければ良いという問題でも無いと思ったんだ」

実際この選択が正しいかどうかなんて分からない。

でもソニエルには本当の意味で故郷を取り戻してほしいと思うのは事実だ。

「じゃあ頼んだぞ。何かあったらすぐに駆けつける」

「うん、任せて」

――『私に心の中で話しかけて頂ければすぐに知らせます』

「うん。じゃあアイシスさんを通して伝えればいいんだね」

――『はい。私の方でも問題になりそうな箇所を探して警戒しておきます』

ルーシアにソニエルを任せ、俺は街の住民の対処をすることにした。

アイシス、ここに残っている魔王軍は残党レベルの奴らってことか？

――『どうやらここ数日のうちに殆どの魔王軍は逃げ出しているようです。残っているのは戦闘力の低い雑兵程度しかいません。残った魔王軍はここを占拠して自分達が支配者として振る舞っている者達のようです』

と言うことはその雑兵とやらを片付ければマーカフォックは解放できると考えて良さそうだな。

元々この王国は総人口が一万人に満たない小さな国だったそうだ。

そう考えると八分の一程度生き残っていたのはよかったと取るべきなんだろうか。いや、やめよう。どっちにしても不謹慎だ。

「ティナ、ティファ。ここに残っている魔王軍はもう雑魚だけのようだ。敵は俺が始末する。住民の救出活動を手分けして行え」

「分かりました！　任せてください」

「ん……まかせる」

アイシス、敵の反応とそうでない反応を分けて、攻撃と回復を分けて行う。演算を頼む。

――『了解。生命の危機に瀕している反応を優先してピックアップ検索します』

「よし、いくぞ。マルチロックバースト　キュアヒール　ザ・ライトオブ・ザ・サン」

怪我しているものには回復を。敵性反応には攻撃を仕掛けた。

自動追尾性能を持っている光属性の魔法であれば取り逃がすことはないだろう。

光の奔流が魔法陣を通じて敵の兵士に降り注ぐ。正直オーバーキルも良いところだが、景気づけだ。

後でソニエルがしっかりと前を向いて国民達に向き合えるように、街の住民には派手な演出を見せて信頼を勝ち取っておくとしよう。

王宮の中は緊急を要しない限り手を出さずにおくか。

頑張れ、ソニエル。

◆第110話　王国滅亡の真実　そして、母の愛

ソニエルは旧王宮へと走った。

かつての栄華を誇った面影は既に見る影もなく朽ちてしまっている。

どうやらここを総本部として使っていたらしい。兵の詰め所や武器庫が増設されており王宮としての機能は果たしていない。

しかし内部の基本構造は変わっておらず、ソニエルは自らの記憶にある通りの場所を真っ直ぐに走った。

「だ、誰だ!?」

「敵襲、敵襲!!」

殺気を振りまくソニエルの様相に恐れおののいた魔王軍兵士達は慌てて武器を構える。

しかし既に戦闘力は三〇〇万を超えているソニエルにとっては塵芥と変わらない。

槍の一振りだけで全ての敵は絶命していく。ソニエルはアイシスの指示に従って敵を斬り裂きながら奥へ奥へと進んでいく。

そこはかつて玉座の間へと続く長い廊下だった。

ルーシアもソニエルを追いかけるが、ものすごい速度で走る彼女を見失わないように必死だった。

やがて一際立派な装飾が施された扉の前へとたどり着く。

――『その扉の先に非敵性の生命反応が五名います。敵性反応は一』

ソニエルは門番を槍の一振りで横に両断し扉を開け放った。

そこにはかつて父が座っていた玉座があった。だがソニエルはそこに座っている男を見て、信じたくなかった事実に直面した。

「よくぞおいでくださった。まさかあなたが生きておいでだったとは」

それはそこにいるはずのない人物だった。

「何故、あなたがここに……ゾット＝トーチルカ大臣」

「お久しぶりです姫様。再びあなたにお会いできたこと、嬉しく思いますぞ」

玉座に座り不敵に笑う髭の老人。かつてこのマーカフォック王国の大臣であり、ソニエルが幼い頃から知っている国の忠臣の一人であった。

玉座に座るゾットの姿を見て、ソニエルは顔をしかめる。本来なら故郷の仲間が生きていてくれて嬉しいはずなのに。

実際少し前のソニエルなら喜んでいただろう。

しかし、今この時にそれはできなかった。

何故ならアイシスを通してインテリジェントサーチに表示されたステータスは、ソニエルの敵であることを示していたからだ。

――『ゾット＝トーチルカ　(敵性反応)』

ニヤニヤと笑う初老の男。敵性反応と言う文字を見たソニエルの額に汗がにじむ。

「生きて、いたのですか。でも、あなたはゴーザットに真っ二つにされて……」

「ははは。わしはこの通りピンピンしておりますよ。実はあの時死んだのはわしの影武者なのですよ。本物のわしはこの通り、このマーカフォックを手に入れて今では王として君臨しております」

一体なにを言っているのか分からなかった。混乱するソニエルをよそにゾットは芝居がかった口調で語り続ける。

「そう、全てはわしの計画通りだった。そのために魔王軍をここに呼び寄せたのだから」

信じられない言葉を耳にした。

何故？

そんな言葉が反芻する。

唇が震え、肩が戦慄《わなな》く。怒りと悲しみで言葉が出てこなくなり神槍シャンバラをギリギリと握り絞める。

「どう……して？　どうしてこの国を裏切ったの？」

その言葉だけをやっと絞り出す。

「逆ですよ。裏切ってなどいません。わしは初めから自分の目的のためにこの国に侵入していたのです」

「一体、何が目的で……」

「そうですな。ここもう終わりのようだ。せめて姫様にはわしが何故マーカフォックを手に入れたかったか。お話ししましょう。それはね。こういうことですよ」

ゾットがパチンと指を鳴らす。玉座の奥から歩いてきた人物を指さした。

青い髪をたなびかせてしゃなりしゃなりと歩むその人物を見て、ソニエルは今度こそ叫ばずにはいられなかった。

それは、絶対にいないはずの人物。この世界で最も愛した人だった。

四年前、襲撃を受けた魔王軍に陵辱の限りを尽くされ失意のうちに自害した人物。

「お、お母様！！？」

そこへ歩いてきたのはうつろな目をし、青白くすっかり生気を失った顔をした母の姿だった。

「何故、お母様、が」

「こういうことですよ。わたしはソニア様が欲しかったのです。そのためにマーカフォック王国には滅んでもらうしかなかったのだ」

訳の分からないことをゾットがほざくがソニエルの耳には入らなかった。わなわなと身体が震え、今は亡き母の姿が目の前にあることにソニエルの心は支配された。

「最低……」

ルーシアもゾットに対して嫌悪をむき出しにする。しかしゾットはそんなことは意にも介さない。

「いやはや残念ですよ。まさか自害されるなんてね。おかげでこっちの計画はパーだ」

「どういう、こと……？」

「私はソニア様を愛していた。どうしても手に入れたかった。そのために魔王軍を離れ、この国の家臣として仕官したのです。本来ならソニア様と恋に落ち、この国の王になりたかったが。彼女のそばには既にあなたのお父上がいた」

「……」

芝居がかった口調のゾットの演説は続く。ソニエルは耳の奥がガンガン鳴り、眩暈《めまい》で倒れそうになりながらも懸命にその言葉に耳を傾けた。

「わしはそれなりに満足していたのです。ソニア様のそばに忠臣としていられるなら。そして、ソニエル姫。あなたのお側役でいられた日々は楽しかったですよ」

幼い頃の記憶が甦る。本当の祖父のように優しかった彼の姿。それらは全てが偽りの姿だったと言うのか。

ソニエルの脳裏に浮かぶ裏切りの文字。ますます頭痛は激しくなる。

「だが。それでもソニア様を諦めることはできなかった。魔王軍がここを滅ぼし、拠点とする計画を知らされた時は、ようやくチャンスが来たと思いましたよ。だが」

それまでニヤニヤとイヤらしい笑顔だった老人の顔が憎悪に歪む。

「ゴーザットの愚か者はあろうことかソニア様を陵辱し、果ては単なる肉塊に変えてしまった。ここにいるソニア様はソニア様の亡骸を使って作った死体人形。フレッシュゴーレムなんですよ。状態固定化の魔法を掛けることで腐ることなく、生前の美しい姿を保っていられるのです。まあ無表情なのと、さすがに屍姦する趣味はないので肉穴としては使えないのが玉に瑕ですがっ……は……」

そこまで言ってゾットはそれ以上言葉を紡ぐことはできなかった。神槍シャンバラの切っ先がゾットの肩を貫き柄をねじって傷口をえぐった。

「うぎゃあああああ、イダイ、痛いぃいいいい」

「ふざけるなよ。貴様の性欲のために、お母様が、お父様が、この国の民が犠牲になったと言うの!?」

後から後から涙が溢れてきた。やりきれない怒りがマグマのように煮えたぎる。

「うぁああああああああああッ」

「ひ、ひぃいいッ、ぐぎゃうあああああ」

ソニエルの槍が真っ赤に染まる。ゾットの肩から胴の下までが斜めに両断され、内臓がぶちまけられたゾットは苦悶に喘ぐ。

「ひぅああ、い、イダいぃいいいいいい、痛い、痛いいいいいい」

足元に転がり痛みに悶絶するゾットをソニエルは悲痛な面持ちで見下ろした。

「はぁ、はぁ、はぁ」

かつて、祖父変わりに自分を可愛がってくれたゾットの笑顔がソニエルの脳裏をよぎる。

「うぁああああああ」

思い出がもっとも残酷な形で破壊されたソニエルは、すがるような瞳をむけるゾットにとどめを刺した。

物言わぬ死体となったゾットの亡骸。ソニエルは腸が煮えくり返りながらも、かつて大好きだった家臣を弔うような気持ちで跡形もなく焼き払った。

全てを終わらせたソニエルはその場に力なくうなだれる。

「酷い。本当に酷いよ」

ルーシアもやりきれない気持ちが去来する。これなら知らない方が良かったのではないだろうか。そんなことを思った。

「う、うう。うあ、あああああ」

ルーシアはソニエルを抱きしめ一緒に涙した。虚空を見つめるソニアの人形と成り果てた姿を見て、悲しみがより深くなってしまう。

スッ……

その時、ソニエルの頭に優しく触れる手の感触があった。

「え……？」

見やると、うつろで虚空を見つめたままのソニアが、ソニエルの頭を優しく撫でる。

我が子をあやすように。

『あなたは相変わらず泣き虫なのね』

そう言っているかのようだった。

その目は相変わらずどこを見ているとも知れない深い闇に包まれたままだった。

しかし、ソニエルにはその瞳が慈母の光に溢れているように見えて仕方なかった。

「おかあ……さ、ま……」

「……そ……に……え、る」

かすれた音で、確かにそう言った。ずっと聞きたかった母の声。

「そ……にえ……る」

たどたどしい、しかし、はっきりと、聞こえた。母が自分を呼ぶ声が。

「お母様!!　お母様ぁ、うあああ、お母様ぁ」

ソニエルがソニアを抱きしめる。

そして、ルーシアは確かに見た。ソニアの瞳から一滴の涙が流れ落ちるのを。

ソニアの手がソニエルの頭を優しく撫でる。

やがてソニアの体が柔らかい光に包まれた。その形は徐々に小さく収まって、ソニエルの身体に溶け込んでいった。

ソニエルは確かに感じた。

母が自分のことをずっと案じてくれていたことを。

失意のうちに自ら命を絶ったことをずっと後悔していたことを。

可愛い我が子を守ってあげられなかったことを。

『ごめんねソニエル。ごめんなさい。弱い母さんでごめんね。これからはずっとあなたのそばにいるから。ソニエル、愛してるわ』

「お母様……ありがとうお母様。私も、愛しています」

ソニエルはいつまでもそう呟いた。自分の中にいる母に話しかけるように。

やがて母の声が聞こえなくなっても、いつまでもいつまでも。

――『ソニエル　称号スキル【慈母星】　近くにいる相手の苦しみを和らげる』

――『ソニエル　ＬＶ限界解放　最大レベルを９９９に引き上げます』

◆第１１１話　強い女達

「ふう……上手くいったかな」
――『成功です。ソニア＝ファム＝マーカフォックの魂はソニエルと無事融合を果たしました』
俺はアイシスからの一言で安堵のため息をついた。

「トーヤ、おつかれさま」

「さすが凍耶さん、精霊魔法を一発で使いこなすなんて、ハイネスエンシェントエルフでも難しいんですよ」

俺はアイシスを通してソニエル達の成り行きを見守っていた。

ソニア王妃の肉体を精霊魔法と言うハイネスエンシェントエルフ特有の魔法によって浄化を試みたのだ。


【精霊魔法】

それは森と大地の御使いと言われるエルフ、その中でも最高位のハイネスエンシェントエルフにしか使うことができない高度な魔法らしい。

なんでもこの世界の物質には全て精霊が宿っていて、それは生物の肉体も例外ではないらしい。

それで肉体に宿った精霊を通じてそのものの記憶に残った魂の情報を引っ張り出して一時的に動かすことができるのだ。

日本にも八百万《やおよろず》の神って考え方があるけどそれと似たような感じだろうか。

フレッシュゴーレム。つまり死体にも精霊は宿っているのだろうかと思ったが、ちゃんと精霊はいて、それを通じてソニア王妃の肉体に残った情報をもとに口を動かして見せた。

しかし、本来精霊魔法は魂を呼び出す魔法ではない。どういうわけかソニア王妃の肉体に本物の魂が戻ってきたらしい。

その切っ掛けとなったのが、『魂魄魔法』。

俺が精霊魔法をコピーした時に創造神の祝福が発動し、『魂魄魔法』というのに変化した。

『魂魄魔法』　魂を司る神の領域に踏み込むものにしか扱えない準神格魔法　魂を操ったり肉体に戻す、離れさせる。融合させるなどができる。

死んだ者の魂と会話をすることもできる――

俺はソニア王妃の魂と会話をした。

◆　◆　◆

魂魄魔法を発動し、俺は魂魄魔法でソニア王妃の魂と会話をしていた。

「あんたがソニエルの母親か」

目を閉じた俺の視界に光の球が浮いている。どうやらこれがソニア王妃の魂らしい。

「そうです。わたしはソニア＝ファム＝マーカフォック。娘を捨てて自害した、弱き母です」

自嘲するようにそう吐き捨てるソニアの魂はまるで泣いているかのようにゆらゆらと揺らめいた。

彼女の魂はずっとこの王国の周辺をさまよっていたようだ。

ソニアは俺のことを神と勘違いして懇願してきた。どうやら魂魄だけになると俺の波動というか、魂の本質みたいなものをダイレクトに感じるらしく、そこから発せられる俺のエネルギーは神々しいまでに強いらしい。

中身はタダのサラリーマンなわけだが、一応種族は神族になっているわけだから、あながち間違いではないだろうけど。

彼女の願い。それは、ソニエルのそばで力になりたい。

子供を見捨てて自ら命を絶ってしまったことをずっと後悔していたと言う。

アイシスが新たに引っ張り出してきたデータによると、ソニア王妃の魂は現在むき出しの状態で悪い怨念などに取り憑かれるとゴースト化してしまうこともあるらしい。

恨み辛みではなく、悲しみに暮れていた四年以上もの間、悪いものにとりつかれず彷徨《さまよ》っていただけで済んだのはある意味奇跡らしい。

だからソニア王妃は娘の一部となってそばにいてあげたいと強く望んだのだ。

俺はその願いを叶えることにした。魂魄魔法は思った以上に魔力を使い、なおかつコントロールが非常に難しい魔法だった。

なんとかありったけの魔力を絞り出してソニエルの魂に融合できるエネルギー状態に魂を変化させる術式を発動。

純粋なエネルギーの塊となってソニエルの一部として融合させることができるようになった。

だから今、俺の魔力は空っぽになっているし、どういうわけか回復しても再び扱えるようになるのに時間がかかる仕様みたいだ。

好き勝手に使うことができる魔法ではないみたいなので、今後使うことがあるとしたら慎重に使わないとな。

神格魔法と同じようにバカみたいに魔力を喰うし、下手をすると命にかかわる。

「精霊魔法を提供したティナの功績。トーヤ、ご褒美に二人きりの夜を。種付けプレスのオプション付きで」

「あ、ずるいですお姉ちゃん。最初に精霊魔法のアイデアを思いついたのはティファですよ！　私だって凍耶さんと二人きりの夜が過ごしたいです」

「でも実際に使えるのはティナだけだった。経験値の勝利」

「ううう、私だってあと一〇〇年も研鑽すれば」

「諦める。姉に勝る妹はいない……」

どこぞの伝承者争いに負けた暗殺者のような台詞を吐いてぺったんこの胸を張るティナ。

「こらこら、ちゃんと二人とも可愛がってやるからケンカをするな」

ケンカをする二人を諌めつつ城の方を見やる。

アイシス、ソニエルの様子はどうだ？

——『精神的には落ち着きを取り戻したようです。ルーシアもそばにいるので安心でしょう』

よし、では城の方は二人に任せるとしよう。

マーカフォック王国の解放は案外早く終わりそうだ。これが終わったらいよいよ魔王討伐になるだろう。

魔王はガストラの大地と呼ばれる場所にいるらしい。アイシス、場所分かる？

——『ガストラの大地のデータは既にインストール済みです。現在大陸全土にサーチを掛け情報を集めています』

うん、頼むよ。チート駆使して早めに決着をつけてしまおう。

「あの」

俺がこれからのことを思案していると、一人の女性が声を掛けてきた。

ウェーブがかった栗色の髪にほっそりとした印象の少女だ。埃だらけでくすんでいるが美人であることがうかがえるくりくりとした可愛らしい目をしている。

「ああ、どうしたんだ？」

「はい、お礼をと思いまして。この国を助けて頂きありがとうございます！　その上、ソニエル様まで連れ帰ってくださったことを感謝します。あなたは一体何者なんでしょうか。空を飛んできたことといい、あのトンデモない攻撃魔法といい」

「ああ、俺は佐渡島凍耶。ドラムルー王国の貴族をしている。今のソニエルの主人でもある」

「え？　ソニエル様の？」

俺はソニエルのここに来るまでの経緯を簡単に聞かせた。それを聞いていた少女を始めとして、徐々に集まり始めたマーカフォックの住民達はソニエルの身の上を聞いてダバダバと涙を流して号泣して見せた。

「ひぐぅう、ゾニエルさまぁ、なんてお労しい。さぞお辛かったでしょう」

「えぐっ、その上この国を取り戻すために力を蓄えておいでだったなんて。やっぱり私達は見捨てられていなかったのですね」

口々にゾニエルの称賛を送る女の子達。自分達だって大変な目に遭ってきただろうに、この国が如何によい場所であったかがよく分かる。

◆　◆　◆

俺達は王都に点在している住民達に順番に声をかけにいき、この国が魔王軍から解放されたことを伝えて回った。

やはりというか、生き残っているのは殆どが若い女性ばかりだった。

どうやら魔王軍は、殺した男性国民の殆どをアンデッド兵士に変えて各地の侵略の戦力に組み込んでいたようだ。

そう言えばドラムルーを襲ってきた奴らの中にもアンデッド兵士はいたな。

と言うことはあの中に各地で殺された人達の亡骸も含まれていたのか。

知らなかったとは言え、申し訳無いことをした。

この国の魔王軍は既にいない。

かといってすぐさま問題全部解決とは行かないのも事実だ。

女性達は魔王軍兵士の慰み者になる代わりに、最低限の栄養状態と生活水準は保証されていたらしい。

今回のことで束縛からは解放されたものの、現実問題としてこれからどうやって生活をして行けばいいのかと言う問題が出てきた。

人間と言うのは強いもので、最初に陵辱をされ、奴隷のように扱われながらも時間を掛けて兵士を籠絡しそれなりの生活をしていたものもいたらしい。

何というか、女性というのは強い生き物だ。

さしあたっての問題は彼女達の生活物資の確保だが、うちのメイド達を呼んで炊き出しでもしてもらおうか。

――『お兄様、お兄様、聞こえますか？』

俺がこれからのことを思案しているとアイシスを通して通信をしてきた静音の声がした。

「静音か。どうしたんだ？」

――『アイシス様を通じてそちらの事情は把握いたしましたわ。マーカフォック王国の皆様の処遇についてわたくしに任せて頂けませんか？　わたくしに良い考えがありますわ』

静音の言葉には確信めいた響きがあった。生前から非常に頭のいい子だったからな。

俺には思いつきもしない妙案を携えているに違いない。

多少腹黒くはあるけど、生前は沙耶香と友人だったらしいし信用もあったようだからな。悪いようにはしないだろう。

◆第112話　想定外

一方、城の中でゾットが寝室として使っていた父親の部屋、つまりマーカフォック王国の王の寝室で押し込められている女性達を見つけたとソニエルから報告があった。

彼女達はかつてソニエルや王族のおつきをしてくれていた侍女達らしい。

ソニエルは、その様相を見て思わず顔をしかめた。

「酷い……」

「身体に無数の疵痕。これって」

王の寝室で押し込められていた女性達は一様に自我が崩壊しており、身体には無数の虐待の跡が見られた。

ルーシアはすぐに俺を呼び回復魔法を施してほしいと懇願する。

「こりゃ酷いな。よし、待ってろ。パーフェクトリザレクション」

どんな古傷でも瞬時に治してしまう俺の回復魔法によって侍女達の疵痕が消えていく。

その光に反応したのか、それまでうつろな目をして立ち尽くしていた彼女達に突如として変化が訪れた。

「あ……あああ……あああ！！！！」

「いや、いやあああああああああ」

「やめてぇえええええ、もうぶたないでぇええええ」

「やだぁあ、やだああああああ」

「な、ど、どうしたんだ!?」

突如として叫び出す侍女達に俺は戸惑うしかなかった。

一様に怯え出す侍女達にソニエルが駆け寄る。

「一体どうしたのですか。しっかりしてください。私です、ソニエルです」

「ねえ、しっかりして、ここにはもうあなた達をいじめる人はいないよ」

だがソニエルやルーシアがいくら諌めようとしても半狂乱の侍女達はその手を振り払って怯え続けた。

「これは一体……」

戸惑いながらも気遣おうと俺は紫色の髪をした侍女の一人に近づく。

「ひぃっ、ご、ごめんなさい、ごめんなさい、ご奉仕します」

だが俺が近づくや否や、彼女は俺にすり寄って股間をまさぐる。

「お、おい、どうしたんだ!? そんなことしなくていいって」

止めようとするがそれでも彼女達は必死の形相で俺のズボンに手を掛けた。

「ごめんなさい、ごめんなさい。おしゃぶりでも何でもします」

「股も開きます。口でもおま◯こでもア◯ルでも、穴を使って気持ち良くさせますから」

「もう痛いのはイヤなんです。虫や触手に犯されるのはもういやぁ！」

侍女達は怯えながら半狂乱で衣服を脱がそうとする。股間をまさぐりすぐさまイチモツをしゃぶろうと口を開いた。

俺は仕方なく空を抜いて軽く魔力を込めた電撃のショックで侍女達を気絶させていった。

五人の侍女達はその場で崩れ落ちた。

「ご主人様」

「大丈夫。軽い電撃のショックで気絶させただけだ。それにしても、この怯えようは一体。アイシス、どういうことか分かるか？」

――『彼女達の生体データから分析した結果、魔王軍幹部達による陵辱、虐待のくり返しにより自我を閉ざしてしまうほどの精神的ダメージを負っていたようです。自我を閉ざすことでそれ以上の苦しみから自らを守っていたようですが、身体の傷の回復が呼び水となってトラウマがフラッシュバックしたものと思われます』

「酷い……女を何だと思ってるのよ」

「既に討ち取った相手とは言え、これでは真に仇を討ったとは言えなかったようです。なんとも釈然としない話ですね」

口惜しそうにソニエルは唇を噛む。

俺は倒れ伏した侍女達を眺めていた。

「……どうしたのお兄ちゃん？」

「この娘達。俺の奴隷に加えようか」

「こんな時に何言ってるのよ！　冗談にしてももう少しセンスのあること言ってよお兄ちゃん」

ルーシアは場違いなギャグでも言っていると勘違いしたのか真剣に怒りの表情をむける。

俺は誤解のないように真意を伝えた。

「待て待て。要するにだな。隷属させればスピリットリンクの影響下に置くことができる。幸福感増大や精神系のスキルで彼女達の心を癒せないかって思ったんだよ」

「なるほど、一理あります。お願いしますご主人様、彼女達を助けてあげてください」

「ああ、任せておけ」

俺はソニエルの許可を得てスピリットリンクの保護下に置くため隷属魔法を掛けた。

「あれ？」

だが、ここで予想もしなかったことが起きた。

「隷属魔法が効かない？」

彼女達に施した隷属魔法が彼女達の心に届く前にかき消えてしまったのだ。

◆第113話　苦しみを背負う者

「隷属魔法が効かない？」

予想もしなかった事態に俺は困惑した。

今までこんなことは一度も無かっただけにどういうことか分からず首をかしげる。

何度か試してみたがやはりダメだった。

──『どうやら彼女達が心を閉ざしてしまっていることでこちらの呼びかけに応えることができなくなっているようです』

心を閉ざす、か。

確かに四年もの間非道い目に遭ってきたんだ。無理もない。

「お兄ちゃん」

「ご主人様」

心配そうに見つめる二人の顔に俺は表情を引き締める。

いかんいかん。ここで俺が変に動揺すれば女の子達を心配させてしまう。

こちとらハーレム王だの支配者だのとエラそうなスキルを山ほど持っているんだ。

この程度でへこたれてたまるか。それに、完全に方法がない訳ではない。

「心配するな。彼女達を救う手立てはまだある」

「お兄ちゃん、一体何をするつもり？」

「強制隷属させる。本来であれば非人道的な手段だが、これを使う」

「強制隷属ってことは」

「ああ、相手の自由意思を奪って無理矢理奴隷にするんだ。本人の意思は無視される。単純に魔力の強さで抵抗値が決まるから一〇〇%成功するだろう。本来なら使いたくなかった手段だけどな」

「うん、まあ倫理的な問題だよね」

「ああ、でも、このまま彼女達が苦しみ続けるか、人間らしく生きていくか。天秤に掛けるまでもないだろ？」

「そうだね。いいと思うな」

ルーシアは少し複雑そうな顔をしながらも俺の言うことに同意した。

「この異世界ってさ、正直言って理不尽なこと多いよ。特に平和な日本で育った私達の感覚からすると。でも、倫理で人は救えない。だったら使っちゃおうよ」

「ご主人様、ありがとうございます」

「ソニエル。彼女達の人生は俺がもらうことになる。まあ勿論、本人達が望むならだけどね。回復させたらすぐに解放するって手もあるし」

俺は頷き気絶した侍女達に向き直る。

なにげにこの強制隷属を使うのは初めてだ。今までの奴隷達って、シチュエーションはともかくなんだかんだ自分の意思で俺の奴隷になってきた。

まあリルルは例外っちゃ例外だけど……

だが今回は完全に相手の同意は得ないで強制的に隷属させることになる。

恋愛感情が上がっていない状態で隷属して他の皆ほどの幸福感を与えることができるかと言う問題はあるが、そこはなるようにしかならないだろう。

今取れる手段で最善は恐らくこれしかない。

「よし、ではいくぞ。強制隷属魔法、発動」

俺は侍女の女の子達に隷属魔法を施した。

彼女達の心の扉をこじ開け魔力を流し込み、俺の魔力を通して彼女達の精神を侵食していく感覚が分かる。

「うぐっ、こ、これは……」

「ご主人様、どうされたのですか？」

彼女達の精神に到達した瞬間、心の中にドス黒いヘドロのような塊がへばりつく感覚があった。

『恐怖』と『絶望』。二つのネガティブな感情が彼女達から俺に流れ込んでくる。

「ぐうう、ぐわ、ぐあああ」

そうか、これが彼女達が味わった感情なのか。身も心もボロボロに陵辱された女の子の気持ちを本当の意味で理解することはできない。

だが、ただ単に気持ちに触れるだけでその絶望の深さだけは分かる。

誰も助けてくれない。

どれだけ懇願しても自分のアイデンティティーが容赦なく破壊されていくほどの陵辱を毎日毎日味わわされる。

醜く歪んだ男の欲望に陵辱され続けてきた女性の気持ちは男の俺にとっても耐えがたいものだった。

こんなのに四年もさらされたと言うのか。心が壊れてしまうのも無理はない。

それが五人分、俺の心に流れ込んでくる。正直今にも発狂してしまいそうだ。

「ぐうう、あああ」

「お兄ちゃん、しっかりして」

「ご主人様！」

まだ彼女達の隷属は完了していない。次々に流れ込んでくる大量の負の感情は俺の精神を押しつぶそうとしてくる。

「ぬぐうう、うう、ああぐ」

とうとう俺は膝を突いてしまった。

「ご主人様、しっかりなさってください。ご主人様」

ソニエルが俺を抱きしめる。

「ご主人様、私の力を……皆を救ってもらうにはあなたにすがるしかない。だから」

――『ソニエルがスキル『慈母星』を発動。精神を補強します。創造神の祝福発動　称号スキル『鋼の意思』を取得。精神力を大幅に補強します。称号スキル『苦しみを背負う者』を取得。スキル『ネガティブアブゾラプション』を取得』

【ネガティブアブゾラプション】　相手の苦しみの感情を背負い自らに取り込む。使用者との精神的パイプを形成し任意で相手の苦しみを吸収する。吸収した苦しみは使用者のエネルギーに変換される。


スキルを取得した瞬間、鉛のように重かった精神が一気に楽になる。

俺は彼女達の苦しみの感情を吸収し隷属魔法を再発動させた。

五人の心がクリアになっていくのが分かる。それと同時に彼女達の心にちがう感情が生まれるのが知覚できた。

――『ミウの恋愛感情がＭＡＸ。攻略が完了し隷属しました』
――『サラの恋愛感情がＭＡＸ。攻略が完了し隷属しました』
――『レアルの恋愛感情がＭＡＸ。攻略が完了し隷属しました』
――『リナの恋愛感情がＭＡＸ。攻略が完了し隷属しました』
――『カレンの恋愛感情がＭＡＸ。攻略が完了し隷属しました』

「ん……ここは」

侍女達が次々に目を覚まし始めた。

「皆さん、目が覚めたのですね」

「ソニ……エル様……？」

ぼんやりしていた女の子達は眠そうな目を一気に覚醒させる。

「ひ、姫様……」

「姫様なのですか!?」

「ソニエル姫様」

「よかった、生きておいでだったのですね」

目を覚まし、視界に入ったソニエルを見るや、自分の身よりもソニエルの無事を喜んだ。

彼女達がどれだけソニエルを思っていたかが分かるな。

「皆さん、皆さんを救ってくださったお方にお礼を」

侍女達が一斉に俺に向き直る。そして俺の姿を見るや一斉に頬を染め上げ頭を垂れた。

「ありがとうございます」

「あなたが私達を救ってくださったのですね」

「心の中に暖かい何かが入ってくるのが分かりました」

涙を流しながら口々に語る彼女達を見て、俺は安堵した。

どうやら彼女達の心はちゃんと回復したようだ。

スピリットリンクを通じて彼女達の感情がとても安定しているのが理解できる。

「ふう、ともかくよかった」

俺はドッと疲れてベッドに座り込んだ。

◆第114話　新天地へ

俺達は再会を喜び合うソニエル達を部屋に残し外の様子を見に行くことにした。

「お兄ちゃん身体は大丈夫なの？　凄く苦しそうだったけど」

「ああ、あの子達の四年分の苦しみを全部吸収したから結構キツかったが、新しいスキルのおかげでなんとかなったよ」

「凄いね。さすがハーレム王だね。見事にたらし込んだみたいだし」

悪戯っぽく笑うルーシアの頭を小突きながら俺は苦笑した。

「人聞きの悪いこと言わないでって言いたいところだが、今回ばかりは言い返せないな」

「冗談だってば。でも、ほんとに凄いよね。あの子達とも同じ感覚でつながってるのが分かるからお兄ちゃんのこと好きになったたってことでしょ？」

「ああ、どうもそうらしい。スピリットリンクで繋がっているしな」

俺達は王宮の庭に出て門へと続く道を歩きながら話した。

「これからどうするの？」

「さっき静音からの通信でこっちに向かってるって連絡があった。あいつがマーカフォック王国の住民についていいアイデアがあるって言ってるから任せようと思う。何か企んでそうだったけど、まあ悪いようにはせんだろう」

「あはは、静音ちゃん信用されてるのかされてないのか分かんないね」


三日後、うちのメイド達を数人引き連れた静音が悠久の翼でこちらへ到着した。

「お待たせいたしましたわお兄様」

「よし、じゃあ早速良い考えとやらを聞かせてくれるか？」

「はい。マーカフォック王国の皆さんには佐渡島家領地に移住してもらいます」

「はあ!?」

思わぬことを言い出す静音にソニエルを始めその場にいる全員が素っ頓狂な声をあげた。

◆　◆　◆

マーカフォック王国の生き残りの住民は全部で一五〇〇人くらい。

静音が出した良い考えとは、その全員を俺の領地に連れて行き佐渡島家の領民になってもらうと言うものだった。

勿論これにマーカフォック王国の住民の意見は真っ二つに割れた。

そりゃあ故郷を捨てて見知らぬ土地に来いと言われたらイヤだよな。

でもこの劣悪な環境から早く脱したいって人も多かったのは事実だ。

だがそこはさすが大企業の社長令嬢にして桜島コーポレーションを裏から牛耳っていた女。

ソニエルと協力し見事な演説によって説得に成功してしまった。

まず静音はマーカフォック王国を徹底的に褒めちぎった。

国としての美しさは勿論のこと、虐げられながらも強く生きてきた精神力は同じ女性として尊敬に値する。

そう言い放ち、がっちりと心をつかむ。

そしてソニエルとよき友人であり、現在の彼女の立場を説明した上でいよいよ移民の話に移る。

佐渡島公国（俺の領地はいつの間にかそう言う名前になっていたらしい）は大国ドラムルー王国の庇護下にあり、マーカフォック王国に負けないくらい豊かな土地であること。

加えて佐渡島公国は立ち上がったばかりであり、現在第一期開拓民を募集中であること。今移住すれば第一期の開拓民として税金や待遇の面で様々なメリットがあること。

そしてあなた達が敬愛するソニエルはその国で重要な役職に就いていること。

これらを力ある言葉で全国民の前に出て演説し、徐々に心をつかんでいった。

後で知ったことだが、静音の持っているチートスキルには演説によって観衆の意識をある程度コントロールできるものがあるらしい。

間の取り方や力強い身振り手振りを駆使して、かのアドルフ・ヒトラーのような派手なパフォーマンスをして見せた。

そう言えばヒトラーも民衆の心をつかむために演説にとても力を入れていたらしいな。

鏡の前に立ってジェスチャーの練習をしている写真を雑学サイトで見たことがある気がする。

そして決め手となったのはソニエルから放たれたこの言葉だった。

「国とは土地や建物のことではありません。人が生きていればそこは国です！　皆さん、私と一緒に新たな土地でマーカフォック王国を作る力を貸してください！」

チートによって誘導されていたとは言え、敬愛する姫様からそんな言葉を言われては納得せざるを得ないらしかった。

っていうかあの台詞ってあれだよな？

某有名ＲＰＧ原作の漫画で勇者を支えた姫様が言った台詞そのままじゃないか。

これも後で知ったが、意外なことにあの台詞はルーシアからのアドバイスだった。

そう言えば沙耶香（ルーシアの前世の名前）は結構な漫画好きだったな。

俺の部屋にしょっちゅう入り浸っては本棚の漫画を読みふけっていたっけ。

この場においてこれ以上ぴったりな言葉はないだろうな。

そして静音はその後、更にマーカフォック王国民にとってこれ以上無い魅力を伝えた。

佐渡島公国が発展した暁には、ソニエルを国家元首とした新たなマーカフォック王国を建設することを約束すると、佐渡島凍耶領主は申しております……と。

寝耳に水も良いところだったが、俺も乗りかかった船で皆の前で静音の提案をそのまま宣言した。

大きな歓声と共に拍手が鳴り響く。魔王軍を倒したのと自分達を癒やしてくれた光を放った主が俺であることを知ると歓声が更に大きくなり、その頃には反対意見を言うものはいなくなっていた。

結局、大きな反発もなくなり無事に新天地へ移住することになったのだった。

◆第115話　五人のメイド

俺は移住を決めたマーカフォック王国民達の元を回って新たに覚えたスキル、【ネガティブアブゾラプション】による精神治療を行った。

相手の苦しみを吸収して自己のエネルギーに変換するこのスキルは女性達の心の傷を回復させていった。

やはりと言うか、ソニエルの侍女達のように心が壊されてしまい寝たきりになっている女性も沢山いた。

そこまでは行かないにしても日常生活に支障をきたすレベルで精神にダメージを負っているものも少なくないのだ。

そんな女性達をこの国の人達は一人も見捨てることなく支え合ってきたのだ。

自らも慰み者にされながら、誰もが他人を見捨てたりせず励まし合って生きてきた。

勿論ソニア王妃のように失意のうちに自害したり衰弱死してしまったものも少なくない。

だがそれでも多くの人は絶望しきってはいなかった。

その精神力には頭が下がるが平気な訳ではない。

俺は彼女達の心の傷を癒すために各所に呼びかけてもらい一五〇〇人全員にネガティブアブゾラプションによる精神治療を施すことにした。

マルチロックバーストで一気にやろうとしたが、どうやらこのスキルは特殊なカテゴリに属していて一度に二〇人くらいが限界だった。

それに相手のネガティブな感情が一気に流れ込んでくるので俺の精神もそれなりに疲弊する。

多分使用者の精神的な強さに合わせた安全装置みたいなものがあるんだろう。

スキルによる補強があるとは言っても俺も感情のある人間（神族だけど）には違いないので少しずつやって行くしかなかった。

あまり一気に感情を吸収しすぎると俺の精神がおかしくなりそうなくらい苦しくなる。

相手の味わってきた積年の苦しみを一気に人数分吸収するのだから並の精神ではすぐに発狂してしまうだろう。

「ふう……少し休憩するか」

「お疲れさまですの、ご主人様」

「ああ、ありがとう」

「どういたしまして、ですの」

休憩のためにソファに身を預けると、お嬢様口調で淡い紫色の髪をツーサイドアップにしたメイド服の少女が俺の額をハンカチで拭ってくれた。

汗などかいていなかったが美少女の良い匂いが鼻孔をくすぐり俺の精神を癒してくれる。

先頃奴隷に加わったソニエルの侍女をしていたサラという女の子だ。

「ご主人様、お飲み物です」

「ありがとう。もらおうか」

氷魔法で冷やした果実水を持ってきてくれたのはレアル。金髪碧眼でセミロングの髪をサイドテールに結び、ぷっくりとした唇がセクシーな大人びた雰囲気を持つサキュバス族の女性だ。

「……」

ソファに座る俺の傍らで羽扇子を無言で扇いでそよ風を送ってくれるのは妖精族のミウ。

「涼しくて良い気持ちだ。ありがとうミウ」

「……♡……」

ティナ以上にちびっ子で無口であるが、背中の羽がピコピコと動いて嬉しいと言うことが分かる。赤い髪のポニーテールが可愛らしく揺れる。

「ご主人様、肩をおもみいたしますです」

柔らかな細指で肩を揉んでくれるのはリナ。

真っ白で光沢のあるシルバーヘアをゆるふわな三つ編みにあんだ狐人族の女の子。一生懸命動いて時々背中に当たる二つの巨峰が心地良い。ちなみに尻尾はデカくてもふもふである。

「うちはおみ足を失礼いたしますぇ」

足裏のマッサージをしてくれる京都訛りみたいなしゃべりをするのはカレン。

この世界では珍しい黒髪のロングヘアで、静音と同じお嬢様カットの女性。泣きぼくろが色っぽい京美人のような雰囲気を持つ美少女だ。

カレンの頬には鱗のような模様がある。マリアと同じ龍人族だった。

サラ、レアル、ミウ、リナ、カレン。

マーカフォックの各地を回る俺の身の回りの世話を買って出たのは先頃奴隷に加わった五人の侍女達だった。

彼女達は既に佐渡島家の正式メイド服を着こみ、愛奴隷の首輪をその身につけている。

彼女達はマーカフォックにいる間俺の世話をさせてほしいと懇願してきた。

強制隷属魔法を掛ける際に彼女達の心に触れ、彼女達もまた俺の心に触れたらしい。

ソニエルとの再会の喜びも落ち着いた頃、俺は彼女達と改めて話をした。

恐怖に苛まれていた心を癒してくれた大きな存在に包まれて夢のような幸福感を味わったそうだ。

幸福感増大のスキルの影響だろうとは思うが、彼女達は俺という存在に触れ、またソニエルともスピリットリンクでつながった影響で彼女と同じように俺に尽くしてくれるようになった。

五人は積極的に俺の喜ぶことをしようと身の回りの世話を甲斐甲斐しく行ってくれる。


さて、一日掛けて二〇〇人くらいに治療を施した。

重症者から優先的に行ったので日を追うごとに楽にはなっていくだろう。

とは言えしばらくはキツい日が続きそうだ。

俺は住民の治療が終わり次第魔王の元へと乗り込む予定でいる。

現在アイシスがガストラの大地を調査している最中で、魔王の城を発見し中身を解析している最中だと言う。

あそこはどうやらかなりレベルの高いアンデッドモンスターが跋扈しているらしく、準備もなしに乗り込むと幾ら俺達でも危険かも知れないからな。

平均レベルは龍の霊峰よりも遥かに高いらしい。まあ、いざとなればマルチロックバーストやゴッドネスジャッジメントで一斉に殲滅するって手もある。

変な動きがあればすぐに知らせてくれるから俺は住民達の心のケアに集中することにした。

◆第116話　罠に嵌まった闘神

凍耶達がマーカフォック王国に到着した日
ガストラの大地　魔王城
白を基調とした無機質な部屋。本来何もない空間だけの部屋であった。

その部屋では今、数百にも及ぶ無数のパイプらしきものが伸び、その先には様々な色をした液体を保存したカプセルがつながっている。

そしてそのパイプが集約された先にある部屋の中央。

幾百の管がその一つに集約され棺のようなカプセルにつながっている。

その中世時代のような異世界にはあまりに不釣り合いな近未来的様相のカプセルの中に眠る一人の男。

魔王ザハーク。

ザハークはこの世界の裏次元に存在する魔界と呼ばれる世界で大陸一つを制覇した覇王であった。

だが彼の目的は強者と戦うこと。

生まれついて強大な力だけを持っていた彼にとって人生とは戦いで構成されており、大陸制覇など強者との戦いを求めてついでに成し遂げたことに過ぎなかった。

強いものには惹かれるものが多い。それはどこの世界でもある程度共通しているのかも知れない。

男も女も、ザハークの強さに魅せられ、あるいはおののき、従った。

だが、どんな世界にも上には上がいる。

制覇した大陸で敵がいなくなった彼は、さらなる強敵を求めて海を渡った。

そこで味わったのは挫折。

自分の強さに絶対の自信を持っていたザハークは、海を渡った先で生まれて初めて敗北を味わわされた。

そう、魔王ザハークとは魔界にある一つの大陸で一番強いだけに過ぎず、魔界と言う世界にはもっと強い存在がゴロゴロいる。

彼は井の中の蛙に過ぎなかった。

そしてザハークはその屈辱を晴らすためさらなる強さを求めた。

強くなるためには何でもやった。特訓だってした。

しかしどれだけ努力しても越えられぬ壁というのは存在する。生まれ持った才能、そして種族という壁は覆すことができなかったのだ。

それを越えるためにはもはや別の何かにすがるしかなかった。

そんな折である。科学者を名のるデモンと出会ったのは。

デモンは非常に口が上手かった。言葉巧みに誘導しザハークは異世界への旅立ちを決意した。

さらなる強さを求めデモンの言われるままに。

◆　◆　◆

「それではザハークを覚醒させる。佐渡島凍耶の所へ行くのは勝手だが、そこだけは君がいないとできないから手伝ってもらうよ」

「分かってるわよ。逃げたりしないからさっさと終わらせてちょうだい」

やれやれといった感じで椅子に座るアリシアは面倒くさそうに足を組み直した。

ザハークの入った棺を見て、もはやこの男に感じる魅力など些末なものに過ぎなかったと自覚する。

それほどまでに佐渡島凍耶は凄まじかった。

恐らく魔界でザハークを赤子の手をひねるように倒した強者ですら、彼の前にはなすすべなく倒されるだろう。

早く彼に会いたい。そしてあわよくば数千年手つかずだった純潔をあの人に捧げたいと思ったのだ。

今思えばザハークが朴念仁でよかったとすら思える。彼の強さに惹かれこの異世界までついてきたが、彼は強さ以外に興味の無い無骨な男だ。

翻って佐渡島凍耶は見目麗しい女を数多く従えているらしい。

つまりそういうことなのだ。

アリシアはゴソゴソとパイプやらそこにつながる装置のボタンをカチカチと弄るデモンにもどかしさを感じながら凍耶との邂逅を今か今かと待ちわびていた。

瞑想装置のコントロールボードを弄るデモンの口元が歪んでいるのに気が付かずに……

「さて、準備は整った。この電極を頭につけてくれたまえ」

そう言ってデモンが差し出したのは奇妙な突起のついたヘッドギアだった。

科学については全くの素人のアリシアが見てもその用途は全く分からないが、怪しさ満点の代物に顔をしかめる。

「いつも思うけどこういうゲテモノクサいデザインなんとかならないわけ？」

「バカを言ってはいけないよ。形にだってちゃんとした意味がある。最高効率をたたき出すためにはその配置でないと魔力回路が作動しないのだ」

アリシアはうさんくささを感じつつも早く凍耶に会いたい思いでこの場をさっさと終わらせたかった。

デモンの作ったこの魔力波融合装置なる機械はアリシアの魔力波とザハークの魔力波を同調させることでザハークの瞑想装置を解除する鍵となる。

いわく、アリシアほどの強力なもので施錠をしないと途中でザハークを起こしてしまったら暴走をして大変なことになるとかなんとか。

そんな説明をデモンがしていた気がするがアリシアにとってはどうでもよかった。

アリシアは頭の切れる女性である。普段であるならデモンの僅かな不審さにも気が付いたであろう。

しかし、生まれて初めて味わった一目惚れという感覚に浮かされていたアリシアはその僅かな疑問に気が付くことができなかった。

「さあ、これからザハークの魔力波と君の魔力波を同調させることでザハークを覚醒させる。それが終わったら晴れて君は自由の身だ」

「口上はイイから早くしてちょうだい」

「せっかちなことだ」

デモンの口が愉悦に歪む。

そこで初めてアリシアの脳裏に警鐘が鳴り響く。

「ッ!?」

「少し遅かったね」

そう、気が付いた時には遅かった。アリシアが座った椅子にいつの間にか手足を拘束するベルトがくくりつけられ身動きが取れなくなり、かつ、魔力を封じられてしまった。

「あなたっ！　一体何をッ？」

「悪いが凶星魔法の最後の実験に付き合ってもらうよ。魔闘神アリシアともあろうものが油断したね。君ほどの強力な悪魔でなければできなかった最後のテストだ。喜びたまえ。上手くすれば理性を保ったまま佐渡島凍耶の元へいけるよ。ただし、破壊衝動の塊となった戦闘狂の敵としてね」

「離しなさい！　くっ、こんな拘束具なんて」

「無駄だよ。この瞬間のために用意した特別カスタムの拘束具だ。魔力優位の君の筋力では取り払うことは敵わない。しかもその魔力を封じられてしまってはね」

「一体、どうするつもり」

「言ったとおりだよ。君には凶星魔法の最後の実験に付き合ってもらう。自己意識を保ち、かつ余計な感情を全て排除した戦闘狂を作り上げるための実験だ。これが成功すればザハークは単なる破壊魔獣にならずに済む。よかったじゃないか。かつて惚れた男の役に立てるんだ。本望だろう？」

アリシアはありったけの力で拘束を外そうともがく。

しかしデモンの言ったとおりどれだけあらがってもその拘束は解けることはなかった。

「それではごきげんようアリシア。運がよければまた会うだろう」

デモンが笑いながらコントロールボードのスイッチを押した瞬間を最後に、アリシアの自意識はそこで途切れていった。

◆第117話　魔王復活……？

魔王城地下迷宮最奥
瞑想の間にて
「さて、実験準備は整った。この世界がどうなるか、楽しみではあるね。アリシアという最高の実験材料も手に入ったことだし、いよいよザハークを最強の兵器として仕上げることができそうだ」

愉悦に口元が歪むデモン。椅子に拘束されたアリシアを見下ろして低く嗤う。

デモンは拘束されたアリシアにつながれた電極のスイッチを入れた。

「う……あ……ああ、アアアアアアッ！！！？？？」

計測装置に表示されたアリシアの総合戦闘力がドンドン上がっていく。

「くくく、これはイイ。予想以上だ。やはりアリシアは魔法特化よりも格闘戦メインに改造した方が巨大な力を得ることができる」

デモンの表情が更に歪み、電極に流れる魔力を最大に引き上げる。

精神を侵食されたアリシアは破壊衝動と冷たい感情を植え付けられていく。

そしてデモンに絶対に逆らえないセーフティを埋め込まれ、彼女本来の自我は崩壊していった。

◆　◆　◆

ぐったりとうなだれたアリシア。

デモンは若干の緊張を含みながらコントロールボードを操作し、アリシアの意識を覚醒させるコードを入力しスイッチを押した。

アリシアの顔がゆっくりと持ち上がる。

うつろな瞳。光の宿らない眼に怪しい灯火が点火した。

「やあアリシア。気分はどうだい？」

「……ええ、最高の気分よ。それで？　私の敵はどこかしら」

デモンは満足そうに嗤った。

――『アリシア＝バルトローナ（最凶星）（エボリューションエンプレスデビル）　LV３００　１０００００００』

「うくく、どうやら成功したようだね。今日から君は僕の兵隊だ。しばらくは待機になるが。なあに心配しなくてもすぐに戦わせてあげるよ。何しろ君ですら勝てないかも知れない強敵がこの異世界には一人いるからね」

実際は絶対に勝てないけどね、とデモンは心の中で付け足す。

「そう、それは楽しみね。早く戦いたいけど、あなたが言うなら命令には従わないとね」

その言葉に今度こそデモンの表情は歓喜に満ちる。

「ふふふ。これで私の仮説が証明された。さあ、いよいよ今度はザハークだ。これで私は魔界最強の兵隊を有することができる」

デモンの実験は進む。自らの仮説が証明された喜びで広い部屋で一人嗤うデモンの声が響き渡った。

デモンはアリシア、そしてザハークの細胞を採取しカプセルに保存する。

そこからこれまでに採取し続けてきた魔王軍幹部の細胞を次々に投入し、一つのカプセルに集約していった。

「うくく、これならかねてより計画していた合体魔神も完成が早まるかもしれないな。よし、ザハークとアリシアには早めに暴れてもらうとするか。この実験が成功しザハークが更に感情を集め続ければ、あわよくば佐渡島凍耶に匹敵する化け物を作り出すことができるかも知れない。まあそれを見届ける前にこの異世界からはおさらばすることになるだろうから残念ではあるね」

デモンは両手を広げ一人広い部屋で叫び上げる。

「さあ、甦れ、ザハークよ」

コントロールボードを操作に轟々と鳴り響く駆動音が部屋を包む。

ぷしゅうううう、とガスが噴射されカプセルの蓋が浮き上がった。

ゆっくりと持ち上がる蓋を眺めながらデモンの心臓は高鳴る。自らが心血を注いだ研究が今完成を迎えようとしているのだ。

興奮は高まる。

ゆっくりと持ち上がっていく夢の扉がもどかしく、またそのもどかしさが最高に心地良かった。

「……え？」

だが、そこにザハークはいなかった。

代わりにカプセルに入っていたのは、人と見まがうほどの大きさをもった巨大な魔結晶であった。

「ザハーク……？　ザハークはどうした!?」

「はい、残念でしたぁ」

不気味な声がデモンの耳元で囁いた。

◆第118話　顕界と魔界

「だ、誰だ!?」

じっとりと湿り気のある声がデモンの鼓膜に響く。

ザハークのカプセルの床がドロリと溶け始める。

するとそこにあった魔結晶はたちまち溶けた床に吸い込まれ消えていった。

「ま、待て、待ってくれ！　どこへ行くつもりだ！」

デモンは半狂乱で魔結晶にすがりつこうと駆けだした。

しかし見えない何かに吹き飛ばされ壁に激突する。

「が……は……」

床に倒れ伏したデモンの目の前にゆっくりと近づく足音がする。

「いやぁ、待った甲斐があったよ。ザハークの魔結晶を手に入れるこの時をさ」

「なん……だと」

デモンは壁に背中を強打し意識が飛びそうになりながら声を主を確認しようと必死に顔を上げる。

「き、貴様は……」

「久しぶりだねぇ、我が弟よ」

「あ、兄者……？」

そこに立っていたのはデモンとそっくりな科学者風の男。一つちがうのはデモンは角が頭の両側に二本あるのに対して、この男は額の真ん中に真っ直ぐ立った一本の角が生えている。

「そう、君の愛しの兄上様、ガモンだよ」

「な、何故、兄者がこちらに」

「うふふ。何故とは冷たいなぁ。可愛い弟のためにわざわざ世界を越えてきてやったというのに」

「ふざけるな。ザハークを、ザハークをどうした」

ガモンと名乗ったデモンそっくりの悪魔はデモンの頭を足で踏みつけながら見下ろし、優しく囁くように語って聞かせた。

「うふふ、ザハークは見ていた通り魔結晶となってボクの研究室に移送されたよ。心配しなくてもボクの研究が完成したらこちらの世界に戻してあげるから安心したまえ」

愉快そうに嗤うガモンはなおも続ける。

「いやはや、もう待ちくたびれたよ。君が感情エネルギーを集めきってザハークの瞑想装置の解除をする瞬間をどれだけ待ったことか」

「ザハークの魔結晶をどうするつもりだ」

魔結晶になっていた理由は見当がついた。恐らく流し込んだエネルギーの膨大さに耐えきれなかったのだろう。

だが死んだら死んだでやりようはあったからそこは問題ではない。

「鍵にするのさ。扉を開く鍵にね……」

「か、鍵だ、と……ま、まさか!?」

「そう、この顕界と魔界は表裏一体。しかしその行き来はとても膨大なエネルギーが必要で不便極まりない。ボクらのような最上級悪魔ですら集団では数年のエネルギーチャージが必要だ。だから、取っ払うのさ。二つの世界の隔たりをね」

「ば、バカな、そんなことをして一体何になるんだ」

「君がザハークを強くしようとしていたのは自らの研究欲。最強の生物を作り上げるという研究のためだ。それは、ボクを倒すためだろう？」

デモンの表情が屈辱に歪む。図星をつかれ、言い返すことができなかった。

「君は自分が弱いのを棚に上げてボクに勝てないからボクに勝てる強い生物を作り上げようとした。その最終形が合体魔神構想だろう？　最高の生物とネガティブな感情の集積エネルギー。更にこの世界で採取したグランドカイザーと言う生命の細胞。そして、宝玉の存在」

「く……宝玉のことまで知っていたのか」

「我が弟ながら見事な発想だったよ。宝玉のことに気が付いたのはこちらとしても僥倖だった。だからボクもそれにあやかることにしたのさ」

「あや、かるだと？」

「うふふ。あちらの世界で集めたのさ。カイザータイプと似たような進化を遂げた生命は向こうにも存在している。こちらの世界よりも遙かに強力な個体だ」

ガモンがそういうと空間の割れ目から多種多様、様々な色合いの宝玉が躍り出る。

空中をダンスするようにふわふわと浮かびガモンの周りを飛んでいる。

「い、一体どれだけ集めたというのだ」

「ざっと五〇〇。これだけの宝玉と君の研究成果。二つを合わせれば世界の隔たりを取り払うエネルギーを得るなど造作も無いだろうね」

「今更そんなことをして何になるんだ」

「未知なる強いものと戦うためさ。魔界の猛者達はもうお互いの実力が分かりきっているから争おうとしない。だからまだ見ぬ異世界の強者達と戦うために二つの世界の境界は邪魔なんだよ」

「バカな、この世界に向こうの化け物どもをうならせる猛者などいはしない」

「勿論この世界に期待なんてしてないよ。ボクらが求めているのは、その間にある世界さ」

「間……？　ま、まさか⁉」

「狭間の神々……」

今度こそデモンの顔が青ざめた。

◆第119話　種は芽吹き、花は開く

「アリシア！　そいつを殺せ‼」

アリシアはすぐさま動いた。

ガモンに肉薄し拳を繰り出す。しかし、その瞬速の突きをガモンは軽々と受け止めアリシアを締め上げる。

「ぐ……」

「デモンとちがってボクは強いよ。なるほど。かなりの力を有しているようだがこの程度ではまだまだだね。そら、ボクがその力を有効活用させてあげるよ」

ガモンがアリシアの頭に手を軽く置くと、赤いスパークが走りアリシアの身体がビクンと震える。

「がグッ……」

白目を剥いてがっくりとうなだれたアリシアの身体を受け止めたガモンは不敵に笑いながら彼女の身体を椅子に座らせた。

ようやく立ち上がったデモンはその信じられない光景に目を見開く。

「ば、バカな、進化したアリシアをあっさりと……兄者、その力は一体……？」

「いちいち説明するのも面倒だね。さあ、そろそろ茶番は終わりだ。世界の境界を断ち切ろうではないか。しかし、あれだね、ほんのわずかにエネルギーが足りない」

ガモンがニヤニヤと笑いながらコントロールボードに向かって歩く。

デモンの脳裏に嫌な予感が走る。しかし、ガモンが放つ凄まじい闘気に充てられて身動きが取れなかった。

だがガモンの指がコントロールボードにある一際大きな赤いスイッチにかかった瞬間叫ばずにはいられなかった。

「や、やめろ！　そのスイッチを押してはならない！」

だが叫びはするものの相変わらず身動きが取れない。動こうとしても指一本動かすことができないのだ。

「そんなに叫ばなくてもイイじゃないか。君が一五年掛けて蒔いた種を記念すべきこの瞬間の糧にしようと言うんだ。光栄と思い給え」

勝手なことを抜かす兄弟に憤慨するデモンだが、実力差がありすぎるために止めに入ることができない。

文字通り物理的に動くことができないのだ。必死に四肢を動かそうともがくがガモンの闘気が凄まじ過ぎてどれだけ振り絞ってもあらがうことができなかった。

デモンは絶望に染まっていく。自分の一五年に及ぶ研究の集大成が身勝手な兄によって台無しにされようとしていた。

血管が切れるかと思えるほどの力を全身に滾らせる。デモンは戦いは好きではないが、自分の大切な研究を踏みにじられておとなしくしていられるほど腰抜けではない。

「ぐがぁあああああ！！！」

「ほう？　ボクの闘気の拘束を振り切ったか」

感心するように口笛を吹いてみせる。しかし無情にも渾身の突進もあっさりと叩き伏せると、デモンは地面に顔をめり込ませて動きを強制的に止められた。

「うぐぅううう」

「はっはっは。よく振り切ったね。でも残念。その程度の気合いではなんともならないよ」

嘲笑しながらデモンを見下ろし、ガラスケースにコーティングされたスイッチをたたき割って押し込んだ。

「さあ、今こそ種が芽吹き、そして花咲く時だ。全てのカイザー達よ、世界に混沌をもたらしてくれ」

研究室につながれた全てのカプセルが眩い光を放ち、部屋全体が光に包まれる。

それは部屋の外にも派生し魔王城全体を包み込んでいった。

◆第120話　不気味な予感

マーカフォック王国に滞在して数日。

俺はこの国の住民全員の精神治療をようやく終わらせ彼女達を佐渡島公国へと運ぶための算段を行っていた。

さすがに一五〇〇人全員を一度に運ぶことは不可能であり、どうするか悩んでいたのだが、そこも抜かりない静音の案で解決した。

共有状態にある俺のストレージから静音が取り出したのは巨大なコンテナだった。

コンテナと言ってもコテージのような形をしておりそのまま住居と言っても違和感がない。

「もしかしてこれを馬車でひいていくとかなのか？」

「まさか。ここで活躍するのが魔法に特化したエルフの皆様と聖天魔法の使い手であるリルル様ですわ」

静音の案はこうだ。

まずコテージ型のコンテナに住民を収容する。

コンテナは全部で三〇ほど用意してありそれぞれが一〇〇人規模で収容できる大きさだ。

一つのコンテナに五〇人ほど収容すれば全員が入ることができる。

それをエルフ達が習得している『レビテーション』と言う物体を浮遊させる魔法で重さをなくし、その上で聖天魔法『悠久の翼』で飛行し一気にドラムルー方面まで運んでしまおうと言うことだ。向こうに到着してからはそのままこれを住居として使うらしい。

「なるほど。しかしこの短期間でどうやってこんなにコンテナを用意したんだ？」

「お兄様がマーカフォックを取り戻すと仰った時点で計画は進行しておりました。人数はアイシス様から出発前に既に確認しておりましたわ」

静音は俺がマーカフォック王国を取り戻すと宣言した時点でこの計画を思いつき既に動き始めていたらしい。

そう言えばマーカフォックに行く組を決めるじゃんけん大会に静音は参加していなかったな。

まずリルルと共にエルフ達を連れて精霊の森に赴き、森の精霊達に建築材料を分けてもらえるよう頼んだ。

余談だがこの異世界における建築事情は、材料のために木を伐採する等の行為はほぼしないらしい。

建物は殆ど石造りかレンガ。木造の場合は精霊に頼んで生命活動の終わった、あるいは支障の無い植物を分けてもらえるように頼むのが一般的だそうだ。

今回コテージ型コンテナの製作に使った材料は精霊の森の植物で作った一〇〇パーセント天然素材のものだ。一部にレンガや土を使っているが、それも精霊からもらい受けた天然素材でできているので人間が作ったレンガより質がいいらしい。

「おかげでここ数日精霊の森とドラムルーを往復しっぱなしだったよ。静音天使使い荒すぎ！」

ブーたれるリルルをねぎらいつつ、俺はふとあることに気が付いた。

「そう言えばさ、アイシスを通じてストレージを共有状態にしてあるから、精霊の森で受け取った材料をそのままストレージに放り込んでドラムルー側から取り出せばわざわざ移動しなくてもよかったんじゃないか？」

物理次元とは異なる空間に存在するストレージなら物理的距離関係無く生物以外のあらゆるものが即座に

移動できる。

植物も一応生命には違いないけど、どうやら動物的生命をここでは指すらしいな。

あと死体は物体に分類されるためストレージに納めることが可能だ。

静音ならこの位のことは把握していると思っていたのだが。

「あ……」

そこに気が付いたリルルは呆けた顔で目が点になっていた。

「……フッ」

「静音ぇえええええ知っててあたしをこき使いやがったなぁあああ」

「おかげで聖天魔法の熟練度が上がったのではありませんか？」

「うぐぐ、確かにその通りだから言い返せない」

「同じ魔法でも覚えたての時より使う回数を重ねて研鑽を積んでからの方がバリエーションやコントロールが幅広くなりますわ」

確かにな。

ファイヤバレットを例に取るならば単に火の玉を打ち出すだけじゃなくて、収縮して熱光線のように打ち出せるようになる。

逆に範囲を広げて炎の帯を出して複数の敵を攻撃することもできる。

それってもはやバレットではないような気がするが、気にしたら負けらしい。

実際下位魔法のファイヤバレットと中位のフレイムスマッシュってあまり見た目上の区別ってつかないんだよな。

火の玉の大きさと威力くらいしか違いがない。

メ○ミとメラ○ーマの違いみたいなものかな。

エクスプロードはイオ○ズンなのに。

もっと言うならメ○ミをベギ○マみたいに使うこともできる。

意味、分かるかい？

話が逸れたが、コンテナに全員を収容しドラムルー方面へと出発する。

静音が打ち出した領地経営の第一歩としてまず移民を募る、と言う所から始まっている。

まあこの辺りの詳しい事情に関しては後で語ることにしよう。

俺達が空を飛びながらドラムルー方面へと飛んでいる時、それは起こった。

「ん？　なあ、あれはなんだろう？」

俺が指を指した方向にはなにやら不気味な色をした光の柱が立っているのが見える。

それは天高く伸び、雲を貫いている黒い光だった。煙のように立ち上る細かい粒子が空の上で放射状に広がっているように見える。

「あれは、ガストラの大地の方面ですね」

――『ガストラの大地の魔王城から突如として高エネルギー反応が観測されました。広範囲に散布するように空の上で粒子が散っているようです。詳しい状況は現在確認中』

「これは不味いな。皆、ちょっと急ぐぞ。嫌な予感がする。アイシス、引き続き監視を続けてくれ。ヤバそうな雰囲気を感じたらすぐに教えてほしい」

――『了解。監視を続けます』

俺はとんでもない何かが起ころうとしているような気がしてならなかった。

◆　◆　◆

二日後。

超特急でドラムルーの屋敷へと戻った俺達は女王へこのことを報告するため城へと赴いた。

「何かが起ころうとしているようね。凍耶」

「ああ、どうも嫌な予感がする。俺はこれから魔王の城へと攻勢を仕掛けるつもりだ。一応王都の防衛のために戦力は残していくが、もしかしたら以前のような襲撃があるかも知れん」

「そうなったら不味いわね。兵士達もアロラーデルとの戦争からこっち戦いっぱなしだから精神的にそろそろ限界だわ」

仕方ないだろうな。どういうわけかこの国はここ最近戦争に巻き込まれてばかりいる。

しかも普通の兵士がS級の魔物と戦わされるんだ。疲労が激しいなんてもんじゃないだろう。

時間があればネガティブアブゾラプションで治療してやりたい所だがどうものんびりしている暇はない気がする。

いい加減俺も学ばないといけない。

今回は後手に回らず積極的に攻勢を仕掛けるつもりだ。

以前のような襲撃に備えて王都全体を防衛できる戦力をこの王都でも展開しておく。

「元魔王軍のリルルによると魔王軍にもはや戦力と呼べるものは殆ど存在しない。だから以前のような襲撃の可能生は低いとは思うんだが、嫌な予感がするんでな」

「いつもいつもあなたにばかり苦労をかけるわね」

「なに、俺もこの国を気に入ってきている。それに、今はもう自分の領地もあるしな。他人事ではいられないさ。全力で手を貸してやるから安心しろ」

「そう。頼もしいわ」

女王は安心したように目を閉じた。こうしてみるとあの偏屈ババアとは思えぬほど女王然としているのだがなぁ。

「さしあたってうちのメイド達を何人か城の護衛に置いてやる。それから街全体の警備のために配置するつもりだ。俺は少数精鋭で魔王のねぐらにカチコミをかける」

さて。それじゃあ魔王軍にこっちから戦いを挑むのはこれが初になるな。

徹底的にやってやるさ。

◆第121話　動かぬ闘神

「よし、それでは今回の作戦を説明する」

俺は屋敷のメイド達全員を集め作戦会議を行った。

会議と言っても大げさなものではない。出かけてくるから留守を頼むぜ、的なことを伝えるだけだ。

「と言っても難しいことは何もない。俺がちょっと出かけてサクッと魔王倒してくるから、その間は王都の防衛を頼むってだけだ」

「「「はい！　御館様っ！！！」」」

「それでは各自、事前に伝えておいた班ごとに分かれリーダーの指示に従って行動してください。細かい指示はアイシス様よりして頂く算段となっています」

マリアの指示によりメイド達が一斉に動き出す。

あれから二日。ガストラの大地に立ち上っていた黒い柱は相変わらず不気味な様相で粒子をまき散らしている。

「それじゃあ行ってくるよみんな」

俺は今回ガストラの大地に一人で赴くことにした。当然皆からは反対されたが、これに限っては俺一人のほうが動きやすい。

俺が広域殲滅魔法やスキルで殆ど倒すつもりだから多くても意味が無いとも言える。以前のような王都襲撃があったときのためにこっちに多くの戦力を残しておきたいと言うのが本音だ。

何故なら今回の戦い。俺は最初から全力で勝負をつけるつもりだ。

具体的に言うなら魔力とスキルパワー全開でガストラの大地ごと吹き飛ばす。

幸いなことにガストラの大地は知的生命体が存在していない。いるのはアンデッドモンスターのみ。これはアイシスによる徹底サーチで既に明らかになっている。

あそこにいる知的生命は魔王城にある数名分の反応だけだ。

まずはガストラの大地に存在する魔物を全部ゴッドネスジャッジメントで殲滅する。

そうすれば俺のレベルは更に上がるし、入りたてのメイド達のレベルも上昇する。

戦いになれていないあの子達も危険な目に遭うことはないだろう。勿論先輩メイドをそばに置いているから守ってやってもらう。

なによりも一番良いのはそれで決着がつくことだ。

俺の全力攻撃によって魔王軍の奴ら根こそぎ消滅させられればそれで万々歳だ。

今までの彼らの所業を考えれば対話などする余地はない。

ただリルルから二闘神のアリシアだけは助けてあげてほしいと懇願された。

奴らがこちらに転移してきて四年の付き合いだが、敵となった今でもアリシアだけは尊敬しているらしい。

アリシアも自分みたいにこっちに引き入れてくれってお願いされた。

一応適応外にできれば攻撃を避けるようにしたいが絶対ではない。戦わざるを得ない状況になれば約束は守れないかも知れない。そこだけは勘弁なと言ったら一応納得してくれた。

まあいつも今では俺の可愛い恋人だ。わがままくらい叶えてやるさ。

俺は飛行スキルでドラムルーから北の方角にあるガストラの大地を目指した。

いつものように皆に合わせたゆっくりとした速度ではなく本気の速度だ。

ジェット戦闘機よりも早いスピードで空を飛びあっという間にガストラの大地上空へ到着した。

「アイシス、サーチは終わっているか？」

――『肯定します。現在ガストラの大地に存在する敵性個体は合計で約六万。そのうち生命活動を行っているのは二名です』

「個人名は分かる？」

――『該当データから検索……魔闘神アリシアと戯闘神デモンです』

二闘神そろい踏みか。あれ？　魔王はどうしたんだ？

「魔王は？」

――『検索可能範囲に該当データなし。現在の消息は不明です』

「行方不明ってことか。このまま一気に殲滅してしまって消息不明のままではよくないだろうな」

――『データの履歴を辿りますと六時間ほど前までそれらしき魔力反応が二闘神のそばに存在していましたが突如として消失しています。次元の揺らぎが観測されていますので恐らく転移によって移動したものと思われます』

「うーむ。どうしたものか」

――『どちらにしても二闘神の二人に聞き出すのが最も確実と思われます。ゴッドネスジャッジメントの効果範囲からその二人を除外するようにこちらでコントロールしますので、まずは当初の目的通りレベル上げを兼ねた魔物の殲滅を行うことを推奨します』

「よし。それじゃあ一気にいくぞ」

俺は空を抜き放ちありったけの魔力を込める。

空の刀身に一〇〇〇万単位の魔力が秒ごとに充填され煌々と眩い光を放ち始めた。

俺は魔力がからにならないように自動回復を待ちながら空に魔力を充填させていく。

破壊不能属性と言う神々の遺物にしか宿らない特殊属性によって空はどれだけ魔力を込めても壊れることはない。

魔法威力を増大させるブースターとしても一級品以上の効果がある。

だが空の握り絞める俺の手が徐々に痺れ始める。

空自体は壊れないがそれを扱っている魔力の本体である俺自身が巨大な力の奔流に悲鳴をあげているのだ。

如何に強靭な肉体とは言え億単位の魔力を限界以上に込めるとさすがにキツくなってくるな。

「よし、この位で十分だろう」

――『肯定します。ガストラの大地全域に行き渡るだけの魔力が充填されています』

俺は溜めまくった魔力を一気に解放し空に向かって解き放った。

「行くぞ!!　ゴッドネスッジャッジメントォ！！！」

解き放たれた光の塊が上空へと舞い上がる。一瞬縮んだかと思うとその輝きを保ちながら一気に膨らみ、超新星を引き起こした恒星のように爆発四散。

大量の光の柱が幾千もの束となってガストラの大地に降り注いだ。

超超超広範囲攻撃と銘打つだけあって途轍もない速度で敵を討ち貫いていく。

俺のログに凄まじい勢いで敵の撃破が流れていき、敵の総数が減っていく。

初めて使ったけど、これ凄まじいな。

マルチロックバーストでターゲティングするまでもなく敵と味方を振り分けてくれるみたいだ。

アルティメットシャインの光が全ての悪に降り注ぐって説明文の通りだ。

何が悪でそうでないかは俺の価値観で変わるっぽい。

アンデッドモンスターの中に良い奴もいたらどうしようとかどうでも良いことを考えながら敵の全滅を待った。

一〇分くらい経っただろうか。ゴッドネスジャッジメントが収まりリザルトが始まる。

――『敵の殲滅を確認。戦闘を終了。リザルトを開始。経験値を１０２３倍に増加。ＬＶ２９１２→ＬＶ４３７８。基礎値３５２００００→４００００００　補正値が１３０００％に上昇。総合戦闘力５２４００００００』

称号スキルが統合されて以降リザルトの表示が非常にシンプルになった。

六万体の敵を殲滅した経験値からするとやはりレベルアップの数値が相応に感じるな。

ログを詳しく表示すると一斉撃破による経験値増加ボーナスなども含まれている。

しかしレベルが高いだけあって必要経験値もかなり高いため１レベルアップするのに相当量が必要になる。

それでも１４００以上もレベルアップしているあたり創造神の祝福はやはりトンデモない。

そして新人メイド達のレベルもちゃんとアップしている。全員カンストしているな。

これで向こうに敵襲があったとしても安心だ。まあ敵は今俺が全滅させたので無用な心配とも言えるか。

ついでに新しいスキルも覚えた。これはかなり便利そうなスキルだ。

――『ＭＬＳＳ《マルチレベルスレイブシステム》　所有奴隷に隷属魔法の権限を一時的に貸与する。貸与された奴隷が隷属させた奴隷は親の所有奴隷に追加される。貸与奴隷にも一部の恩恵が返る（補正値＋３％）（親の補正値＋１０％）』

なんだか名前からしてマルチ商法みたいだけど、これって俺だけじゃなくて奴隷の女の子達も自分の所有奴隷を持つことができるようになるようだ。
そしてもう一つ
――『経験値ストック　取得した経験値をストックし任意のタイミングで振り分ける』
これでカンストした女の子達が取得した余剰経験値をストックしておいて新しく入った人に与えることができるようになった。
俺のスキルからしてこれからも奴隷の女の子達は増えていくだろうし、魔王軍を倒したからってこれからも何かしらの脅威が現れないとも限らない。
こう言う保険みたいなスキルは持っていると安心できるってもんだ。

◆　◆　◆

さて、ガストラの大地から敵はほぼいなくなった。
問題は残った奴らだが、アイシス、二闘神の反応はどうだ？
――『相変わらず魔王城の地下から動いておりません。気になるのは戦闘力数値が徐々に上昇していることです。既に二〇〇〇万を超えています』
「二〇〇〇万か。俺に取っては脅威ではないが」
――『そうとも言い切れないかと。確かに数値は大きく開いていますが、これが基本値と考えると、これまでの経験上油断はできないでしょう。しかも二人とも最凶星状態にあるようです』
つまり防御無視攻撃をしてくるわけだ。俺の防御力数値は五〇〇〇万を超えているけど、それを無視して攻撃してくるときの脅威はフェンリルの時に味わっている。
それに、攻撃を一点に集中すると驚異的に数値が上昇することも考えられるから実力的には互角くらいのつもりであたった方がいいだろうな。

【戯闘神デモン　LV550　2200000000】

【魔闘神アリシア　LV570　2500000000】

よし、とにかく魔王の居所を知るにはこの二人に問いただすほかはないだろうから奴らの居場所に乗り込むぞ。

アイシス、ナビゲーションを頼む。

――『了解。既に内部構造は解析済みです。3Dナビゲーションで最短ルートを表示します』

これだけ派手に暴れて全く動きを見せない敵の静けさに不気味さを覚えつつ、俺は魔王城へと突入した。

◆第122話　頂天の宝玉

「ああ、私の一五年の研究の集大成が……」

デモンは無慈悲に解き放たれたエネルギーが入っていたカプセルを見てうなだれた。

その様子を見たガモンは愉快そうに嗤った。

「あっはっはっは。キミしてはなかなか素晴らしいものだったね。これで世界中の魔物は全てグランドカイザータイプに進化できるようになった。もしかしたらその中から強力な個体も生まれてさらなる進化をするものも出てくるかもしれないね。この世界もこれから魔界のように強者がはびこる世界になれるかもしれないねぇ」

ガモンが解き放ったデモンの研究の集大成とは、世界全土に長年掛けて蒔いた進化の種を一気に開花させるエネルギーを散布する装置だった。

十数年前、まだ闘神の名を関していない一介の科学者に過ぎなかったデモンはこの顕界に降り立ち、数年の月日を擁して種をまき続けた。

それは非常に地味な作業であり、面白みのない淡々とした時間であった。

しかし、生物の進化を加速させ、その先に完成する最強の生物のその更に先を見るためだと思えば全く辛くはない。

むしろメインディッシュをいただく前の前菜だと思えば胸も高鳴ったものだ。

その果てなき広大な構想の最後のピースとなる研究の集大成が。

この世界を支配し、すべてを手に入れた後にじっくりと仕上げるつもりだった最後の研究が身勝手な兄の横やりによって台無しになってしまった。

デモンは全ての力が抜け落ちてしまったかのようにうなだれ、自らの研究の集大成というメインディッシュをテーブルごとぶちまけられてしまった絶望に打ちひしがれた。

黒い光の柱は粒子となり世界中の魔物が目覚め始める。

この時既に世界中でグランドカイザータイプが乱出し始める。ガストラの大地からほど近いカストラル大陸を徐々に侵食していくことになる。

ガモンにとって幸運だったのは、そして凍耶達に取って不運だったのはこの魔王城の位置から粒子が散布され南風に乗って振りまかれた粒子は魔物達を次々にグランドカイザータイプへと進化させ近くにある人間の街を襲った。

アイシスのサーチ範囲外から徐々に開花していった種はガモンが目的を達するのに必要なエネルギー条件をすぐに満たし、目的を達したガモンはザハークの魔結晶を持って転移する準備に取りかかる。

だが、ガモンにとってエネルギーは二の次で、実はデモンの絶望する顔が見たかっただけだったりする。

単純にエネルギーを集めるだけなら造作も無いことであった。

「さーて。目的も達成したし、ボクは魔界に帰ることにするよ。門が開いたらまたすぐに会えることになるだろう。そうだ。ボクの目的を手伝ってくれたお礼にこれを君にあげようじゃないか」

満足そうに嗤ったガモンが一つの球体をデモンに投げつける。

パシッっと受け取ったデモンが見ると、それは宝玉のように見えた。

「こ、これは……？」

「それはザハークの意識が封じ込められた宝玉だよ。君ならそれを使って合体魔神を作り直すこともできるのではないかな？　ボクに取って必要だったのはザハークの肉体で構成された魔結晶で彼の意識そのものはどうでもよかったからね。可愛い弟のためのサービスってやつだ。感謝したまえ」

ニヤニヤと嗤うガモンに対して業腹のデモンだがどうひっくり返っても勝てる見込みはなかったので下唇をかんで屈辱に耐えた。

デモンにとって一五年の集大成ではあったが、彼の頭の中では既に次にどうするかの計算が凄まじい速度で行われていた。

だが、

「そうだ。ついでにもう一つプレゼントをあげよう」

そう言ってガモンはおもむろにこちらに歩き始める。嫌な予感しかしないデモンは逃げようと考えるがどうせ逃げることはできないだろう。

「君にも力の因子を与えておこう。そうすれば今の弱っちい君から脱却できるよ。ボクには到底敵わないだろうけどこのまま差が開く一方では弟の君があまりに惨めだからねぇ」

「よ、余計なお世話だ。用が済んだならさっさと帰れ！」

ガモンはやれやれといった感じで苦笑しながらため息をつきデモンの頭をつかむ。

もがくデモンだが力が強すぎて振り切れない。

「ぐ、が」

「君もアリシアと同じように力の因子で強くなるが良いよ。そうすれば今の数十倍は強くなれる」

「ぐがあああああ」

デモンの頭の中に、いや、身体中にちがう何かが入ってくる。今までの自分ではない、何かちがうものが身体中を駆け巡り細胞を一つ一つ侵していった。

イヤだ！　自分ではない何かになってしまうなんて。

それはつい先ほど自分がアリシアにやったこととなんら変わらない行為であるが、自分のことしか考えないデモンにはそんな風に考える余裕などありはしなかった。

やがて精神の侵食が終わると、デモンの意識は変わっていた。

その感覚は一言で表すならば、万能感と言うものだった。

「な、なんだ、これは、これが私、なのか」

ＬＶが劇的に上がっていた。

そして総合戦闘力も以前の数十倍になっている。

「思った通り、君は研究ではなく己を鍛える方向に努力すべきだったのだろうね。まあそれでもボクに敵わないから他のなにかにすがろうとしたのだろうけどね」

「兄者。一体あなたに何があったというのだ？　これほどの力を他者に与えることができるなど。しかも、兄者はまだまだこの先を行っていると言う」

そう、デモンは改めて兄の変わりように驚愕した。これほどの万能感を得て尚、目の前の兄には手も足も出ないほどの開きがあることが分かってしまったのだ。

「そうだねぇ。素直になったご褒美に教えてやろうか」

デモンはガモンの挙動に警戒をしつつも、その言葉に耳を傾けた。

「宝玉と言う力を君が発見して以降、ボクはボクの視点で向こうで宝玉の研究を試みた。君はカイザータイプの魔物が自らの意思で造り出さなければ宝玉は生成されないと思っている。違うかい？」

「ちがうも何も宝玉はそのようにして生み出されるのだ。それが何だというのだ」

「フッ、やはりザハークと同じように外の世界を知らないからそう言う狭い見解に落ち着いてしまうんだね」

デモンは歯ぎしりをしながらガモンの論理に耳を傾ける。兄に対して感じる屈辱よりも新しい発見につながるかも知れない知的好奇心の方が勝ったのだ。

こういう所で彼は生粋の研究者なのだと分かる。先ほどガモンに植えつけられた何かによって精神的な余裕ができていたことも起因しているかも知れない。

「実はカイザーが自らの意思で、と言う事柄に関しては間違いではない。事実としてある程度知性の高い上位種のカイザーは自らが認めた者に対して宝玉を与える」

それはデモンも知っている。だからこそ、研究を重ね強いカイザーを作り出す実験場としてこの世界にやってきたのだ。

「だが、それが全てではないとしたら？　自らが認めずとも、圧倒的な力によって屈服させればカイザー本人の意思と関係なく宝玉が生成されるとしたらどうかな？」

デモンの脳髄に電撃が走った。

その発想はなかった。デモンはカイザー種と言う智性を持った存在がいかなる発想の元に宝玉を他者に与えるのかと言う点にのみ重きをおき、宝玉の生成条件など考えてもみなかったのだ。

「まあ、それもある意味で認めると言う言い方もできるから、言葉というのは難しいねぇ。それに、確率も一〇〇％ではないようだから、この辺りはまだまだ研究が必要だ」

はっはっは、と大げさにガモンは嗤ってみせる。

だがそれはデモンにはできない発想だった。

向こうの世界にもカイザー種と似た進化を遂げた魔物は存在する。

だがそれらの存在はデモンではどうしようもないほど強いのだ。

こちらの世界の規準で行けばデモンはまさに理不尽なほどの強さになるが、魔界と言う化け物が跋扈する世界では中堅くらいのものでしかない。

最上級悪魔とは魔界ではその程度のランクでしかないのだ。それこそ呼び方こそ違うが、魔神とでも呼ぶべきクラスの猛者がゴロゴロいる。それが魔界という世界だった。

「なるほどな。確かに兄者ほどのものでなければ発想できない見解だ。しかし、兄者の強さ、それだけでは説明がつかん。その強さはどうやって手に入れた？」

デモンはそこでふと自分のステータスが目に入った。

自らの種族名がエボリューションエンペラーデビルに変わっていることに気が付く。

「これは……私もエボリューションエンペラーに進化しているだと……？　兄者、これは一体」

「ふふふ、ボクも進化したと言うことだよ。それも圧倒的上位の存在にね。もはや神にすら近いと言える。そしてまだまだその進化は終わっていないのだ……と、話が逸れたね。どうやってこの力を手に入れたか、と言うことだが、その答えが宝玉さ。ボクはね、作ってしまったんだよ」

「い、一体何をだ。もったいつけずに早く言え！」

いちいち芝居がかった言い回しをする兄にイラつきながら続きの言葉を待つ。

「頂天の宝玉」

「……は？」

「偶然だった。いや、天啓と言ってもよかった。突如としてボクの頭脳が閃いたんだ。神々がもたらしたという奇跡。その奇跡をボクが作り出してしまったんだよ」

デモンは呆けるしかなかった。頂天の宝玉とは古の龍族と神々が造り出したところこちらの世界では伝承として残っているのは知っている。

しかし、魔界に何故頂天の宝玉の知識が存在しているのだ。と。

◆第123話　分かたれた運命

「な、何故だ！　何故頂天の宝玉が魔界にあるんだ!?」

「あったわけじゃない。ボクが造ったんだよ」

そう、宝玉の有用性はデモンがこちらの世界の研究を始めてようやく発見したことだった。

「天啓だと言ったな。一体誰がもたらしたと言うのだ」

「うくく。そうだね。可愛い弟のためだ。特別に教えて上げよう。この知識はね、確かに突然の閃きによって造り出した。夢の中で僕の前に奇妙な魔術師が現れたのさ」

「魔術師だと？」

「そう。奴はボクにこの顕界に存在するあらゆる知識が詰め込まれた魔結晶を授けてくれた。ボクにその天啓を与えたのもその魔結晶だと言うのだ」

「言っている意味が分からん。魔結晶と天啓となんの関係がある？」

「そうだね。分かるように言おうか。その魔結晶が神の叡智を授けてくれたと言うことだ。ボクがその魔結晶を取り込んだとき、あらゆる知識を手に入れることができるようになったのだよ。言わば、全ての知識が詰まった図書館のようなものだ。必要な知識を引っ張り出すという手間はあるものの、あらゆる叡智がそこに存在している」

「その魔術師とは一体何者だ。夢の中に出てきたなんてこと信じられる訳がない」

「さあね。ボクにとってはどうでも良いことだ。彼、もしくは彼女だったかも知れないが、それをボクに与えるとさっさと何処かへ行ってしまったからね。魔術師と表現したのも奇妙なローブを着て魔術師のような格好をしていたと言うだけだ。だがそんなことはどうでも良い。現にボクは頂天の宝玉という間違い無く神の叡智の結晶を自ら造り出す力を得た。見たまえ」

ガモンはおもむろに自分のステータス画面をデモンに表示させた。

それを見たデモンの表情はガモンに取って愉快極まりないものだっただろう。

あんぐりと口を開けポカンと呆けている顔を見てガモンは吹き出しそうになるのを必死に堪えた。

「ば、バカな。一体なんだこの数値は。こんな馬鹿げた戦闘力があり得るのか」

「これが頂天の宝玉の力さ。しかもこの力は新たな宝玉を取り込むほどにドンドン高まっていく。これでもまだまだ発展途上ということだ。さて、おしゃべりはここまでだ。ボクはそろそろ帰るとするよ。目的のザハークの魔結晶は手に入ったからね」

デモンはまだまだ訊きたいことがあったが、この身勝手が服を着て歩いている兄がこちらの質問に答えるとは思えなかったので引き留めることはしなかった。

それよりもこの手に入れたザハークの意識が封じられた宝玉を使って自らが構想していた合体魔神を造り出す算段を頭の中で始める。

「ふふふ、既に次の研究のことを考え始めているようだね。さすがは我が弟」

感心したようにうんうんと頷く兄の姿にイラッときたデモンはちょっとした嫌みを言うことにした。

「……ふん。どこへでも行くがいい。だが、己の進化スピード程度で神の領域などと思わない方がいいぞ。この世界にはさらなる理不尽が存在するのだからな」

それは意地悪をする兄に弟が仕返しをすると言う子供じみた発想であったが、その言葉にガモンは僅かに眉をひそめた。

「へえ、ボクの進化よりも理不尽が存在するって？　そんな奴がいるなら是非あってみたいね」

だが僅かに興味は示したもののガモンは自らの研究を早く持ち帰って進めることで頭がいっぱいだったので今は自分の都合を優先させることにした。

だが、ガモンは選択を間違えた。

実際この時点でガモンと凍耶の実力はかなり伯仲しており、持ち駒を全て出し切って全力勝負を仕掛ければガモンにも僅かながら勝機はあったのだ。

神の叡智を手に入れたと豪語するガモン。

しかし、ガモンを以ってして、現存する神々の中で最高の存在である創造神からの祝福を受け、あり得ない速度で成長している理不尽が存在することなど想像すらできなかった。

ガモンが手に入れた神の叡智と創造神の祝福では進化スピードがまるでちがうのである。

後にガモンは後悔し、こう語ることになる。

『あの時にデモンの言葉に耳を傾けておけば……』と。

運命は凍耶に味方した。

◆第124話　魔神の誕生は迫る

ガモンが顕界をさり、デモンはアリシアと共に部屋に残された。

既にデモンは次の研究に取りかかっていた。凍耶から逃げ出すことなどもう頭にはない。一五年という研究の集大成を台無しにされたことなどもはやどうでもよかった。

ザハークを合体魔神として復活させれば凍耶に勝てないまでも相打ちに持っていくことはできるかも知れ

ないと。

それほどデモンは自らの研究に自信を持っていた。

否、先ほどまでのデモンならこれでも逃亡を選択していただろう。

しかし、今のデモンはガモンから与えられた力によって感じた万能感によって自惚れていた。

デモンはアリシアのステータスを見る。


【アリシア＝バルトローナ（最凶星）　ＬＶ５７０　２５０００００】


デモンの額に冷や汗が流れる。

「兄者め。私が苦心の末に施したパワーアップをあっさりと凌駕してしまうとは。恐ろしいものだ。だが丁度良い。私も同じようにパワーアップした。これでザハークの合体魔神を造り出すまでの時間をアリシアに稼いでもらうことができるだろう。本来一体目の合体魔神はデータ取りのための捨て駒にするつもりだったが、ここまで来ればもう完成形として仕上げてしまった方がいいだろう」

デモンはアリシアに再び先ほどと同じ電極を取り付けスイッチを入れる。

「う……あ、あああああ」

うなり始めるアリシア。先ほどよりも強い電流を流しているがアリシア自体が強化されているためかそれほど苦しんでいる様子はない。

しかしコントロールボードに表示される数値が自らの洗脳の成功を示す値だったことに満足したデモンは電極を外しアリシアを目覚めさせる。

目を開いたアリシアはうつろな表情でデモンを見据える。

「やあアリシア、気分はどうだい？」

デモンは再び同じ質問をした。

しかしアリシアは応えない。

「ふふ、電流が強すぎたか。自我が崩壊してしまったようだね。だが、私の言うことには従うようだ。丁度良い。アリシア、命令だ。ドラムルー王国へ赴き……いや、待て。どうせならもっと派手に暴れてもらうか」

デモンはコントロールボードに再び目をやる。

そこには三機神、四天王を始め、既に討ち取られてしまった部下達の細胞が保管されている項目が羅列されていた。

「ふふふ、こうなれば出し惜しみはなしにしよう」

デモンの目が怪しく光る。不気味な笑いを浮かべながら、スイッチを入れた。

空っぽになってしまったカプセルに再び怪しく光る液体が充満し始める。

「くく、兄者め。よくも私の一五年を無駄にしてくれたものだ。だがそれを補ってあまりある恩恵をもたらしたのも事実だ。それでチャラにしてやろう」

確かに一五年は長かったが、魔族であるデモンにとっては幾千もの時の中のたった一五年でしかない。そう割り切ることにしたデモンは、カプセルの中で徐々に再生されていく部下達にエボリューションエンペラー達から採取した細胞を注入していく。

急ピッチで進められていく部下の再生と共に先ほどまでザハークの肉体が入っていたカプセルに目をやる。

【合体魔神構想】

それはデモンが兄のガモンを出し抜くため、そして超えるためにひたすら心血を注いで研究してきたものである。

魔物を進化させ、その優れた部分だけを取り出して最強の存在であるザハークに合体させる。

単純な発想であるが、それだけに実現は困難を極めた。

実験と失敗をくり返しながら改良を重ねる日々。

その苦労がようやく報われる。

全ての細胞を注入し終えて魔神の誕生を待つばかりとなったデモンは次の作業に移った。

カプセルに入った再生三機神や再生四天王の肉体に保存しておいた意識データを入力して行く。

これで全ての準備は整った。

デモンがほくそ笑みドラムルー再襲撃の準備を着々と進める。

だがこれをこのまま佐渡島凍耶に差し向けたところで勝てるはずもないことは既に分かっている。

佐渡島凍耶はいずれここに攻めてくるだろう。

その隙をついて一気にアリシアの転移魔術によってドラムルーを攻撃に行かせる。

佐渡島凍耶は合体魔神となったザハークと戦ってもらうことにしよう。

我ながら完璧な計画だ。

そう独りごちるデモンであったが、既にドラムルーには最強メイド軍団が待ち構えていることなど知るよしもなかったのだった。

◆第125話　ザハーク

我はザハーク。魔王と呼ばれし存在。

しかし、我は自らを魔王と名乗ったことはない。周りのものが勝手にそう呼んでいるに過ぎぬ。

我の人生は戦いに彩られている。

我は生まれたときから強かった。戦いというものが日常である魔界と言う世界で、敵と呼べるものはいなかった。

後に我は井の中の蛙と思い知ることになるが、少なくとも我の生まれた地域において我は最強であった。

高位の存在に限り、魔界の住民は生まれたときからある程度成熟した精神で生まれてくる。

通常の劣等種では子供、と呼ばれる時期があるらしいが魔界の高位魔族にはそれがない。

身体は未熟でも精神は周りの成熟者と同じなのだ。

故にあの世界では常に強くあることが求められ続ける。

そして幸いなことに、我は生まれたときから強かった。

否、強すぎた。

それが我をうぬぼれと言う愚かの極みである境地へと押し上げてしまったのだ。

最初はまだよかった。我の生まれた大陸ではあっという間に我は全ての強者を降し、覇者となった。

そして求めた。さらなる強者との戦いを。同時に我は愉悦に浮かれていた。

我の強さをもっと世界に知らしめようと。

海を渡り、さらなる強者をひれ伏させるために。

しかし、待っていたのは、生まれて初めての敗北。地面の味だった。

地面にひれ伏していたのは我の方だったのだ。

感じたのは、屈辱。

必ず、こやつらに我と同じ屈辱を味わわせる、と。

それこそ、どんな手を使ってでも。

否。しかし我は努力した。生まれて初めての敗北は同時にそれまでの我を見つめ直す機会でもあったのだ。

闇雲に戦うのではなく、どのようにしたら敵は倒れるのか。

相手の動きを読む。

予測する。

効率の良い動きとは？

達人と呼ばれる者達はどのように努力しているか。

自分で言うのも何だが、我は相当努力したと思う。才能に自惚れ、研鑽と言うものを一切してこなかった我の愚かさを知らせてくれた未知の猛者達にはむしろ感謝の念すら感じた。

我は自分の力が高まっていくのが楽しくて仕方なくなった。

そして我はさらなる強さを手に入れた。

だが、それでも届かない高みは存在するのだ。

努力して努力して努力して……果て無き努力の果てに味わったのは、またしても敗北であった。

そして奴らは我にこう言い放った。

『生まれ持った才能はどうあっても覆すことはできない』と。

そしてそんな高みの存在に打ちのめされた我が感じたのは、諦めではなく憤怒であった。

この時からであろう。我の心に醜いものがはびこり始めたのは。

どのような手段を用いてでも勝ちたい。

我の心に芽生えたのは勝利への欲求であったのだ。渇望と言ってもよい。

だから純粋な力を求めた。魔族の一生は長い。故に成長も遅いのだ。

だから我は努力とは別の方向性を模索する必要があった。

そんな折だ。かねてよりの盟友であったデモンが我の前に現れたのは。

デモンは我にある提案をした。

自らの実験を手伝ってくれれば最強の肉体を与えようと。

その時の我は努力というものの限界を痛感しており、それ以外の道を模索している最中であった。

故に我はデモンの口車に乗った。

異世界。

そんなところが存在することなど知りもしなかったが、デモンはかなり前からそこで様々な準備をしていたと言う。

最強の戦士を作り出す。

それがデモンの目的である。

そして我の目的も最強となること。

利害は一致した。

我は異世界に旅立った。

どうせなら異世界を支配してやろう。我は我についてきた部下達を引き連れまだ見ぬ土地に我を高めてくれる強者がいることを期待しながら、時空を越える門をくぐった。

しかし、我の期待は外れた。魔界に比べて脆弱な生き物しか存在していない異世界は我にとって不快の極みだった。

我はまずこの世界で最強と称される魔王と呼ばれる者の所へ赴き戦いを挑んだ。

勝負は一瞬。

我の一撃でこの世界の最強はあっさりと単なる肉の塊に変わった。

そして我は新たなる魔王と呼ばれ、元々魔王に従っていた部下どもも我に従ったのだ。

だが、そんな者に興味は無かった。

己を高めてくれる存在がいないことを知った我は当初デモンの予定通り瞑想装置とやらで眠りにつくことにした。

次に目覚める時には新たな力を得て、我に屈辱を与えた魔界の猛者どもに辛酸を嘗めさせてやろうと決意しながら。

そして、我はどのくらい眠っただろうか。

夢を見ることもなく淡々と眠り続ける日々。

我の意識が戻ったのは四年後だった。勿論後で聞いた話に過ぎず我の意識は目覚めるまで途切れたままだった。

そして我の意識は目覚める。

そして、出会うことになる。

魔界の猛者どもすらも圧倒的に凌駕する理不尽極まる存在に。

我は思ってもみなかったのだ。

我を最高に昂ぶらせ、最高に恐怖させ、自らが心の底から屈服することになるものとの戦いが待っていることなど。

◆第126話　魔王降臨

魔王城へと侵入した俺はアイシスのナビに従ってひたすら奥へと走り、突き進んだ。

罠の張られた場所を避け、隠し扉からショートカットし、迷路構造になっている所は壁をぶち抜いて真っ直ぐ進んだ。

本来であれば智慧と勇気を駆使して突破するであろう難関ダンジョンも神のチートで作られた最強ナビゲーターさんの看破力には無力であった。

途中で行く手を阻んできたハズの魔物も先刻俺の放ったゴッドネスジャッジメントで全滅しており全く苦

労すること無く最奥へと到着しようとしていた。

この魔王城に存在している生命反応は二つ。

魔闘神アリシアと戯闘神デモン。

戦闘力数値は二人とも二〇〇〇万台。

数値上は俺にとって大した数値ではないが油断できない。今まで散々失敗してきたんだ。

今度こそ油断はしない。

だが魔王の居場所を聞き出さないことにはあっさり倒してしまう訳にもいかない。

まずは二人を無力化する必要がある。殺さない程度に攻撃して瀕死にしてしまいたいところだ。

不意打ちとかあまりしたくないけどそうも言ってられない。

相手は常に何か策を仕掛けている、位の気持ちで臨んだ方がいいだろう。

そんなことを考えているうちに最奥の部屋。魔王の瞑想ルームに到着した。

「アイシス。この中に二闘神がいるんだな」

――『肯定します。魔王の所在は今も不明。加えて四天王を始めとする既に討伐したハズの生命反応が次々に復活している模様』

「なんだと？　どういうことだ」

――『詳細は不明ですがあまり良い傾向ではないかと。早急に問題解決を推奨します』

「だな。よし、いくぞ」

俺は瞑想ルームの扉を蹴破り中へと突入する。

破壊された扉が派手な音を立てて倒れる。

俺が中へ侵入すると、そこには既に倒したハズの魔王軍幹部が軒を連ねるようにして並んでいた。

四天王、三機神を始めとして、恐らく七星将軍やその他の幹部と思われる魔物達が俺を一斉に凝視する。

よく見れば悪魔の姿だった頃のリルルまでいやがる。

「良く来たね佐渡島凍耶。待っていたよ」

その中で一際戦闘力の高い科学者風の男が俺と対峙する。

「お前がデモンか」

「自己紹介は必要無いようだね。そうだ。私が二闘神の片割れ、戯闘神のデモンさ」

不敵に笑うデモンに眉を潜める。

「じゃあそっちの女が魔闘神アリシアか」

「……」

アリシアは答えない。それどころか心ここにあらずとあった感じで虚空を見つめているように見える。

「ああ、彼女は諸事情により言語能力を失っていてね。代わりに答えよう。そうだ。彼女が魔闘神アリシア。私達二人で二闘神と呼ばれている」

何だデモンのこの余裕は。

相手の強さが分からないとも思えないが、不気味なほどに落ち着き払っているデモンの態度に異様な気持ち悪さを覚えた。

「悪いが問答をするつもりはない。質問にだけ答えてもらおう。魔王はどこだ？」

「はて？　どこだろうねぇ」


ドズンッ!!


「うぐぅう!?」

俺は問答無用でデモンの土手っ腹に空で風穴を開ける。

デモンはそのまま壁際まで吹き飛ばされ激突しガラガラと破片が飛び散った。

「問答をするつもりはないと言ったはずだ。質問に答えなければこのまま殺す」

瓦礫を押しのけよろよろと立ち上がったデモンはそれでも不敵な笑いを崩さぬまま怪しく俺を見据える。

「ぬぐぅ、く、ふふふ、や、やはり君は途轍もないな。このままでは勝てる見込みは一％もなさそうだ」

「分かってるなら無駄な抵抗はやめてくれ。魔王の居場所を吐けば楽に死なせてやる」

「ふ、生かしておくつもりはないと？」

当たり前だ。こいつは魔王軍に襲撃した先の女性を拉致、あるいはそのまま陵辱し、男は皆殺しにすることを指示した男。

つまり、ルーシアの家族やティナの村のエルフ達。ソニエルの故郷の仲間を死に追いやった原因を作った男だ。

要するに諸々の悲劇の元凶はこいつが大元ってことになる。

生かしておく理由などこれっぽっちも存在しない。

「許されるとでも思っていたのか？　ふざけた野郎だな」

「くっ、ふ、ふふふ、ふふふふふ」

このやろう、この期に及んでまだ嗤ってやがる。

――『凍耶様、嫌な予感がします。早めに決着をつけるべきかと。魔王の捜索は私が全力で行います』

そうだな。アイシスに任せればそのうち見つかるだろう。

デモンの不気味な笑いにアイシスの言うような悪い予感を覚えた俺は奴にとどめを刺すことに決めた。

「しゃべるつもりがないなら自分で捜す。死ね」

俺は空にスキルパワーを込めてゴッドセイバーを発動。

這蛇追走牙で確実に敵の急所を狙った。

「アリシア!!」

デモンが突如叫ぶ。

「!?」

俺の攻撃は真っ直ぐに伸びた先で飛び出してきたアリシアを貫き……はしなかった。

なぜだかアリシアの前で光の壁のようなものに阻まれてそれ以上進まなかった。

しかし俺が更に力を込めて押し込むとアリシアごと吹き飛ばしやがて光の壁を突き破る。

アリシアはとっさに身をねじり脇腹を貫かれながら壁まで激突していった。

「ぐほぁ、絶対防御障壁のスキルを突き破るとは……」

空の破壊不能属性はあらゆる防御を貫通する。だがアリシアの展開した防御障壁はそれでも僅かに抵抗して見せた。まだとどめには至っていない。

デモンごと巻き込んで吹っ飛んでいった二人を俺は確実に葬るために魔力を込める。

「アルティメットシャイン」

リルルには申し訳無いが千載一遇のチャンスを逃すわけにはいかない。

体勢を崩したデモンはアリシアをどかすのに手間取ってその場から動いていない。

眩い光の柱が二人を飲み込む。

「聖天魔法　無音の衝裂」

俺は二人の死を確認するのを待たずして他の幹部連中を葬るため追加攻撃を行う。

何もない空間から突如として大きな岩の塊が空気摩擦の炎を纏って敵に降り注ぐ。

広い部屋を余すことなく隕石の大雨が降り注ぎ四天王や三機神を粉々に砕いていく。

「まだまだ。聖天魔法、蒼古なる雷」

青白い稲光が光に貫かれた敵の体を包み込む。高圧の電流に全身を焼かれ黒煙を上げて倒れ込んでいった。

「とどめだ。マルチロックバースト　プリズムレーザー」

追走式の光魔法から逃れる術はなく次々とうち貫かれていく。

完全にオーバーキルの攻撃を連続で叩き込んだ。

三分もしないうちにこの大広間に存在する生命は死に絶えた。

「……おかしい」

何故だ。倒したハズなのに何故かすっきりしない。

喉の奥に何かつっかえているような。

独特のもどかしさと言うか、気持ち悪さを感じる。

「アイシス、敵の反応は？」

――『敵反応全滅。確かに撃破しています』

――『ＬＶ４３７８↓ＬＶ４５３３　基礎値４０００００↓４１０００００　総合戦闘力５３７１０００００』

ログを確認しても確かにデモン、アリシアを始めとして三機神やら四天王やらここにいた敵は全て撃破したことになっている。

レベルアップの仕方を見てもそれは明らかだ。

偽物であったらアイシスが看破できないはずもないし、本当にこれで倒したのだろうか……？

――『凍耶様、敵性反応をより詳細に分析したところ、僅かに劣化反応が検出されました』

「劣化反応が検出？　どういうことだ？」

――『つまり、限りなく本物に近い模造品という……』

そこまで言ってアイシスの言葉が止まる。一体どうしたんだと聞こうとする前に脳内に響いたのは珍しく声を荒げるアイシスの警告だった。

――『警告します！　ドラムルー王都周辺に敵反応が無数に出現。二闘神、三機神始め、敵性反応は全てドラムルー周辺に移動しました』

「な、何だって!?」

――『さらに王都周辺の魔物からエボリューションタイプ、グランドカイザータイプが無数に出現。数、4902』

「一体どうなってる!?　くそ、考えるのは後だ。すぐに王都へ戻る」

俺はいろいろ拭い切れない疑問を抱えつつも緊急事態の解決を優先させるためきびすを返して部屋を出ようと走り出した。

「そうはいかん。貴様には我の相手をしてもらわねばならんからな」

「!?」

突如として俺の背中に爆風があたり、衝撃が走る。

いきなりのことに驚きつつも体勢を立て直し爆風が起こった方に向き直る。

そこには、天を突くかのごとき荘厳な角を生やした黒マントの男が立っていた。

「なんだお前？」

「我は、ザハーク。魔王と呼ばれし者なり……」

力強く、そして静かな声で、魔王ザハークは俺の前に立ちふさがった。

◆第127話　戦いの序曲

「佐渡島凍耶の絶望する顔が目に浮かぶようだ。ふふふ。このドラムルーの住民全員を殺し尽くして奴の前に死体を並べてやろうではないか」

亜空間を進むデモンの愉悦に歪む顔に甦った幹部達は同じように嗤った。

「ぐふふふ、今度こそマーカフォックの宝石姫を捕らえて肉奴隷にしてやるぞ」

大きな身体をのっしのっしと肩を怒らせ歩くゴーザットにでっぷりとした腹を揺らしながらガマゲールマが同意した。

「げっげっげ。我が輩も楽しみなのである。勇者二人を犯し抜いて我が輩の肉奴隷にしてやるのである」

「パワーアップした私達の力を見せてあげましょう。佐渡島凍耶のいない今なら、前回のようなことも無いでしょうからね」

「……」

細長い顔をした謀略のデンダルと大きな鎧をガチャガチャさせながら歩くハンニバルも同じように復讐に燃えていた。

「今度こそ」

「我らの力」

「見せる時」

順番にしゃべることしかできない三機神、そしてそれに従う他の幹部達。

「その意気だよ君達」

その様相を見て満足そうに嗤うデモン。

亜空間を突き破り、ドラムルーへと姿を現した。

◆　◆　◆

――『警告します。次元の揺らぎを感知。大量の敵性個体が王都周辺に出現が予想されます。各員戦闘配備についてください』

アイシスの警告が凍耶の奴隷達に飛ぶ。

「皆さん、聞きましたね。御館様の予想が当たったようです」

「事前に別れた班ごとに戦闘配置についてください。ご主人様の庭を荒らす不届きな輩にこの国の土を踏ませてはなりません」

別にドラムルーは凍耶の国ではないのだが、愛テンションがマックスのソニエルには気が付くことはできなかった。

各々が配置につき、王都の外壁で待ち構える。

「来ますわ」

静音が指さした方向の空間に亀裂が走り、中から大量の魔物があふれ出た。

「これまたものすごい団体さんのお出ましね、一体何匹いるの？」

――『現在確認できているのは五〇〇〇体の敵性個体です。グランドカイザータイプやエボリューションタイプが大多数を占めています』

「魔王軍。まだ元気だった」

ティナがポソリと呟く。その言葉が示す通り、以前よりも数は少ないが、一体ごとの戦闘力数値が非常に高いことに気が付き汗が流れる。

「でもミシャ達だって強くなったのです。特訓の成果を見せてやるのです。ね、アリエルちゃん」

「そうなの！　アリエル頑張る。頑張って主様に褒めてもらうの！　それでいっぱいエッチしてもらうの！」

「そ、そうですね！　凍耶さんのご褒美、私も欲しいです」

鼻息荒く息巻くティファ。

「お兄ちゃんならおねだりすればいつでもしてくれそうだけど。私もご褒美もらえるつもりで頑張ろうかな」

いつの間にか凍耶にご褒美をもらえることが確定事項になり、戦いが終わった後のベッド事情が大変なことになるのは明らかであった。

「あれ……ソニエル様、あそこを！」

ソニエルの元侍女の一人であるレアルが一つの方向を指さした。

そこにはかつて自分達を陵辱した四天王の姿があった。

「まさか、四天王、ゴーザットにデンダルまでいる」

「ガマゲールマもいますの」

「……！　……」

「一体どうして……？」

「そんな、堪忍や」

それぞれのトラウマが甦ったのか侍女達が怯え始める。凍耶に恐怖心を取ってもらったとは言え身体に直接刻まれた忌まわしき記憶はそうそう拭えるものではなかった。

「落ち着きなさい」

ぴしりと言い放つソニエルの言葉に五人の背筋が伸びる。

「大丈夫です。ご主人様に頂いた力を信じなさい。あの方のもたらす恩恵は単にレベルを上げるだけのものではありません」

ソニエルの言葉に全員がハッとなる。

その言葉の意味を理解した全員の顔からみるみる恐怖が消えていった。

「そ、そうですの。ご主人様から頂いた力。今こそ使う時ですの」

「その通りです。目に物見せてやりましょう。佐渡島家のメイドとして恥じない行いを」

それに。と、ソニエルは付け足す。

「私がこの槍にかけてあなた方を守ってみせます。かつて皆さんを守れなかった分まで。必ず」

神槍シャンバラをギュッと握りしめ、強い決意を込めた瞳で全員を見渡した。

その強い光が込められた瞳に全員が勇気を取り戻し、改めて敵に向き直る。

しかし、その光景の異様さにさすがにソニエルですら顔をしかめざるを得なかった。

「あれは……」

「ね、ねえ静音、私ゴーザットやガマゲールマが沢山いるように見えるんだけど気のせいかな」

「いえ、わたくしにも見えますわ。四天王だけではなく、七星将軍や九武将も同じように複数体いるようですわね」

全員が戦慄を覚える。

かと思われた。

「あー！　リルルお姉ちゃんが裏切ってるぅー」

「ほんとだー！　リルルお姉ちゃんが謀反だー！」

「ちょっと人聞きの悪いこと言わないでよ!!」

敵側に再生された天使になる前のリルルを発見し、いきなりトンデモないことを言い出すジューリとパチュリーに苦言を呈すリルルであったが、全員がその指さす方向を見やると「ああ、なるほど」と納得した。

「みんな、なんだよその顔、裏切って無いよ！　あそこにいるのあたしじゃないからね！」

涙目で訴えるリルルが全員の誤解を解くのに必死になる間に敵軍勢がミトラ平原に並ぶ。

一方、美咲と静音は並び立った敵軍勢に対して、恐怖どころか喜悦に歪んだ笑顔を向ける。

「なんて素晴らしいんでしょうか」

「まったくね。たまっていた鬱憤を晴らすチャンスじゃない」

邪悪にも見える笑い方をする勇者二人に他のメイド達が身震いを起こす。

「今度こそ、彼女達の仇をきっちりと討つべきですわ」

「ええ。たとえ凍耶からもらった恩恵であろうと、今度こそしっかりと倒しきってやる！」

かつて殺された仲間の女性達を思い、美咲と静音は闘志を滾らせた。

「それでは迎え撃ちます。全員気を引き締めるように」

「「「はい!!」」」

愛奴隷達の戦いが始まる。

◆第128話　佐渡島凍耶に仕える最強武闘派奴隷軍

「では参ります。散開！」

マリア、ソニエルの号令でメイド達が一斉に動き出す。

それぞれがチームを組み王都全域に広がる敵勢力を相手取るため散開していった。

静音をリーダーとしてエルフの面々、ティナの村のメンバーが付き従う。

直接戦闘を得意とする美咲と、補助系魔法に長けたエルフ達、モニカ、ルルミー、クレアも美咲に続いた。

リルル、ジュリ、パチュの仲良し三人組（リルルが一方的に絡まれる）は七星将軍へと向かっていく。

ルカ、ココ、エアリスの村娘チームが武器を取りグランドカイザータイプのオーガ、キラーアント、ゴブリンに走り向かう。

ソニエルは元侍女達五人を引き連れて四天王の軍勢に向かっていった。

「あの三機神はやっかいです。ミシャ、アリエル、ティナで迎撃に向かってください」

「あいさーなのです」

「ん……任せる」

「アリエル頑張るね！」

若干の不安は残るが戦闘力が飛び抜けて高い三人ならば三機神を抑えてくれるだろうとマリアは踏む。あの三人は下手にチームを組むより遊撃部隊になってもらった方が効率が良いと判断したのだ。

「では私達も行きますよ」

「「「「はい」」」」

マリアの号令でビアンカ、残ったメイド達も敵勢に飛び出していった。

「それじゃ行くよ〜。フォースエンハンス」

エアリスが得意のバフ魔法でルカ、ココの身体を強化する。

「はあああ、パワードスラッシュッ‼」

ルカは全身に漲る力を込めて両手剣を大きく振りかぶり、巨大なオーガやキラーアントが一斉に真っ二つになる。

「ギイイイイイ」

胴と下半身を泣き別れにされた魔物達の断末魔の叫びが響き渡る。

「コオオオ」

高速の足運びでエボリューションエンプレスのキラーアントが迫る。

「シッ」

だがその高速の動きはココが放った二刀ナイフの投擲で阻まれる。

素早く突き刺さったナイフを回収し、斥候のスキル『足がらめ』で押し迫った敵軍勢は一斉に体勢を崩した。

「エクスプロード」

「ライトニングブラスター」

足を止められもがく敵に向かって高熱の爆発と雷撃の帯が巨大なガルム系モンスターを屠る。

シャナリア、エリーの未亡人コンビによる魔法連携でなすすべ無く消し炭になっていった。

「お、おのれぇ、舐めるなよ小娘ども！」

息巻いたのは九武将の面々である。デモンによる再生復活によりそれぞれが数十体に増えており、もはや九武将とかそう言う名前がどうでも良いくらい雑魚丸出しの雰囲気であった。

「撃ち方用意、一斉射撃!!」

エルフ族のリーダーであるティファルニーナの号令によって弓矢を放つ。

エルフのメイド達はそれぞれ伝説の武器『天乃弓　禍つ風を斬り裂く鏃《ヤジリ》』で一斉射撃を行う。

この武器は一本の矢から最大で一〇本の追加攻撃を行うことによって複数の敵を討ち貫くチート武器である。

それを一斉に放つため、数百本の矢が一瞬にして九武将の面々に襲いかかりあっという間に肉サボテンができあがり実力を発揮できないまま幹部であるハズの九武将は絶命して行く。

ちなみに九武将は以前のドラムルー襲撃時に比べて二〇倍以上パワーアップしているのだが、佐渡島家のメイド達の前にはその実力を発揮すること無く退場となった。

第129話　熾天使の聖天魔法

「あんたらの相手はあたしがしてやるよ」

「きゃはは、悪人顔のリルルお姉ちゃんがいっぱいいる〜」

「いる〜」

「やかましいわ!!　あたしあんな凶悪な顔してないから!!」

リルルはかつての自分の姿をした再生軍団の七星将軍と対峙し悪魔族だった頃のリルルを見てゲラゲラ笑うジュリとパチュを叱りつける。

何故か子供に人気のあるリルルは、悪戯好きの二人にこめかみを熱くしながらも信頼を置いている二人に背中を任せて七星将軍に向かい合った。

「あのさぁ、その顔であたしの前に現れないでよね。黒歴史が甦るじゃない」

「はん、あんたこそ、悪魔の誇りである角をなくして真っ白になっちゃってさ。なによその羽は？　シロアリかっつーの」

「あ？」

「あ？」

「やっぱおんなじじゃん」

「じゃーん」

「決めた。てめーらは殺す。一人残らず生き残れると思うなよ」

かつて自分が凍耶に言った台詞であることなど忘却のかなたにあるリルルは熾天使の四対の翼を目一杯広げて魔力を込め始めた。

「うげ、なんだこの巨大な魔力は!?　ほんとにあたしのオリジナルかよあれは」

七星将軍の面々は目の前に何十と展開される巨大な魔法陣を前に足がすくむ。

しかし遅い。上級悪魔よりも遙かに高い能力を持つ熾天使のリルルにとって今更七星将軍の面々が雁首そろえたところで敵ではなかった。

「さあ行くよ。聖天魔法の真骨頂、見せてあげる」

魔法陣から魔力の奔流があふれ出る。

リルルの詠唱と共に魔法陣が上空へと移動していく。エネルギーが収束されて光の帯が幾重にも重なり地上の敵を打ち払った。

「聖天魔法　『天空の御柱《みはしら》』『無音の衝裂』」

「ぐわぁあああ」

「ぎょえええええ」

裁きの光が敵を焼き、巨大な隕石が襲いかかる。そしてリルルの魔力が更に加速した。

「まだまだぁ！　聖天魔法『蒼古なる雷』『炎帝の抱擁』」

青白い稲妻が地を走り炎の輪が敵を包み込むように縮まる。

逃げ場を失った敵の面々は炎に取り囲まれてなすすべ無く黒焦げになっていく。

「お次はこれだ。聖天魔法『紫苑の鎖』『氷結の儀式』」

容赦ない追撃が続く。

リルルは続いて凍てつく刃を三方で囲み氷のピラミッドを作り上げる。

「あがあ、み、身動きが、とれん」

身動きの取れなくなった相手に更に追撃を掛けた。

掌を天上へ突き上げ更に下方にも伸ばす。

「『降魔の剣』『天帝の大剣』」

上空で漆黒の闇が寄り集まって巨大な槍が形成される。

その槍が空中で高速回転を始め流星が地上へ激突するかのごとく落下し始める。

それと同時に赤熱の地割れから突き出た大剣が敵を突き刺し、天空から降り注ぐ巨槍が追い打ちを掛けるように激突した。

既に死屍累々といった七星将軍の面々は、巻き込まれた他の魔物達と共に息も絶え絶えに何とか立ち上がろうとする。

「ば、バカな。何でこれほどの力を。私達だってパワーアップしているハズなのに。一〇〇万を超えてるんだぞ！　どうなってるんだ!?」

最後の一体となったリルル（悪魔）が口に入り込んだ泥を吐き出しながらリルル（天使）を見上げる。

「そんなに信じられないならあたしの数値を見てみるんだね」

そう言って翼を広げ魔力を高め始めるリルルに戦慄しつつサーチアイを起動すると、リルル（悪魔）の目には信じがたい数値が飛び込んできた。

――『リルル＝ハーネス（熾天使族）　ＬＶ５００　１２００００００』

そう、先刻涑耶がガストラの大地のアンデッドモンスター達を根こそぎ殲滅した時に所有奴隷達のレベル限界が５００まで解放され更に補正値も二〇〇〇％に上がったため元々奴隷達の中でトップクラスの実力を持っていたリルルの力は更にえげつない数値に上がっていた。

「そんじゃあさらばだあたしの黒歴史。二度と甦ってくるなよ。極限聖天魔法『幾千が放つ漆黒の焔』」

黒き焔がリルルの掌に集束され放たれる。

復活した七星将軍は台詞も碌に言えないまま焼き尽くされ再びこの世から消え失せた。

◆第１３０話　怒れる乙女～復讐の時来たれり～

過去、勇者と四天王の戦いは熾烈を極めていた。

ガマゲールマをはじめ、ゴーザット、デンダル、ハンニバル達と美咲、静音は、何度も何度も剣を交え、そのたびに引き分け、あるいは辛酸を嘗めさせられた。

「まさか再びあなた方と対峙することになるとは思いませんでしたわ」

静音は四天王のガマゲールマと向かい合い静かにたたずんでいた。

「げっげげっげ。勇者シズネ。今回は絶対に負けないのである。こちらもすさまじいパワーアップを果たし、更にこの人数だ。負ける要素は皆無なのである！　ここにいる全員でお前達を犯し尽くしてやるのである」

下品な笑いで舌なめずりをするガマゲールマ。

しかし、静音は一切取り合うことなく淡々と語り始めた。

静音、美咲にはかつて仲間がいた。彼女達が二人だけで旅をしようと決意したのは、かつて魔王軍に殺された仲間のような悲劇を再び繰り返さないためだった。

「ちょうどよかったですわ」

ニタリと笑う静音に不気味さを感じる面々。

ゆっくりと……そう、一歩一歩ゆっくりと近づいてくる静音の雰囲気にガマゲールマ（他多数）は息を呑んだ。

「わたくし、少しだけ後悔していましたの」

静音が放つ異様な殺気に気が付いた時、思わず一歩後ずさる。それはオリジナルの記憶に宿ったかつての死の恐怖以上のものだった。

「前回はあまりにもあっさりとあなたを殺してしまった。もはや弱い者いじめにしかなりませんが、お兄様から頂いたこの力で、あなた方に蹂躙されてきた人々の無念をここで晴らされていただきますわ」

ズドン

「え……」

ガマゲールマが隣を見やる。すると自分と同じ個体が額を貫かれ倒れ伏しているのが見えた。

「な、何なのであるか」

ズドンッ

「が……」

再びの音。

静音の指先から煙が上がる。

「ま、まさか……」

「ファイヤバレット」

魔力を限界まで集束させ熱の弾丸をさながら殺人レーザーのごとく発射し、ガマゲールマのコアを正確に撃ち抜いていた。

一撃でコアを撃ち抜かれたため得意の再生によるパワーアップをすることも無く絶命して行く。

「さて、そろそろ本番と参りましょう……」

静音の瞳が怪しく光る。掌を天に掲げぽつりと呟いた。

「クワトロスペル……」

静音の周りに何百、否、何千本もの氷槍、炎の弾丸。雷槍。風の刃の四種が形成され宙に現れ始める。

ガマゲールマ達は逃げだそうとした。しかし、いつの間にか足下すらも凍り付いていることに気が付きもがく。

脂汗が滝のように吹き出てきた。

「オリジナルスペル、極限全弾発射《オーバーリミットフルファイヤ》。この指が下ろされたとき、あなた方は地獄を味わう」

静音の詠唱と共に一斉に魔法が弾丸のように撃ち出されようとしていた。

「た、助けてくれ」

「あなたはそう言った女性を助けたことがありますか？　一体何人の清らかな乙女をその毒牙に掛けてきたんですの？　わたくし、かなり自己中心的性格であることは自覚していますが、あなたのような下賤な輩に穢された女性達の怒りは理解しているつもりですわ」

絶対零度の瞳で見下ろす静音の表情に、ガマゲールマ達は自分達が絶対助からないことを確信した。

全身が震え、歯がガチガチと音を立てる。

女と言う生き物をおもちゃのように扱ってきた非道の男達はその所業を心の底から後悔した。

だが、もう遅い。

温度の全く感じられない静音の瞳からは慈悲というものが欠落しているように見える。

「こういうとき、どのように自分の気持ちを表現したら良いか、よく分かりませんの。でも、そうですわね。今のわたくしの気持ちを、直情的な美咲先輩の言葉を借りて表現するなら、こんな感じでしょうか……」

静音はその感情表現をストレートに放つ仲間を思う。

静音の頭に浮かんだ言葉。

静音は普段、声を荒げることはほとんど無い。

だがこの時は、思い切り叫びたい気分だった。

「先輩、今日だけは、あなたのように素直になりますわ」

バカで、直情的で、自分の気持ちをストレートに言葉にできる、自分が密かに憧れている、この世で最も尊敬できる仲間が言うであろう言葉を、思い浮かべる。

静音は思い切り息を吸い込んで、叫んだ。

その言葉とは……

「「乙女の怒りを思い知れぇぇぇぇぇぇぇ！！！」」

飛び上がった美咲の斧が黄金の炎を纏い高熱の刃を形成する。稲光のごとき速さで大上段から振り下ろされる究極奥義が全ての敵を討ち滅ぼす。

「極限スキルッ、烈火ッ！　大！　斬！　斧！」

「ぎえぁああああああ」

「ひでぶぃうううううう」

「ぎょえええあああああああああ」

かつて共に過ごした友人達の顔が脳裏をよぎる。

自分達を逃がすためにその下衆男達になぶられてきた女達の怒りを諸々込めてさらなる極限奥義を放った。

「極限スキルッ　絶ッ！　斬ッ！　覇ァアアアアアッ」

気合いと共に黄金の大斧がみるみるうちに巨大化し横に縦に切り払われる。

ガマゲールマ、ゴーザット、デンダル、ハンニバルを含め、エボリューションモンスター達はおろか三機神の一部までも巻き込まれバラバラになっていった。

「ば、バカな、何だこの力、があああああああ」

「かつての何倍!?　ぶおあああああ」

「こんなことがあああぁああああああ」

以前とは比べものにならないほど強くなっているハズの四天王達。

しかしその力を以ってしても勇者の爆進を止めることはおろか近づいていくことすらできずに蒸発して行く。

「でぁありゃりゃりゃりゃぁあああああ！！！！」

絶叫しながら斧を振り回し竜巻を起こしながら敵陣を縦横無尽に駆け巡る。

「ひいい、美咲様激しすぎますぅう」

怒れる乙女は仲間の仇である敵を肉片に変えて行く。

美咲についてきた他のメイド達は嵐のように暴れ回る美咲の暴力に巻き込まれないように必死に身をかがめて凌いでいた。

数千体の敵性反応が撃滅されるまで二〇分もかからなかった。

――『生島美咲（勇者）　ＬＶ７００　５０００００００』

◆　◆　◆

「はああああああああああああああああああああああああああああああああああああああ」

ズドドド
ドドド
ドドド
ドドド
ドドド
ドドド
ドドドドドドドドドドドドドドドドドドドドド

「ぐばぼげばがぼぶげべばがぐぶぼばげばぐがばがぐげごぼがばはぁああああああああああああ」

静音の指が振り下ろされてから時間にしておよそ数十秒。

幾千もの魔弾がガマゲールマ（複数）の身体をグチャグチャのミンチに変えていく。

「まだまだまだまだまだまだまだぁああああああ」

だがパワーアップしたガマゲールマの再生速度を以ってすればこれでも僅かに生命を維持しながら再生を繰り返した。

しかし……

「じでぶげがばばばばあああああ」

静音の弾丸の嵐は止まらない。自分達を逃がしてくれたかつての友人の顔が頭をよぎる。思い出すほどに悔しさが溢れ出てきた。静音の奥歯がギリリと音を立てる。

「やめでぇぇええ、もう、じなぜ、でぇぇぇぇ」

「こんな生ぬるい地獄であなた方のやってきたことが許されると思って？」

静音の絶妙な力加減によって再生する先から討ち滅ぼされる生き地獄を味わい続けることになる。静音は苛立った。全力で放てばあっという間に蒸発してしまう。手加減しなければならないもどかしさに。

彼女達を弔うためあの町へ再びやってきた時、二人は自分達を逃がしてくれた女性達がどのような最後を迎えたのか知ることになる。

全身を擦り傷だらけにされながら、多数の性的暴行を受けた形跡がある冒険者風の女性の死体がいくつもあったらしい。

そのことを思い出した静音は更に魔力を込める。

ガマゲールマー達はパワーアップした再生能力を止めようとしたが、何故か自分の能力をコントロールできなくなっていることに気が付く。

何度も何度も何度も何度も……。死に果てるほどの致命傷でありながら無限に再生し苦しみは終わることがない。

死にたいのに死ねない地獄を延々と味わい続けるガマゲールマ。

──『女の敵はもっと苦しんで頂きましょう。静音、全力でやりなさい』

アイシスによるチートコントロールによってガマゲールマは再生速度を逆に上げられてしまい、更に痛覚を倍に増やされ、発狂して心を閉ざすことができないように精神力を強化されると言う鬼畜仕様に改造を施された。アイシスの言葉を聞いた静音の口元がつり上がり魔力が全開で解放される。

しかも超再生力のパワーアップは勿論効かなくなっている。

ガマゲールマはその生き地獄をおよそ永遠に近い感覚で味わい続けることになる。

周りで見守っていた他のメイド達は思った。

『静音さんは絶対怒らせちゃダメな人だ……』と。

──『桜島静音（勇者）　ＬＶ７００　４８０００００』

◆　◆　◆

「これで、仇を討ったことになるかしら」

「そう思いたいですわ」

四天王を残らず打倒した二人は、弔いの気持ちを込めて空を見上げるのであった。

◆第１３１話　猫大活躍

美咲達による無双で敵の数は激減し、残るのは三組の三機神と四天王の一部を残すのみとなっていた。

「せいやぁあああ」

「ぐがぁあああ」

「ざまぁみろですの！」

ソニエルの元侍女五人はかつて自分達を恐怖と絶望の陵辱へと引きずり込んだ四天王の面々と攻防を繰り広げていた。

人族のサラは神剣シヴァを大上段からの唐竹で振り下ろし、ゴーザットを真っ二つに斬り裂いた。

「……!!」

「おのれ、こざかしぃのである！　ぐほぉおおお」

妖精族のミウ。得意の光魔法による光線攻撃でガマゲールマのコアを真っ直ぐに貫く。

彼女達は凍耶による精神治療、そしてソニエルに入れてもらった活のおかげで恐怖心はもうない。

その結果、彼女達の心にふつふつと湧き出てきたのは、故郷を滅ぼされ自らを嗤いながら穢した下賎な男達に対する強い怒りだった。

「さあ、殺し合いなさいな」

サキュバス族であるレアルが精神系の魔法、チャームによる誘惑攻撃で四天王同士を同士討ちさせ混乱させた。

「極限スキル『原初の焔』」

リナの真っ白な毛並みは焔のように真っ赤に染まり、煌めく炎熱が敵を焼き尽くした。

本来一本であるハズの尻尾は九本に増えており、さながら日本妖怪の九尾の狐のような様相になっている。

「龍八卦『八衝発破』」

抜き手による連続突きでハンニバルの鉄壁鎧をズボズボと穴だらけに変えていくカレン。

「ご主人様のお力は、ほんに凄いわぁ。力が溢れてきよります」

「おかげで絶対負けませんです」

「(コクコク)」

「感謝しますわ、ご主人様」

「ですの！」

マーカフォック五人組は凍耶への夜の奉仕で恩恵を授かりパワーアップを果たしていた。

人族のサラは『剣聖』の称号スキル。

サキュバスのレアルは種族が『サキュバスハイネス』に。

狐人族のリナは種族が『九尾の狐』に進化。

妖精族のミウは『魔導王』の称号スキルを。

龍人族のカレンは称号スキル『拳闘王』をそれぞれ取得した。

各々が決して負けない強い力を欲したため、創造神の祝福がそれに応えたのだ。

通常のレベル帯ではあり得ない数値で成長をした五人は、かつて屈辱を受けた魔王軍の幹部達に復讐をきっちりと果たした。

◆　◆　◆

「うにゃにゃにゃにゃぁあああああ!!」

右から左から、激しい連係攻撃を繰り出してくる三機神がミシャ、ティナ、アリエルの三人に襲いかかる。

しかしその激しい嵐のような攻撃を一人前へ飛び出したミシャは迫り来る連続攻撃を全て防御しきってみせた。

「肉弾戦はミシャの領域なのです」

ミシャの思惑を受け取った二人は牽制を行うため距離を取る。

「ウィンドスラッシュ」

「飛斬衝ッ」

質のちがう二つの風刃が三機神に迫った。

風の音で流れを見切ったザンマがその場から飛び上がる。

「隙ありなのです」

飛び上がり体勢の自由が利かないザンマは不意を突かれ接近してきたミシャに気が付かず拳の一撃を受けてしまう。

「ぐお」

吹き飛ばされながらも空中で体勢を立て直し、ズンマ、ゾンマもそれに合わせてザンマのもとに駆けつける。

「おのれ」

「ならば」

「これならどうだ」

ザンマ、ズンマ、ゾンマの身体が左右にブレ始め、三組の三機神が横に、縦に縦横無尽に動き始めた。

「「「奥義、三重殺層」」」

地を這い、空を駆けながらミシャ達を取り囲み徐々に距離を詰めて行く。

しかし、またも腰を落とし前へと飛び出したミシャがその奥義の中へ飛び込んだ。

「そんな技ミシャには通用しないのですッ！」

咆吼と共に敵陣に飛び込んだミシャが素早い動きで分裂攻撃を切り出す三機神三組分の連撃を全てさばききってみせる。

「うにゃあぁああ、せいやぁあ」

「「「グッ」」」

「「「ゴッ」」」

「「「ボォ」」」

それどころか針の穴を通す正確さで攻撃の隙間からザンマの顔面に突きを入れ、ズンマのみぞおちに前蹴りを叩き込み、ゾンマの延髄を旋風脚で蹴り払った。

ドシャァアアと吹き飛ばされていく三機神。

その見事な戦闘センスは徒手空拳を専門とするマリアを以ってして息を巻くほど見事なものだった。

「兄様から頂いた力は凄いのです。身体がイメージ通りに動くのです」

「おのれ」「何という」「強さだ」

「こうなれば」「致し方」「あるまい」

「我らの」「真の力」「お見せしよう」

三機神。ザンマ、ズンマ、ゾンマの三人は、以前凍耶に一撃で首を飛ばされ力を振るうことなく絶命しているが、本来その実力は魔王軍の中でもトップクラス。

ザンマ一人だけでもこの顕界なら地上制圧ができてしまうほど次元の違う強さを持っている。凍耶は相手が悪すぎたとしか言えない。

ザンマ、ズンマ、ゾンマは両手を大きく広げ、地に足を踏み込み腰を落として全身に力を込める。

「「「ぬぅうううううん」」」

三組の三機神の筋肉繊維がビキビキと音を立ててみるみる肥大化して行く。

青筋立てた血管を全身に浮かび上がらせ、あふれ出た闘気の風がミシャ達を吹き飛ばそうとする。

「ううう」

「す、凄い気迫」

ザンマが大きく息を吸う。それに続いてズンマ、ゾンマも同じように肺を膨らませ息を止めた。

「「「ショウーーーーッ」」」

「「「チクーーーーーッ」」」

「「「バイーーーーーッ」」」

裂帛の気合いと共に意味不明な叫びを一気に吐き出すと、爆風が起こって土埃が舞い上がる。

「うにゃああ、ゲホッゲホッ」

土埃が目や鼻に入り咳き込む。ミシャは砂が耳に入らないようにピコピコ動かした。

やがて砂埃の幕が晴れ、目をこらすと三人の姿があらわになる。

そこには一際筋肉の膨張が激しくなり巨大化した三機神の姿があった。

そして口を覆っているマスクが外れ、機械仕掛けの口元があらわになる。

頬の部分には格子になった部品の奥にモーターのようなものが回転しており、キュインキュインと甲高い駆動音を鳴らしていた。

熱を吐き出すように蒸気を「プシュウウウ」と吐き出し音を立てる。

「「「これぞ」」」

「「「真の」」」

「「「三機神」」」

真の姿を現した三機神は全員が変身を果たし一列に並び立つ。

――『戦闘力が飛躍的にアップしています。見た目に反して敏捷性が高い模様』

「じゃあミシャ達も本気の姿で戦うのです」

「ん……多分、このままでも勝てる。でもせっかくだから本気出す……」

「特訓の成果、見せるのーッ！」

「「そんな」」

「「こけおどしが」」

「「通じると思うな」」

「こけおどしかどうか」「その目でしかと」「見るがいいのです」

「「ま、真似をするな！」」

相手は魔王軍最強格のハズだが、どこか緊迫感に欠ける戦いであった。

◆第132話　可能性の塊　弱冠一二歳

「よーし、アリエルから行くよー！」

アリエルは剣を両手に握り絞め、天高く掲げると奥の手である技を繰り出す。

「はあああぁぁあ、見よう見まねッ黄金の闘気ッィ！」

アリエルの周りから炎を纏ったような気の滞留が生まれる。

その色は黄色ではあるが少し本家よりも薄めであり、見ようによっては黄金色に見えなくもない。

しかし、凍耶の奥の手である黄金の闘気は三分間総合戦闘力を五倍にするスキルである。

アリエルのそれは約二倍と本家には届かないものの、シンプル故にその効果は凄まじい。

「三分しかないから一気に行っちゃうもんね」

光の宝剣レグルスを両手剣のように握り絞め三機神の一組に向かう。

凄まじいスピードで迫るアリエルに反応することができず気の滞留に巻き込まれて吹き飛ばされていく。

その様子を見ていたソニエルはアリエルのもの凄さを肌で感じ、僅かに昂揚した。

年齢が幼いため荒削りではあるものの、その将来性は人族であることが信じられないくらいであった。

そう。

神の恩恵で身につけた凍耶と違い、自力で体得したアリエルはまさしく真の天才と言えた。

三機神は巻き込まれた気の滞留の勢いで吹き飛ばされ戦場から離れていった。

「やぁあああ、たぁあああ」

横凪の一撃でザンマの身体は真っ二つになり、すぐさま魔結晶へと姿を変えストレージに納まった。

「な、なんだと!?」

「まさか」

一撃でやられるとは思わなかった残る二人はすぐさま反撃に出る。

しかし素早さを生かした攻撃をしようとしても三位一体の一角を崩された二人には先ほどまでのキレはない。

「パワードスラッシュッゥう」

逆袈裟斬りで下段から上段へと振り上げた剣がゾンマを斬り裂いた。

「カハッ……」

ゾンマもまた一瞬で切り捨てられ魔結晶へと変わった。

「く、くそ、小娘の分際で」

「アリエルは子供だもん。小娘だもーん」

罵倒を意にも介さずアリエルはスキルパワーを剣に込め始めた。

そして魔力を込めて光の宝剣レグルスに炎が宿った。

アリエルはその炎が燃え盛る剣を一振りすると両手に握り絞めて天高く掲げた。

「これが主様の世界の必殺技」

アリエルは凍耶から聞いた異世界の剣技にずっと憧れそれを再現するために猛特訓を重ねた（実際はフォームの練習だが）。

その万感の思いを込めて、必殺の名前を腹の底から叫び燃え盛る剣を振り下ろした。

「一刀両断！　アリエルカイザーァアアアアッ‼」

「ぐわあああああああ」

その名が示す通り一刀のもとに身体を真っ二つに斬り裂かれ、ゾンマは魔結晶へと姿を変えた。

「イエーイ！　アリエル大勝利！」

Ｖサインを掲げながらはしゃぐアリエルの姿を見て、ソニエルはその将来性の末恐ろしさに身震いすら感じた。

（とんでもない逸材だったのねアリエルって）

でも……（なんでカイザーなんだろう？）と、ソニエルは思った。

――『アリエル　ＬＶ５００　１６４０００００』

◆第133話　精霊魔法の進化形

「次はティナの番」

ティナの周りに深緑の色に輝く光が集まり始める。

それは大気や土、風、木々。

あらゆる物質に宿った精霊の光だった。

見たことのない魔法に息を呑む三機神の面々。いつも眠そうな顔をしているティナはその表情を変えることなく淡々と語り始める。

「ティナは精霊魔法の使い手。かつてはほんのわずかに恩恵を受けるに過ぎなかったこの魔法も、トーヤの恩恵を受けることでさらなる高みにのぼった。そんなことをさらりとできてしまうトーヤ、マジ神」

表情は変わらないものの若干鼻息の荒いティナに引き気味の三機神は、そうはさせまいと構えを取る。

「何をする気か」「知らんが」「好きにはさせん」

「慌てない」

「「「ぐおっ」」」

ティナの周りに漂う精霊の光が三人を吹き飛ばす。

付き従うように周りをふよふよと浮かぶその光に物理的質量は一見なさそうに見える。

しかし実際には非常に高密度なエネルギーの塊であり、並の存在なら触れるだけで溶けてしまうほどの熱を持っている。

「この魔法はティナのイメージによって自由に力を上下させる。つまりティナが強くイメージすればするほど強い攻撃ができるようになる」

そして一文字に結んだ唇が僅かに口角を上げ、得意げに呟いた。

「そして、ティナにとってこれほどやりやすい技はない。何故ならこの世界で神をも屠る（かもしれない）最強中の最強がティナの最も近くにいるから。惜しむらくはティナの魔力では本人の強さには遠く及ばない程度にしか再現できない。でも、お前達にはこれで十分」

ティナは精霊の光を頭上に高速で回転させ徐々に形をこねて、粘土細工を弄るように練り上げていく。

そして、できあがったのは真っ白なボディにマネキンのように真っ白な顔をした凍耶そっくりにできた三体の人形だった。

「名付けて、『ティナの愛がたっぷり詰まったトーヤ型ラブドール1号、2号、V3』」

ポーズを決める三体の人形と、どや顔のティナにドン引きの三機神。

「それでは攻撃開始」

だが空気をあえて読まない特技を持ったティナはそのまま攻撃に踏み切った。

凍耶型の人形達がティナの命令によって空の模造刀を手に持って三機神に向かっていく。

「この技は継続時間が短い。だから一気に決める」

オリジナルの凍耶と同じようにパワーストライドで高速移動し空の模造刀を振りかざす。

「行け、1号、2号、V3。精霊魔法の必殺奥義」

ティナの宣言と共に三体の人形はザンマ、ズンマ、ゾンマに回り込み、まず1号が空を投げ捨て両手の指をザンマの両のこめかみに突き刺した。

「ぐわぁああ」

凍耶人形1号の指にバチバチと魔力が込められスパークが走る。

「な、何だ、何をする気だ!?」

「1号必殺。メガ○テ」

「ぐわああああああ」

一瞬収縮した光の塊が上空へと立ち上る柱となって轟音をまき散らす。

「続いて2号」

「ごはぁああ」

あっけにとられたゾンマの後ろから凍耶人形2号が羽交い締めにする。

「これぞ2号の必殺技。名付けて『一緒にギャ○クシアン○クスプロージョンを浴びてもらうぜ』」

「何その名前」と突っ込む暇すらなく強制的に上空へと押し上げられたゾンマは、星々が砕ける様に巻き込まれ塵と消えた。

「最後にV3」

「ヒッ」

続けざまに二人もやられた三機神。最後に残ったズンマはきびすを返し逃亡を謀る。

「ネタが思いつかないので無言の自爆」

「何という理不尽!?」

そこまで言い終わったティナが人形を爆発させ巻き込まれたゾンマは跡形もなく消え去った。

ティナの精霊魔法の必殺技。

ようは単なる自爆であった。

「トーヤへの愛がティナを勝利に導いた」

その場にいる全員が思った。

「それはひょっとしてギャグで言っているのか!?」

何故ティナが異世界の技を知っているのかについては凍耶から語られた異世界のアニメなる作品に興味を持ったからに他ならない。

ただ純粋に技に憧れたアリエルと違い、ティナの興味の方向性は若干人とはズレているのである。

――『ティルタニーナ＝ノール　LV500　11000000』

ちなみにこのラブドールなるネーミングは凍耶本人に却下され、ティナは渋々『アストラルソウルボディ』に変更することになったのは別のお話である。

◆　◆　◆

「最後はミシャなのです」

気を取り直して三機神に向き直るめげないミシャであった。

◆第134話　神なる獣

最後の一組となった三機神は油断なく相手の出方を待った。

子供だからと油断はしないし殺すことに躊躇はない。

「行くのです～。神獣ーーーへんーーーしーーーーんッ!!」

ミシャの身体にバリバリと音を立てて稲妻が落下し大爆発を起こす。

突然の落雷に目の眩む三人だったが、相手が飛びかかってこないところを見ると攻撃ではなかったことに安堵のため息を漏らす。

先ほどの攻防でこの猫娘の強さは決して油断できないものであることは身にしみていた。

できれば変身など待たずしてかたづけてしまいたいが、爆風のすさまじさに立っていることがやっとで前へ踏み出すことができないでいたのだ。

そして三機神は徐々に晴れていく煙の奥に浮かび上がる影にぎょっとする。

ギラリと光る眼《まなこ》が自分達を睨み付けていることを悟り、思わず一歩後ずさる。

「何だ……？」「何が……？」「起こったのだ……？」

ズシンッ

「「「！！？」」」

バチン……バチバチバチバチバチバチ……

濃厚な密度の破裂音が機械仕掛けの鼓膜につんざくように響き渡る。

ズシンッ……ズシンッとゆっくりとした足取りで、しかしその重圧はすさまじい存在感を醸し出している。

重圧的な足音を立てて重厚な姿が徐々に視界に映っていく。

煙の中から現れたその異形が一歩一歩地を踏みしめる度に濃い紫のスパークがバチンと弾けた。

「グルルルル……」

その煙の中から現れたのは紫電を纏った巨大な虎であった。

全身の真っ白な毛並みに紫色の縞模様が彩り、踏みしめた大地がその重量に沈み込む。

「ぐぅううぅぉおおおおおおおおおおおおおんんんん」

「これがミシャの奥の手。【神獣変身　紫電の雷虎】なのです」

喉をうならせながら変身した雷虎が後ろ足で地面を掘り腰を落とす。

ざっざっと獣が獲物を捕らえるかのように身をかがませ体勢を低くした。

いよいよ敵が攻撃に移るか、と構える三機神。

「ぐおおお」と咆吼と共に雷虎が飛び出す。巨体とは思えぬ凄まじいスピードに三機神は誰一人として全く反応することができなかった。

巨腕と化した虎の一撃がズンマの身体を吹き飛ばす。

ズンマの上半身と下半身が泣き別れにされ、ズンマは自分が死んだことを自覚することも無く魔結晶へと姿を変えた。

「……え？」

ザンマはズンマが吹き飛ばされたことをようやく知覚する。

しかしその時にはもう雷虎の牙が眼前に迫っていた。

「え……あ……」

バクン……


巨大な顎が開きザンマの肩までを覆い隠した。

ザンマはオリジナルと同じように自分が死んだことを知覚することも無く絶命し、魔結晶へと姿を変える。

「グルルルル……」

ライトパープルに輝く眼がゾンマを睨み付ける。

「ヒッ……う、うわあああ」

ゾンマは恐怖のあまり一目散に逃げ出す。しかし、それは悪手だった。

獣の目の前で走って逃げることは自殺行為に等しい。

猛獣に遭遇した時点でその運命は尽きていたとも言えるが……

雷虎の額に激しいスパークが走る。

『【雷獣の咆哮】』

口を開けると同時に雷虎の目の前から稲妻の帯が発射される。ライトニングブラスターとは比べ物にならない威力の超熱線がゾンマに迫る。

「あひ……た、助けてくッ」

一直線にゾンマへと向かったビーム状の光は「じゅわ」と言う音と共にゾンマの肉体を単なる炭へと変え、魔結晶に変わった。

「ミシャの勝利なのです」

虎の姿のまま咆吼し、勝利の雄叫びを上げた。

――『ミシャルエル　ＬＶ５００　１６５００００００（神獣形態時　６００００００００）』

◆第135話　闇の底に漂うアリシア

私は一体どうしてしまったんだろう。
一体どこで何をしていたのだろう。
アリシア、それが私の名前。
それしか思い出せない。どこで、何をして来た存在なのか。
自分が何者で、何をなそうとしていたのか。
思い出すことができない。頭の中にネバネバとしたものがへばりついて思考が鈍い。
意識が朦朧とし、ちゃんとものを考えることができない。
でも、一つだけはっきりとしていることがある。
ぐちゃぐちゃになった記憶や思考の中で、それだけがはっきりとしているのだ。
鮮明に思い出せる顔。名前。姿。
佐渡島凍耶。
そうだ、思い出した。私は、生まれて初めて恋をしたんだ。
ああ、でも、それしか思い出せない。あなたは今、どこで何をしているの？
今、私はどこで何をしているの？　何をすればいいの？
会いたい。あなたに。
凍耶様……アイタイ……アイしてる。
トウヤ……サマ……

◆第136話　狂った悪魔が生まれた日

総勢五〇〇〇にもなった魔王軍の軍勢は佐渡島凍耶の奴隷軍団によって全滅した。

その様子をデモンは歯ぎしりをしながら見ていた。

「おのれぇ。まさか奴隷どもまでここまでの化け物揃いとは」

デモンはその様子を魔結晶を通して離れた場所から見ていた。

ある程度予想していたとは言え、まさかこうもあっさりやられるとは思わなかったのだ。

ドラムルーに転移してきてまだ一時間も経っていない。

だが、問題はない。おおよそは計画通りだった。

「くく。あれほどの化け物揃いとは少々想定外だが、問題無い。おかげで全ての宝玉はそろった。何故か奴らのストレージは宝玉を回収できなくなってしまうようだ。死んだ先からアリシアの身体に転送できるように仕込んでおいて正解だったな」

デモンはドラムルーにほど近い、この世界にいくつか用意していた隠し研究室の一つにアリシアと共に潜んでいた。

アリシアの頭には無数の突起がついたヘッドギアが取り付けられており、ザハークが入っていたカプセルと同タイプのものに収容されていた。

中央のカプセルには無数のパイプがつながっており、各地で死亡したグランドカイザータイプ以上の魔物の宝玉が転送され変換されたエネルギーがアリシアに流れ込むようになっていた。

「くふふふ。ザハークほどではないにせよアリシアもいい合体魔神になってくれそうで安心したよ。やはり素体は元々強い肉体を持っているものでなければならないようだ」

パイプにつながれたアリシアの起動スイッチを押し込み蓋が開く。

「ふん。冷静に考えれば佐渡島凍耶にこれ以上かかわるのは得策ではないだろうが。このまま何もせずにこの世界とおさらばするのは少々癪だ。アリシアの細胞は既に採取したし。いつでもアリシア型の魔神を量産できる体制は整った。これでオリジナルの記憶を消してしまえば完全に私の言いなりの人形魔神のできあがりだ」

うつろな目をしたアリシアがゆっくりとカプセルから這い出てくる。

「オリジナルの素体そのままでは何かの切っ掛けで記憶が目覚めてしまうかもしれん。君には最後に奴の大切なものを根こそぎ破壊する任務を与えよう。その後は好きにするがいい。まあ、好きにできる頭が残っていればだがね」


ゆらり……


「ん？」

命令してもいないのに勝手にこちらに歩いてくることに違和感は覚えたが、佐渡島凍耶に目に物見せることで頭がいっぱいだったデモンはその小さな違和感を無視した。

「さて、アリシア。ようやく君の出番だよ。ドラムルー王国へ赴き、佐渡島凍耶の奴隷どもを皆殺しにしてくるんだ」

「……さど……じま」

光の宿らない瞳でぼそりと呟く。アリシアはゆっくりと歩き始め身体に魔力を込め始めた。

「くく、よし。そのまま転移魔法でドラムルーへと行き給え。その間に私はこの世界からおさらばするとしよう」

アリシアが行動を開始したことに満足したデモンは既にアリシアに興味をなくし背を向ける。

転移装置が備え付けてある部屋へと歩き始めた。

だが……


ズブリ…………


「……え？」

デモンは自らの胸板からおびただしい量の血液と共に、自分の胸元から何かが飛び出している光景を見た。

「……え？　あ……が、は」

一体何が起こった、と疑問を思考する前に、デモンはその後ろから自らを貫いている「何か」の正体を見た。

「アリ……シア」

それはかつて魔闘神アリシアと呼ばれていた頃の彼女よりも、更に禍々しい、更に凶悪な、更に濁った瞳を持った別の何かが立っていた。

「……サドジマ、トウヤ……トウヤ、サマ。トウヤサマ、スキ、スキスキスキ、欲しい、ああ、凍耶様ぁ、私の愛しい凍耶様。あなたを手に入れたい。世界で私だけ愛して欲しい」

興奮したアリシアがデモンに突き刺した腕をジュクジュクと出し入れする。

「が、がふ、あ、ごはぁ」

激痛に苛まれるデモンの腕がアリシアの腕をつかむ。

その細腕をつかんだ途端それが引き抜かれデモンは倒れ伏した。

「ごはぁ……アリシア、な、何故、自意識が……？」

「うふふふ、あなたのおかげよデモン。あなたが愛しの凍耶様の名を呼んでくれたから、暗い暗いヘドロの海のそこから這い上がってくることができた。あっはははは。こんなに気持ちイイのは生まれて初めてよ」

「ば、バカな……」

デモンの意識がもうろうとし始め、アリシアは高笑いを上げながらデモンのから腕を引き抜いた。

「命令を遂行するわ。佐渡島凍耶の奴隷女どもを皆殺しにして、凍耶様を私だけのものにしましょう。その前に……」

アリシアはデモンの首をつかみ取り片腕で宙づりに持ち上げた。

「うぐうううう」

「私はもう魔王軍でも魔闘神でもない。ただ一人の男を愛する女。そんな力を与えてくれたあなたには最上級のお礼をしなくっちゃ」

「な、なにを……する気だ」

アリシアの口角がニタリと歪む。

「決まってるわ。あなたの力を全部取り込んで、あ・げ・る」

デモンは首をつるし上げられながらアリシアの言う言葉の意味を考えた。

だが、答えが出る前にデモンは自分の身体から急激に何かが抜き取られていく感覚を覚える。

「ぐ、が、ぁぁ、ま、まさか」

「そう、私はね、あなたが宝玉をやたらと突っ込んでくれたおかげで相手の力そのものを宝玉に変えることができるようになったのよ」

デモンの視界は闇に染まっていく。

「私を操ってくれたお礼をしなくちゃね。こんな素敵な宝玉までプレゼントしてくれて」

デモンは見た。自らの身体から球体が取り出されアリシアに吸収されていくのを。

――『アリシア＝バルトローナ（エボリューションエンプレスデビル　最凶星）　LV700　1000000000』

「あっははは、凄い力が溢れてくるわぁ。宝玉の力って素敵ねぇ」

アリシアはデモンが施した宝玉のエネルギーの吸収に加えてデモンから奪った『戯闘神の宝玉』を吸収した。

結果、かつてないほどの力を持った悪魔が誕生してしまったのだ。

「じゃあね、デモン」

「よ、よせ。おのれ、この私が、こんなところ、で」

吸収しきったデモンの首をぐにゅりと握り絞める。


ゴギッ……


「……ッ!?」

気持ちの悪い音を立てて、首が出してはいけない音を響かせる。

デモンの意識はそこで永遠に途絶えた。

この世界に混乱をもたらしたあらゆる元凶。一人の凶科学者の命はこうしてあっけなく幕を下ろしたのだった。

◆第137話　ザハークの器

「お前がザハークか。思っていたよりずっと餓鬼っぽいな。魔王っつーくらいだから貫禄のあるおっさんかと思ってた」

「合体魔神となったときに肉体も若返ったようだな。本来お前とは比較にならんほど長い時を生きてきたのだぞ」

「そうかい。自分で振っておいてなんだが、お前のあらゆることに興味はない。さっさと終わらせてもらうぞ」

俺は会話もそこそこにザハークに斬りかかった。

ドラムルー周辺に大量の敵性反応が出現し二闘神始め敵は全てそちらに移動した。

恐らくたとえ二闘神が相手でも勇者二人にマリア、ソニエルがいれば大丈夫だろう。

先ほどのレベルアップで奴隷の女の子達のレベル限界が５００まで上がっている。

勇者二人に関しては７００。それにソニエルはソニア王妃と融合を果たし限界値が９９９までになり、彼女に関しても９９９に上がっている。

よほどのことがない限り負けることはないだろう。しかし、先ほどのデモンの余裕といい、なにか不気味な予感がするのだ。

あまり悠長にことを構えていられる気がしない。

「せっかちなことだ。こちらは新たな力を試したくてうずうず」

しゃべり始めるザハークを無視して斬りかかった空の刃がザハークに迫る。

「なっ!?」

それはそのままザハークの半身を斬り裂き二つに分ける。奴は反応しきれずにそのまま驚愕の表情を浮かべつつ宙を舞う。

俺はそのままザハークを粉々にするため魔力を込めた。

「アルティメットシャイン」

「な、何だとぉ!?」

ザハークの身体は光に包まれ塵と消えた。

「やったか……」

しまった。自分でフラグクサい台詞を吐いてしまい激しく後悔する。

思った通りちりぢりになったザハークの身体の粒子が寄り集まり再生を始める。

もう一度攻撃を加えるため再び魔力を込め始めたが、あっという間に再生してしまったザハークは俺の魔法攻撃を避け離れた位置に再生する。

「ははははは。すさまじいな貴様は。まさか我が一瞬で殺されるとは思わなかったぞ」

殺されるとは一体どういうことだ？

——『ザハークの生命数値は確かに一度ゼロになっています。しかし一瞬で数値は全快し、総合戦闘力が二〇％上昇しています』

——『ザハーク　LV666　666000000↓LV690　799200000』

数値的にはまだ俺の敵ではない。しかし今のように再生とパワーアップを無限に繰り返すことができるとしたらドンドンやっかいなことになる。

セオリーで行くなら再生回数に限界があるとか、繰り返す度に上昇値が下がるとかいろいろ考えられるが、どうなるか分からない以上下手に相手を殺すのも危険だ。

「さあ行くぞ」

俺の気持ちを知ってか知らずか愉快そうな顔でザハークが俺に飛びかかってくる。

敵の反応速度は大したことはなかった。

適当にいなしつつ対応策を考えた。攻撃も速度も大したことはない。

俺の戦闘力は既に五億を超えているため一億に届いていないザハークの攻撃は俺の防御を突破することはできないようだ。

凶星状態でないから防御無視攻撃をしては来ないと思うが油断はできない。

俺は相手の攻撃に一切あたらないようにしてザハークの攻撃をよけ続けた。

「どうしたどうした!! よけてばかりでは我に勝つことはできんぞ」

ザハークはムカつく愉悦顔で長く伸ばした爪を振るって攻撃を繰り出す。

くそ、もたもたしていられないってのに。

――『凍耶様、ザハークの生体を詳しく分析いたします。しばらく時間を稼いでください』

頼むアイシス。

――『お任せを』

俺はアイシスのインテリジェントサーチの間時間を稼ぐため、適度に距離を保ちつつザハークの攻撃を凌ぎ続けた。

ザハークは最初こそ愉悦に満ちたしたり顔で攻撃を繰り出してきたが、俺に攻撃が全くあたらないことに徐々に焦燥感が見え始めた。

「ぐおおおお、何故だ、何故あたらない。逃げてばかりでは我は倒せんぞ」

高速で繰り出す攻撃を全てよけきり、俺が一切攻撃をしてこないことにザハークは苛立っているようだ。

埒があかないと感じたのか攻撃を中断し俺から距離を取った。

「貴様! やる気があるのか!? 何故攻撃してこない」

「一人で勝手に盛り上がってる所悪いけどこっちはお前に付き合うつもりはない。なあザハークよ。お前は何のために強くなる?」

「なんだ? 決まっている。我が最強になるためよ」

「最強になってどうするんだ？」

「知れたことよ。全ての生物が我にひれ伏すことになる。我に屈辱を与えた魔界の猛者どもに目にもの見せてやるのよ」

なんだそりゃ？　やられたのが悔しいから仕返しをするために強くなりたいってのか？

「それだけか？」

「それだけとはなんだ。これ以上の目的があろうか。我が魔界で最強を示すこと以上の崇高な目的などありはしない」

「お前、薄っぺらいな」

「なんだと？」

「大望も無ければビジョンもない。ただやられたのが悔しいから強くなって仕返しがしたいとか、発想が餓鬼と同じじゃないか」

「ふん。お前に何が分かる。我は努力した。努力してもしても、越えられぬ壁は存在するのだ。そんなものを超えるためにはもはや努力以外の力を求めるしかないではないか」

俺は頭が痛くなった。

「魔界と言う世界はな。力が全てなのだ。他者を屈服させることでしか己の矜持を示すことはできぬ。我は生まれたときから最強だった。その我の唯一の矜持を揺るがした他国の愚か者どもを屈服させること。それが我が力を求めし最大の理由」

「……はぁ。お前がどんな目的を持っていようと構わんよ。だが、それで異世界の住民にまで迷惑を掛けるのはどうなんだ？」

「ふん、それがどうした。我は最強の存在。そうでなければならんのだ。そうあり続けるために手段を講じることの何が悪い。思い知れぇ！」

ザハークはバカにされていると思ったのか激昂しながら飛びかかってきた。

俺はため息をつきながらザハークの顔面を殴りつけ地面にめり込ませる。

「ごはあ」

俺は非常に冷めた気持ちでザハークを見下ろした。

何だこいつは？　なんて薄っぺらいんだ。こんな奴のために この世界の様々な場所で悲劇が繰り返されたのかと思うと行き所のない怒りが湧いてくる。

ようするにこいつは自分のプライドのためにこの世界に大迷惑をまき散らしに来ただけなのだ。

努力しても越えられない壁に対する憤り。気持ちは分からなくはない。

俺だって経験がないわけじゃない。

だが問題はそこではない。

俺は魔王なんて名乗るくらいだからさぞかし高尚な目的がおありなんだろうと思っていた。

だが現実はこれだ。

ため息の一つもつきたくなる。俺はさっさと勝負を終わらせたかったが相手を殺せない以上今はどうしようもなかった。

アイシス、ザハークの分析はどうだ？

――『解析完了。再生能力を行使すると細胞の損傷度が五％ほど上昇するようです。ザハークの細胞強度から逆算すると損傷度が三五％を超えると生命活動を維持できなくなるため後七回再生を繰り返せば死亡するものと推測できます』

なるほど。問題は戦闘力の上昇率が二〇％固定じゃなかった場合だな。

下がるなら問題はないが、再生の度に上昇率が上がるとしたら危険でもあるな。

殺す以外に方法ってないものかな。封印とか。

いや、やっぱりないな。仮に封印する手段があったって問題の先延ばしにしかならない。

こいつは心の底から矯正しないとダメだ。

相手が子供なら諭してやるのが大人の義務だろう。しかし長い時を生きているにもかかわらずそんな考えしかできないのであればそれなりの責任の取り方をしてもらうしかないだろう。

「な、何故だ、我は最強の肉体を手に入れたはず。なのに何故勝てん!?」

俺の足下でザハークがもがく。

こんな小物のためにこの世界が辛酸を嘗めさせられてきたのかと思うと何ともやりきれない部分がある。

ルーシアの家族も、ミシャの家族も、マーカフォック王国の住民達も、ひいてはソニエルも、こんなちんけな野郎の目的のために全てを失ったのだ。

「お前、もういいや」

俺はザハークを踏みつけていた足を外した。

奴はすぐさま俺から距離を取り乱した息を整えていた。

「はぁはぁ、おのれ。き、貴様何者だ。魔界の猛者どもよりも遙かに凄まじいその力。その力をどうやって手に入れた」

「お前に話す義理はないな。っていうか時間がないんだ。さっさと終わらせるぞ」

俺はザハークに対して再びアルティメットシャインを放った。

「ぐはあぁあああああ」

ザハークは倒滅の光に包まれちりぢりになった……かに見えたのだが、奴はなんと俺のアルティメットシャインに耐えきった。

「がはぁ、はぁ、はぁ……す、すさまじい技だ。な、何故我は生きているのだ？」

俺が知るか、と言いたい所だが、これってどういうことか分かるかアイシス。

――『どうやら一度その身に受けた攻撃に対して何らかの耐性を持ったようです』

やっかいなことだ。

それなら小威力の技でやるしかないな。大技に耐性を持たれたら後になるほどやっかいだ。

俺はファイヤバレットを連射し、ザハークを滅多打ちにした。

「うがががががが」

静音得意の連続集束撃ち。

穴だらけになったザハークは再び再生をし始める。

――『細胞損傷度が一五％に到達。先ほどのアルティメットシャインも効いているようです。総合戦闘力は二〇％＋二〇％の数値になっている模様』

どうやら今のところ一定の率で上がっているようだな。仮に全部二〇％で上昇したとしたら戦闘力はいくつになるんだ？

――『全て二〇％と仮定した場合は凍耶様の約半分と言ったところです』

このまま何事もなくすんでほしい所だが、なんかそんな風にはならない気がするな。

俺は油断なく構えつつ、ザハークを順に攻撃威力を上げながら死亡させていく。

そして損傷度三五％に達した時、それは起こった。

「ごふ……お、おごごごご」

ザハークの身体が急激に膨らみ始め風船のように肥大化する。

何だ？　自爆でもするつもりか？

「ごがががが、我は、我は最強。魔界最強の覇者なり。魔の王なり。魔王ザハークなりぃいいいいいいいいい！！！」

肥大化したザハークの身体は爆散し破片を辺りにまき散らした。

――『細胞の損傷度が限界値を超え肉体の形状を維持できなくなった模様。生命数値は○。死亡が確認できました』

――『経験値を取得　1023倍に増加　LV4533→LV5000　基礎値4500000　レベル5000に到達ボーナス、基礎値が50％上昇。端数繰上で7000000に増加。称号スキル【魔を倒滅せし破壊の化身】を取得。補正値15000％に上昇。総合戦闘力↓1057000000』

予想はしてたけどとうとう一0億越えか……

もうインフレとかそう言う次元じゃない気がするな。創造神は何を想定してここまでのボーナスを用意したんだか……

――『創造神の祝福発動　称号スキル【魔を倒滅せし破壊の化身】がバージョンアップ。称号スキル【破壊神】を追加取得。補正値が17000％に上昇。総合戦闘力↓端数繰上で12000000000』

破壊神って物騒な名前だな。人聞きが悪いにもほどがある。

――『いえ、破壊神は神のランクでもかなり位の高い存在ですから、その称号を授かるのはかなり名誉なことです』

神様サイドの価値観か……うーん。釈然としないが創造神の祝福に今更どうこう言っても仕方ないか。

さて、そんなことより急いでみんなの元に向かわないと。ザハークと戦い始めてからまだ一時間も経ってないが、向こうの戦局はどうなった？

――『御館様、御館様聞こえますか？』

「お？　マリアか。無事か？」

――『はい。こちらの敵戦力はほぼ全滅させました。後は二闘神を残すのみとなりますが、姿は見えません。現在アイシス様が捜索してくださっています』

「そうか。怪我人はいないか？」

――『はい。全員怪我もなく特に苦戦もしなかったようです』
「よかった。心配したぞ」
――『事前に大量のレベルアップをしていたおかげで戦力を大幅に増強できました。御館様の作戦が功を奏したようです』
「それは何よりだ。こちらはザハークを倒した。これから帰る」
――『さすがは御館様。かしこまりました。ではお出迎えの準備をしておきます』
「ああ、マリア、飯作って待っててくれ。一番良いのを頼む」
――『はい♡　お帰りをお待ちしております』
さて。用も済んだしさっさと帰るとしよう。
俺がその場から立ち去ろうとした時、崩れた建物の瓦礫が舞い上がる。
まあ、そう簡単にはいかないよね。
「グォオオオオオオオ」
そこには獣のような姿になって巨大化したザハークの姿があった。

◆第138話　張りぼての魔王

「ぐぅおおおお、ワレ、サイキョウ、ワレ、マノオウ、ナリ、サイキョウ、ＳＡＩＫＹＯナリィイイイイイイイ！！！」

獣となったザハークは意味のない単語を繰り返すだけの存在になり果ててきた。

滑稽を通り越してむしろ哀れだ。考えて見ればこいつも結構かわいそうな奴なのかもしれんな。

――『ザハーク（巨獣形態）（最凶星）　ＬＶ９９９　４０００００００』

やはり最凶星か。

四億もあるんじゃ防御無視攻撃を食らうとちとヤバいかもしれんな。

ザハークは巨大になった腕を振り下ろし俺めがけて攻撃を始める。

俺はさっとその場から離れようと飛び上がる。

「GUUUAAAAAA……サイキョウ、サイキョウ、SAIKYOOOOOOOO!!!!!」

振るわれた腕が地面をたたき割り爆発と見紛うほどの衝撃が起こる。

これ、普通にヤバいな。最凶星だと防御無視攻撃の確率がどのくらいか分からないが、まともに受けるのは得策じゃない。

獣となったザハークは俺に対して次々とむちゃくちゃに腕や尻尾を振るい攻撃を仕掛けてくる。

しかし巨体になった分だけ攻撃が非常に単調なためしっかりと避け攻撃を加えようと空を構えた。

「今度は良い奴に生まれ変われよ」

「グガッ!?」

「ゴッドセイバー」

スキルパワーを充填し光を纏った空を振り下ろした。

「ニヤッ」

「む!?」

ザハークの顔が醜く歪む。

空を振り下ろした瞬間ザハークの姿がかき消える。

横から襲いかかってきたザハークの体当たりが差し迫り、俺は踏ん張って防御体勢に入った。

「くぅう」

四億の防御無視攻撃はさすがにこたえるな。

気力を振り絞って何とか持ちこたえるが一二億になった俺の生命数値がごっそりと持って行かれる。

――『凍耶様!!　来ます!!』

「ッ!!」

アイシスの警告が耳に入るか否かと言うところで俺の眼前にザハークの大口が迫る。

鋭い牙が無造作に並ぶおぞましい光景が差し迫り俺は身をよじった。

ザグッ

「ぬぐっ!?」

回避と共に身を転がしながら吹き出る血を押さえる。

ザハークの牙は俺の右腕をまるごと食いちぎった。

ぐちゃぐちゃと気持ちの悪い咀嚼音を響かせてザハークの喉が鳴る。

俺の右腕を飲み込んだザハークが愉悦に歪んだ顔を浮かべ始める。

――『凍耶様、すぐに回復を』

ああ、分かってる。

俺はすぐに回復しようとザハークから離れようとした。しかし俺は目の前の光景にあっけにとられつい見入ってしまった。

ザハークの姿がぐにゃぐにゃと変形し、まるでクレイアニメのように形が変わっていく。

やがてそれは人の形に戻り元のザハークの姿へと変わっていった。

いや、正確には元の姿より角が禍々しいほどにデカくなりその体躯は先ほどより更にデカい。

「ハハハハハハ!!!　デモンからインプットされていたデータの通りであった。佐渡島凍耶。貴様の肉体は取り込むことで力を何倍にも高めることができる奇跡の肉体。この一瞬を待っていたのだ！」

――『ザハーク（邪神族）　LV2000　100000000』

「ふははは、はーっはっはっはっは!!　素晴らしいぞこの力ぁ!!　身体の底から力が漲ってきおるわ!!」

馬鹿笑いをするザハークは愉悦に歪んだ顔で両手を広げ悦に浸っている。

奪った力で強くなって何がそんなに嬉しいんだかな。

「強くなった記念に貴様をまるごと喰らってやるぞ。そうすれば我は魔界はおろか、狭間の神々すらも圧倒する正真正銘の最強になることが叶うであろうっ、な!!」

ザハークは言い終わると同時に飛びかかり俺に正拳を叩き込む。

俺は避けることはせずにその身に受けた。

生命数値がガッツリと減る。

ザハークはしてやったりと言った顔で次々に拳を俺の顔に、腹に繰り出した。

「……」

「ふははっははーーーはははははっ」

嗤いながら攻撃を繰り出すザハーク。

「……」

「どうしたどうした！　敵わぬと知って諦めたか!?」

なおも調子に乗るザハークの攻撃を、俺はどこか他人事のように眺める気持ちで受けていた。

◆第139話　破壊神凍耶

我の攻撃が佐渡島凍耶の肉体に次々めり込む。以前の我とは比べものにならぬほどの力の充実感を味わいながら、我の拳は面白いように目の前の理不尽たる人間を圧倒していった。

元々持っていた我の遺伝子。

グランドカイザーと言う上位の魔物。

そしてエボリューションモンスターという進化した存在の細胞。

さらには四天王、三機神、二闘神の二人の遺伝子情報。

これらの全ての要素がかさなり、そこへ佐渡島凍耶という不可解な存在の肉を喰らうことで至った進化の最終形。

種族　邪神。

そう、とうとう我は神となったのだ。あまねく世界の強者どもを圧倒的に凌駕する絶対的存在。

それが今の我だ。

この小僧には感謝せねばなるまい。奴の肉を取り込むことで理解した。奴は神の守護を授かっておるのだ。

それも上位も上位。凄まじく高位の神からの守護を授かっているらしい。

従来の我ではどうあがいても勝てるはずもなかった。だがこやつ自身が未熟であるが故にその一瞬の隙を突くことができたのだ。

僥倖であった。

我の力はかつてとは比べものにならぬ高みへと上り詰めたのだ。

このまま奴を喰らい、奴の持っている神の守護をまるごと奪ってやろう。

我は弱り切った奴を喰らうためもう片方の腕を切り落とそうと手刀を繰り出す。

奴はうつむいたまま動こうとはせぬ。

どうやら諦めたらしいな。ならばこのままもう片方の腕も喰らい、その後で全身をまるごと飲み込んでやろう。

我は闘気を集中させ手刀を振り下ろした。

ズバァアアアアアアン……


乾いた空気の破裂音が広い部屋に響き渡る。気が付くと奴は我の手刀を受け止めその腕を握り絞めていた。

「ぐ、ぐぐぐ、は、離せ」

死に損ないとは思えぬほどの凄まじい力で握られた手を振りほどこうと我はもがくが、どうしたことか全く揺るがすことも敵わぬ。

後になって思う。

思えば、この時までに少しでも殊勝な心がけが我にあれば、あのような目に遭わずに済んだのだ。

この時の我に戻れるのであれば、我は全力でこやつに許しを請うたであろう。

我は、調子に乗りすぎたのだ。

「発動条件クリア……」

何かをつぶやく声が聞こえる。興奮しきった我にはそれが届かなかった。

それを考えている間に奴の口がぼそりと呟く。

「……極限スキル【破壊神降臨】」

佐渡島凍耶の全身を赤く迸る稲妻が覆った。

激しく燃え盛る真っ白な輝く炎の膜が奴を取り囲み、その周りを走るように透き通るルビーのごとき深紅の稲妻がバリバリと弾ける。

我は驚愕に目を見開く。

何故ならみるみるうちに食いちぎったハズの奴の腕が再生されていくではないか。

全身の細胞が悲鳴をあげているようなすさまじいプレッシャーに我の膝が震え始めた。

それが恐怖という感情であることを自覚するには我は驕り過ぎていた。

思わず身体が動く。

数千年という長き年月の戦いの記憶が、我の身体を攻撃へと誘った。

身体が震えて硬直していても、最大規模の攻撃ができる我の戦闘センスはさすがであると、普段なら自画自賛していたところであろうか。

されど、今という時においてそれは悪手だった。

掴まれていない手でスキルパワーを込めた抜き手が放たれる。

最凶星なるが故に防御を無視できるハズの我の攻撃は、佐渡島凍耶の胸を貫くハズであった。

しかし、現実はそうはならず、我の攻撃は奴の薄皮一枚傷つけることは敵わなかった。

直後、我の身体、正確に言うなら腹の真ん中に内臓を吹き飛ばされるような衝撃が走る。

「オゴッ……!?　ご……お……」

身体まるごと押しやられ、空気圧で目玉はおろか身体の中身が全て飛び出るかと思うほどの強烈な一撃が我の鳩尾にめり込んだのだ。

あまりにも凄まじ過ぎて碌に声を出すことも敵わなかった。

鳩尾だけが後ろへ吹き飛びそれに追いつくように身体がくの字に曲がりながら壁に激突した。

神経がそれを痛みとして知覚するのに数秒のタイムラグが存在した。

「ガフッァ！！！　……オゴッ……ゴフッ」

ステータスの生命数値がたった一撃で危険領域に達する。我の身体には常に絶対防御障壁が展開されており、それを解かぬ限り我にダメージが入ることはないはずなのに。

思考が現実に追いつく前に我は本能的に目の前に迫る脅威がなみならぬ存在であることを感知せざる

を得なかった。

「ヒッ……」

ズシャリと大地を一歩一歩踏みしめながら近づいてくる人間。

全身の色、髪の毛、瞳、畏怖すべき朱で覆わる。

限りなく赤く、紅く、朱い威圧感。

全身の毛が逆立ちしたような、押しつぶされるような圧力で喉が詰まる。


【佐渡島凍耶（破壊神）　LV■■■■　総合戦闘力　qうぇrちゅいおp@】


我のサーチアイに映ったあり得ない表示。

訳の分からぬ文字の羅列が我を混乱させた。

表示不可能なほどの数値だというのか？

今の我のレベルで理解不能なほどのあり得ない数値を有していなければこの現象は起こりえないはずなのに。

「あ……あ……あ」

我は生まれて初めて恐怖した。

目の前にいる存在が決して抗ってはならない存在であることを後悔するには、既に奴を怒らせ過ぎてしまったらしい。

下半身の辺りに生暖かい感触が生まれる。

魔王たるこの我が、魔界最強になるはずのこの我が、まさかこのような痴態をさらすことになろうとは
……

我の意識はそこで途切れていった。

◆第140話　アイシスの妙案

うわ〜、こいつお漏らししやがった。

ザハークは恐怖が振り切れて白目を剥いて仰向けに倒れ伏した。

先ほどのレベルアップで新たに覚えた極限スキルによって徹底的に畏怖させた。

俺はザハークに腕を食いちぎられたことでこのスキルの発動条件をそろえることに成功した。

生命数値が一定以上の割合まで下がらないと発動できないようだ。


【破壊神降臨】

一時的に種族を完全に神族である破壊神へと昇格させ、効果継続中、レベルと戦闘力がコンマ秒単位で無限に上がっていく正にチートオブチートのスキル。

これを行使することによって俺はまさしくあの紫色した猫の神様みたいに破壊神たり得たことだろう。

ついでに副次的効果として防御無視攻撃に対する絶対耐性防壁という新たなチートスキルも取得することができた。

これを常時展開しておくことで俺のステータスを上回らない限り俺にダメージを与えられる存在はいなくなったことになる。

こいつの戦闘力が一〇億を超えた時は正直びびったがエボリューションエンプレスが俺の肉を食いちぎった時に起こった急激なレベルアップがこいつに起こったのは、デモンの野郎がそのことをザハークに教えていたからだと推測できる。

その際にこいつを倒した扱いになったのか経験値と共にこんなものも手に入った。

【邪神の至高玉】　成長速度を著しく増加させる（成長度10倍）。レベルアップに必要な経験値を固定値にする。ザハークの数千年に及ぶ戦いの記憶の結晶

つまりこれからレベルアップに必要な経験値は一定値から上がらなくなり、更に上がりやすくなった。

そして成長度一〇倍ということはステータスの伸びも更にえげつないことになると言うことだ。

そんでそんな至高玉を取り込んだ状態でレベルアップをしたと見なされたものだから、今の俺のステータスはこんなことになっていた。


――『佐渡島凍耶（神族（人族））　LV5700　基礎値　1200000000＋2000000％　端数繰上総合戦闘力25000000000』

基礎値の伸び率と共に補正値の伸び率も上がってしまったらしい。

二五億ですよ二五億。スーパーな野菜の人も真っ青な数値じゃございませんこと？

そのうち野菜人四とかゴッドくらいの強さになってしまうのではなかろうか。

基礎値ですら一〇〇〇万を超えてしまっている。

この祝福の成長には限界値と言うものが存在しないのではないだろうか。

さすがにスキルを使用していない状態では破壊神の種族名は解除されているが。

それもいつ常態化するか分かったものではない。

もしかしてあの幼女神のやろうは俺を神にでも仕立て上げるつもりで俺をこの異世界に放り込んだのではないだろうかと疑ってしまう。

まあいくら何でもそれはないか。

そして、この宝玉を取り込んだことで、ザハークの戦闘経験を取り込んでしまったらしい。

自分とはちがう記憶が俺の身体に染みこんでなじんでいく感覚を覚える。

戦いの経験値。

戦いにおいてこれほど重要なパーソンはないだろう。

某大魔王も熟練の戦士である父親の戦闘経験値を取り込んだ竜の騎士の主人公に心底警戒していたからな。

この特典が手に入ったのは僥倖だった。

今回、あえてこのスキルを発動させる必要もなかったかもしれない。

実際、黄金の闘気でも使えばパワーアップしたザハークも問題なく制圧することができただろう。

しかし、今後のことを考えるとスキルの特性は知っておいた方がいいし、それにふさわしい相手との戦いで、それができるならするべきだと思って、あえてこの選択を選んだ。

痛いのは嫌だし実際に痛かったけど、こういうのって今後もあるだろうし、いつ俺を超える奴が現れるか分からないだろうしな。

ザハークの戦闘経験はどうやら他人の記憶であるが故かなじみきるまでに時間がかかるみたいだけど、今回のようにとっさのことでどうしたら良いか判断ができないってことはこれから少なくなっていくだろう。

本来は自分の成長でつかまないといけないようなことではあるんだろうけど、所詮戦いとは無縁の世界で育った日本人に過ぎないってことか。

玄人の域に達するにはどうしたって時間はかかる。

今までの俺は言わば戦闘の素人が無限に撃てるバズーカ砲を持って暴れ回っていたようなものだ。

力の扱い方が素人のまんま強くなっちまったからいざと言う時の対処が後手に回ってしまった。

これによってその弱点を補ってくれることになるだろう。

スキルを使う目的でダメージを受けたが思わぬ副産物が手に入った。

さて、こいつどうしようか。

はっきり言って生かしておく理由はない。

ぶっ殺すのは簡単だけど、でもなぁ。

なんかこいつをこのまま殺して「はいおしまい」ではどうもすっきりしないんだよな。

――『それでしたら凍耶様。私に妙案があります』

「ん？　妙案？　どんなのだ？」

――『はい…………と言うのはどうでしょうか』

アイシスが提案するその妙案に、俺は思わずニヤリと笑った。

「よし、それで行こう」

俺はザハークに向かってスキルを使用した。

◆第141話　ザハークって実は……前編

む……どうやら我は気を失っていたようだ。

佐渡島凍耶の圧倒的な闘気による恐怖。

その恐怖を直視したことで我の精神は臨界点を振り切れてしまったらしい。

あれからどうなった。

「目が覚めたか？」

「む。佐渡島凍耶か。どうやら我は気を失っていたようだな」

我の目の前には佐渡島凍耶が立っていた。

見下ろすような形でこちらを冷めた目で見ている。

先ほどまでの憤怒の炎はもう纏っていないようだ。

「落ち着いているようだな。パニクってたら話が面倒くさかったから丁度いいや」

そうだ。我は、あれほどの恐怖を味わっておきながら、何故こうも落ち着いていられるのだ？

「ネガティブアブゾラプションが効いているようだな」

「なんだそれは」

「相手の恐怖とか苦痛とかのマイナスな感情を吸収するスキルだ。お前俺と戦った後失禁して気を失ったんだよ」

そうだ。思い出した。我は佐渡島凍耶の異形の姿に恐怖し、すっかり戦意をなくして気を失っていたのだった。

今の奴からはあの時のような感じはない。落ち着きを取り戻しこうしてみると、本当にただの人間だ。

サーチアイに表示されている数値も今はちゃんと表示されている。

我のレベルならちゃんと知覚できる範囲であるらしい（それでも桁違いの凄まじい数値ではあるが）

――『佐渡島凍耶（人族）　ＬＶ５７００　２５００００００００』

二五億。などという馬鹿げた数値だ。我も一０億に届いた時に最強と喜び打ち震えたのがバカのように思えてしまうではないか。

さて、それより、こやつは我をどうするつもりなのだ。とどめを刺すなら気を失っていた間にできたはず。

「ふん。もはや我に勝ち目などない。はやくとどめを刺すがいい。我は抵抗せぬ」

我は妙にすっきりした気分であった。

死を感じたことは一度や二度ではない。勿論、戦いの中で我を死の直前まで追いやった存在は幾度となく遭遇した。

しかし、あれほどの恐怖を味わったことなどない。

死を恐れたことはあってても生を諦めたことなどなかったのだ。

こやつにはどうあがいても勝てぬ。魔界の猛者どもなどとは比較の対象にすらならない圧倒的な理不尽。

これから先どのような手段を講じようとも我が勝利することはないだろうな。

我は非常に落ち着いた気分で最後の時を待った。

しかし、奴はあきれた様子で首を横に振る。

「悟り済ましている所悪いが、お前を殺す気は無い。そんな満ち足りた顔で死なれちゃ困るんだよ。お前には生きて償いをしてもらうからな」

「な、なんだと？　我に生き恥をさらせと言うのか」

「その通りだ。そうだな。差し詰め力のない一人の人間として一生を過ごしてもらおうか。戦いとは無縁の世界で、奉仕活動でもしてな」

「ふざけるなよ。そのような憂き目に遭うくらいなら自ら命を絶ってくれる」

「させねぇよ。今からお前は自分の意思では死ねなくなる。強制隷属」

「ぐが!?」

我の心にちがう何かが侵入してくる感覚がする。自らの意思では逆らいがたい何かが心を支配し、今まで感じていた生への諦めが消え、代わりに抑えがたい生への執着が生まれた。

「き、貴様、何をした？」

「俺の奴隷にして命令に逆らえなくした。自分の意思で死のうとは思わないように命令をインプットしてな。ついでにそのバカみたいに高い戦闘力もなくしてやる。力なき者達の気持ちを知るがイイ。超魔封印」

「う、くぁ、あああああ」

「弱くなって怪我で死なれては困るからな。次いでに怪我も治してやろう。パーフェクトリザレクション」

身体の力が抜けていく。

鍛え上げた筋肉がしぼみ、練り上げた闘気は霧散する。

数千年に及び積み重ねてきた戦いの記憶すらも何処か他人事のように思えるほど遠い記憶のかなたに封印されていった。

はらりと視界の端に落ちた髪が黒髪が橙色に染まる。

引き締まった胸筋にふくよかな贅肉がつき始めた。

たくましい巨躯が縮み身体が小さくなっていく。

足も、尻も、顔つきも徐々に今までの自分とはちがう何かに変化していった。

やがて変化が収まり身体に違和感がなくなっていく。

目を開く。

目の前には相変わらず佐渡島凍耶が立っている。視界が低い。

しかし、どういうわけか奴は鳩が豆鉄砲を食ったような顔をして立ち尽くしていた。

何とも間の抜けた顔をしているではないか。

一体どうしたというのだ。

「お、お前、その姿は一体……え？　え？　あれぇ？」

訳が分からぬといった素っ頓狂な声をあげて混乱しているらしい。

ふと、戦いで砕けそこら辺に飛び散ったガラスの破片に映った自分の姿を見た。

オレンジ色の髪。

華奢な身体。

低くなった身長。

ふくよかな胸。

膨らんだ身体のライン。

まるで女だ。

……ああ、『元の姿』に戻ったのか。

◆第142話　ザハークって実は……後編

あれぇ？　あっるぇえ〜!?

な、何故かザハークが女に変わってしまった。これって一体どういうことなんだ？

アイシスから提案されたのは、力を奪って人間に変え、奉仕活動でもさせて償いをさせてはどうか、と言うものだった。

俺はそれに従い隷属魔法を掛けて逆らえなくし、超魔封印で力を奪い取って奉仕奴隷としてボランティアでもさせようと思ったのだが。

目の前に現れたのはオレンジ色の髪をした華奢で可憐な美少女だった。

キリリとした目つきにスレンダーなボディライン。

すらりとした体型ながらも出るところはしっかり出ている。

そこには魔王だったザハークの面影は微塵も残っていない。顔つきもまるで別人だった。

「お、お前、何で女になってるんだ？」

「何をそんなに驚く？　我は元々女だ。戦いに不利だから性転換の呪術で男に変わっていたにすぎん」

当たり前のことを聞くなと言わんばかりの顔でザハークは言い放つ。

「なるほど。戦いとは無縁の世界で奉仕活動をせよ、とは。つまり貴様の慰み者として性の奉仕をせよと言うことだな。忌まわしいことに我の容姿は女として優れた部類に入ることは知っている。よかろう。元々貴様に打ち負かされ屈服させられた身だ。その屈辱の扱いもあえて受けようではないか」

ザハークは一人で勝手に納得して話をドンドン進めようとしている。

「さあ、どうするのだ？　今ここで始めるか？　言っておくが戦いは玄人でもそっち方面は生娘だ。恥じらいなどないが奉仕のやり方など分からんぞ」

「あ、いや、うーんと。おもちゃの缶詰は銀なら五枚で金なら一枚だよね」

「貴様何を言っているのだ？　頭は大丈夫か」

俺はパニクって意味不明なことを口走ってしまう。俺を睨み付けるように近づいたザハークが俺を見上げた。

俺より少し低い位の身長は女性としてはそれなりに高い方だろう。

華奢だが出るところはしっかりと出ており、モデルにもそうそういないであろう整ったボディラインをしている。

ザハークは今まで着ていた服をストンと落とし、その美しい肢体を惜しげもなく俺にさらしてくる。

瑞々しいオレンジの果実のような輝く瞳で俺を睨み付けてくる。しかし可憐な美少女であるが故に鋭く睨むその姿でさえも魅力的だった。

真っ裸で身体を押しつけるように迫ってくるので思わず俺のムスコがＷａｋｅ　Ｕｐ！　しそうになるが、ここで欲望まっしぐらになる訳にもいかん。

「と、とにかく服を着ろ。その裸は目に毒だ」

「何だ？　我の身体は好みではなかったか？」

「いや非常に美味しそうで結構ゲフンゲフン。そうではなくて、まだドラムルーで戦いが続いている可能性があるのでな。二闘神がまだ出てきていないようなので急いで帰らねばならん」

「何だそうか。なら我も連れて行け。まさかこのような所に放置する気ではあるまいな？」

アイシス、女性服ってストレージにあったっけ？

――『ございます。こちらを』

ありがとう。

「とりあえず、これ着ててくれ。服については持ち合わせがこれしかない」

俺はストレージから保管してあった女性用の服を取り出してザハークに手渡す。

俺は勃起しそうになる下半身を隠しながらザハークから目をそらし服を差し出す。

「む。これは中々良い生地のようだな」

受け取ったザハークは素直にそれを着始めたようだ。布の擦れる音が妙に艶めかしく聞こえる。

あかん。もう思考がそっち方面に流されてしまいそうだ。

「このようなものを普段から持ち歩いているとは。なかなかの趣味をしているようだな貴様」

「え？　ぬお!?」

俺はザハークの方をみやる。

何と彼女が着ていたのはエンジ色をした布地に白のエプロン。リボンのタイを結んだフリル付きのメイド服だった。

アイシス曰く。

ザハークに手渡したのは静音特製の佐渡島家新作ミニスカメイドのサンプルらしい。

昔スマイルマークの通販で買って美咲に頼み込んで一度だけ着てもらったことがある、いわゆるセーラーメイドというやつに似ている。

忌々しそうにこちらを睨み付けているが、カチューシャと白のサイハイソックスまできっちり着こんでいるあたりまんざらでもなさそうだ。

ミニスカから覗く絶対領域が非常に素晴らしい。スレンダーなので脚のラインがとても綺麗で美味しそゲフンゲフン。

「と、とりあえずドラムルーにある俺の屋敷まで飛んでいく。つかまれ」

「ふっ。空の上で我に欲情しても知らんぞ。まあ逆らえんがな」

「善処しよう」

アイシスさんってば、ザハークが女だって知ってたよね。

――『凍耶様がお喜びになるかと思いまして。ちょっとしたサプライズです。お気に召しませんか？』

……非常に素晴らしいものでした。

俺はザハークを連れてドラムルーの屋敷まで飛んでいくことにした。

◆第143話　狂気の悪魔

凍耶とザハークの決着より少し時間は遡る。

二人の熾烈な戦いが始まろうとしている時、マリア達屋敷に残った愛奴隷達にもまた、危機が迫ろうとしていた。

マリア達は三機神を退け戦力を壊滅させながら、ドラムルーの街に攻め入った魔物達の処理を行った。

彼女達の迅速な討伐のおかげで街に殆ど被害はなく、怪我人もいないことを兵士達から聞き、一安心したところで凍耶に連絡を取ることになった。

「ではアイシス様。お願いいたします」

――『了解。凍耶様に通信をつなぎます。どうぞ。話しかけてください』

「御館様、御館様聞こえますか？」

――『お？　マリアか。無事か!?』

「はい。こちらの敵戦力はほぼ全滅させました。後は二闘神を残すのみとなりますが、姿は見えません。現在アイシス様が捜索してくださっています」

——『そうか。怪我人はいないか？』

「はい。全員怪我もなく特に苦戦もしなかったようです」

——『よかった。心配したぞ』

「事前に大量のレベルアップをしていたおかげで戦力を大幅に増強できました。御館様の作戦が功を奏したようです」

——『それは何よりだ。こちらはザハークを倒した。これから帰る』

「さすがは御館様。かしこまりました。ではお出迎えの準備をしておきます」

——『ああ、マリア、飯作って待っててくれ。一番良いのを頼む』

「はい♡　お帰りをお待ちしております」

凍耶の状況を確認したマリアは愛しの主のために腕を振るおうと屋敷に戻ろうとした。

——『警告します。これまでで最大規模の次元の揺らぎを感知。巨大な敵性反応が転移してきます。全員警戒態勢を取ってください』

「まだ何か来るって言うの？」

アイシスから警告が入り辺りを見回す美咲。

ただならぬ気配を感じた静音も持っている魔法の杖をギュッと握った。

「確かにすさまじい気配を感じますわ。全身の毛が逆立つようなものすごいプレッシャーです」

静音のたとえと同じようにルーシアは文字通り全身の毛が逆立っており、これから近づいてくる敵意に対して本能が危険を知らせていた。

同じ獣人であるミシャも同じようで、腰を低くしてルーシアの服の裾をつかんでいた。

――『固体名を検出。魔闘神アリシアです』
「そう言えばまだ二闘神がいたんだったわね」
――『個体の総合戦闘力を表示します』
――『アリシア＝バルトローナ（最凶星）　LV700　1000000000』
「最凶星って確か、フェンリル達の時と同じように？」
ルーシアは銀狼達の悲劇を思い出したのか顔をしかめる。
――『一部肯定します。しかしあの時とちがうのは相手ははっきりとした自意識を持っているものと思われます』
「これは、下手に多人数でかかるとかえって危険かも知れませんね」
――『肯定します。総合戦闘力が以前よりも大幅に上昇しています。最凶星状態の敵性個体は防御無視攻撃を繰り出してくるため戦闘力が低い方では一瞬で殺される可能性があります』
「いいわ。私と静音でやる」
「ええ、皆さんは下がっていてくださいまし」
「いえ、ここは最大戦力でいきましょう」
マリアが進み出て、ソニエルもそれに続く。
「そうですね。相手は一人です。一気にたたみかけましょう」
ソニエルはそう言ってバフ系の魔法が使える者に細かい指示を出す。
身体強化を最大まで施し、間もなく訪れるであろう脅威に備えた。
――『来ます』
空が割れる。
何もない空に亀裂が走り、ひび割れた空間をこじ開けて黒い腕が這い出てきた。

「み〜つけた」

割れた空間から這い出てきたのは禍々しい黒に覆われた巨大な角を有した悪魔の女だった。

「来ましたわね」

「何てプレッシャー」

ルーシアは逆立っていた毛を更にブルブルと震わせる。

ミシャは既に神獣形態に変身しており、アリエルも黄金の闘気をいつでも発動できるように気を練っている。

メイン戦力のマリア、ソニエル、ルーシア、ミシャ、アリエル、美咲、静音、ティナ、ティファ、リルル。

戦闘力の高い者達は既に臨戦態勢で構えている。

しかし他の比較的戦闘力の低めの者達はアリシアの放つ気にあてられてすっかりすくみ上がってしまった。

空から降り立ちゆっくりと大地に足をつけるアリシア。

全員が構える。

「うふふふふ、いっぱいいるわね。さすがは凍耶様。皆綺麗で可愛い女の子ばっかりじゃない」

「何であいつ凍耶のこと様付けで呼んでるわけ？」

「アリシア様……」

「あら、リルルじゃない。天使の姿も似合ってるわね」

元魔王軍で顔見知りであるリルルに向かって懐かしそうに目を細めるアリシア。

そして、その瞬間アリシアの姿が消える。

ズシンッ

「か……あ……」

気が付くとアリシアの姿は目の前にはなく、その拳がリルルの鳩尾に入り込む。

目を見開き、両手で腹を押さえて倒れ込むリルルの姿を確認する間に、アリシアの姿は再びかき消えた。

「にゃ!?」

「可愛い猫ちゃんね。うちで飼ってあげたいくらい」

「うにゃッ!?」

アリシアの手刀がミシャの延髄に打ち下ろされミシャの意識がかなたへと飛ぶ。

「ミシャ!?　このぉ」

「おいたはダメよ」

アリシアは続いて飛びかかってきたアリエルをいなす。

切り払いを素手で受け止めたアリシアは、アリエルの持っている光の宝剣レグルスをたたき折りそのまま裏拳でアリエルの顔面をたたき割ろうと繰り出す。

とっさに腕を上げてガードするが、威力が高すぎてアリエルの腕は鈍い音と共に砕けた。

「うあああああ!!　い、痛いよぉ」

アリシアは骨折の痛みにのたうち廻るアリエルを見下ろしてそのまま横腹を蹴り上げる。

吹き飛んでいくアリエルをルーシアが受け止めるが、勢いが強すぎてルーシアもそのまま一緒に地面に転がった。

「つ、強い。皆さん、うかつに近づいてはいけません」

「残念。近づかなくてもこっちからいっちゃうからね」

一瞬で姿をかき消すアリシア。

気が付くとティナ、ティファも拳を打ち込まれ無力化されている。

かき消えたアリシアを捉えたソニエルは瞬時に槍を右後方へ防御の形を取る。

ソニエルの槍が衝撃でたわみギシギシと音を立てた。攻撃を受け止めたと知覚した時にはソニエルは槍ごと吹き飛ばされた。

「ううう」

「あはははは。よっわぁあい。弱いわねぇ。いいえ、私が強すぎるのかしら？」

最大級戦力のうち半分を一分もしないうちに無力化された面々は対処が間に合わずその場から動けなかった。

◆第144話　マリアの決意

魔闘神アリシアはソニエルを無力化すると一旦攻撃の手を緩めて私達を眺め回した。

年齢的に幼いとは言えミシャもアリエルも御館様の奴隷の中では最強クラス。

加えてリルルやソニエルまで一瞬で無力化されてしまった。はっきり言って戦力差がありすぎる。

彼女は満足そうに両手を広げ悦に浸っているが、そこには一部の隙も見当たらなかった。

「あっはははは。私って強〜い。でも、私は油断しない。あなた達は仮にも三機神ですら子供扱いで倒せる強者。更に、凍耶様というイレギュラー中のイレギュラーの関係者とするなら何らかの秘密を抱えているに違いない。だから、早期に決着をつけてあげましょう。あなた達を皆殺しにして、凍耶様を私だけのものにするんだから」

私は油断なく構えいつでも攻撃に対処できるようにしながらアリシアに話しかけた。

「あなたは御館様と添い遂げたいとお思いなのですね」

「添い遂げたい？　そうね。お嫁さんにしてもらえたら凄く嬉しいわ。漆黒のウェディングドレスで結婚式なんて、何千年も前に諦めた夢だもの。そうね、あなた達は凍耶様のメイドだものね。召使いとして生かしてあげてもいいわ」

見下すような視線で嗤うアリシアはゆっくりとこちらに近づいてくる。

私は美咲さんと静音さんに目配せをしてタイミングを合わせる。

静音さんの魔法で一気に片をつけたい所だけど、他の皆さんを巻き添えにしてしまうからうかつに大規模魔術は使えない。

となれば私と美咲さんで肉弾戦を仕掛けるしかない。

静音さんはアイシス様を通して私の思惑を理解してくれたのか私の目を見て軽く頷く。

美咲さんも同じようにこちらに視線を合わせ、アイシス様を通して合図を出した。

この中で最も火力があるのは美咲さんの一撃。

しかし相手のスピードを考えるとパワータイプの美咲さんの攻撃はあたりにくい。

――『私と静音さんで隙を作ります。美咲さんは最大の一撃をアリシアに放ってください』

――『OK。静音、マリアさん、頼むわ』

「なにか作戦でもあるのかしら？　空気が変わったわ」

ニヤリと笑うアリシアは鋭くもこちらの意図を察したらしい。

しかしもう仕掛けるしかない。静音さんの集束魔法の炎の弾丸が連続で飛ぶ。

避けたところを私が牽制の一撃を、と思いきや、アリシアは弾丸に当たることを全く厭わず静音さんに向かって突進して行く。

「なッ!?　くっ」

静音さんはアリシアの抜き手を払い掌底を打ち込む。

意外なほど巧みな静音さんの徒手空拳技に驚くが、相手のステータスが上回り過ぎていて決定打にはならない。

それどころかアリシアは静音さんの腕をつかみ取ってねじり上げそのまま絞め技を決めて押さえ込んでしまった。

人質を取られた形になった私達はうかつに手出しができなくなりその場で歯ぎしりをする。

「は、離してくださいまし」

「いいえ、ダメよ。凍耶様の奴隷の中で最も危険なのはあなた。勇者静音の頭脳は決して侮れない。その証拠に今でもあなたは私を出し抜くための作戦を立てている。だから、あなたを最初に無力化しないとね」

「あぐっ!!　アアアアッ!!」

アリシアは静音さんの腕を限界の角度までねじり上げそのままへし折ってしまった。

悲痛な叫びをあげて倒れ伏す静音さんを助けようと美咲さんが飛びかかる。

しかし小回りの利かない斧である上にアリシアのスピードは半端ではない。

それが分からないほど美咲さんも戦闘経験は浅くないが、静音さんの喉をつかんでとどめを刺そうと手刀を繰り出そうとしているアリシアを止めるため、私も飛び出していた。

「うふ、慌てなくても後で相手してあげるわよ」

アリシアは静音さんにとどめを刺すことなくその場から消える。

そして美咲さんの後ろに回りこみ美咲さんの延髄に水平蹴りを放つ。

「がっ……」

急所に凄まじい一撃を打ち込まれ、美咲さんの意識は飛んでしまったらしい。

白目を剥いて倒れかけるが、さすがにそこは勇者、何とか意識を持ち直してスキルパワーを斧に込める。

「このぉおおお、絶！　斬！　覇ぁああ!!」

横凪に放たれる美咲さんの極限スキルがうなりを上げてアリシアを捉える。

不意を突かれた形になったアリシアは、反応仕切れていないのか避けることなくその場に立ち尽くしていた。

しかし、私の予想を上回るアリシアの行動に私は思わず目を見開いた。

「なっ⁉」

なんとアリシアは美咲さんの斧を素手でつかみ取り、彼女の渾身の極限スキルを受け止めてしまった。

それどころか彼女の持つアーティファクトである黄金の斧にアリシアの指がめり込み砕けている。

「そーれ♪」

アリシアは軽いノリで打ち下ろした肘打ちで美咲さんの黄金の斧を叩き折り、伝説の武器である彼女の斧をあっさりと粉々にしてしまう。

「う、うそ……私の、斧が」

美咲さんは苦楽を共にしてきた愛用武器が破壊され放心状態となってしまう。

「あぐっ‼」

アリシアの蹴りが美咲さんのこめかみを捉え白目を剥いて倒れ伏した。

強すぎる。私達ではどうあがいても勝てない。

――『アリシア＝バルトローナ　LV999　2000000000』

アイシス様の分析による彼女の戦闘力数値を見て私は今度こそ絶望する。

先ほどまで一億だったアリシアの戦闘力はレベルと共に飛躍的に上がっており、もはやどうあがいても覆すことは不可能な差が生まれてしまった。

御館様……このままでは皆が。

アイシス様、御館様に救援要請を。

――『現在凍耶様は復活したザハークと交戦中です。こちらの状況を伝えられる状態ではありません』

私は落胆すると共に自らのふがいなさを律した。

ダメだ。こんなことで御館様を頼っては。あの方はいつでも私達を最優先で考えてくださる。

ここで御館様に助けを求めればあの方はザハークとの戦いを放ってでもこちらに向かってくださるだろう。

あの御館様が戦いに集中しなければならないほどの相手なのだ。うかつに話しかけて御館様を危険にさらすようなことはあってはならない。

御館様は頼れない。少なくとも今は。

こうなれば、私の命に代えても、皆を生かさないと。せめて御館様がこちらに帰ってこられるまでは。

それが皆を預かるメイド長の勤め。

私は自らの寿命が縮むため使うことをためらっていた技を使うことにした。

◆第145話　龍皇拳

「その表情を見る限りまだ諦めていないようね」

アリシアは倒れながらも戦意を失っていない私達を見下ろしながらため息をついた。

「いい加減理解しておとなしく死を受け入れたら？」

「諦める理由なんてないよ。お兄ちゃんがまだいるもの。あんたなんか一瞬で倒してくれるんだから」

ルーシアさんの言葉にアリシアは心底愉快そうに嗤った。

「あっはははは。凍耶様はザハークとの戦いの真っ最中よ。こちらに救援に来るとでも？」

バカにしたような目つきでルーシアさんを見下ろし、闘気弾を放った。

「ぐぅ」

まともに攻撃を受けたルーシアさんが膝を突く。

「仕方ないわね。聞き分けのない子達に分かりやすく説明してあげましょう」

段々と余裕を前面に押し出し始めたアリシアは人差し指を立ててニヤニヤしながら解説を始めた。

「まず理由の一つめ、凍耶様帰還の可能性。これは限りなくゼロの近いわね。あのデモンがザハークに何か仕掛けていた可能性は高い。そして同じことをされた私には分かる。元の素体レベルが私よりも遙かに優れたザハークが相手では如何に凍耶様と言えども苦戦は必至」

アリシアは「まあ、間違い無くザハークは勝てないでしょうけども」と嘲笑する。

中指を立てて次の説明を始めた。

「二つめ、なるほど、三機神や四天王を余裕で退けただけあってなかなかの戦力だけど、残念。魔闘神アリシアだったら楽勝で勝てたでしょうに、今の私は限りないパワーアップを果たした新生アリシア。その進化は今だ終わらず。そうね。もっと分かりやすく言って上げましょうか。今の私が見せた爆発的パワーアップを私はまだ全力で行っていないと言うこと」

全員の空気が一層の絶望感に包まれるのが分かる。あんなデタラメは力の解放にまだ上があるというのか。

追い打ちを掛けるようにアリシアは三本目の指を立てた。

「そして三つめ。このアリシア＝バルトローナとの戦力差。もう見てて分かると思うけどね」

私は全員を見据えて、覚悟を決めた。

「皆さん、下がっていてください。彼女は私がなんとかします」

私の台詞を聞いたアリシアが見下したような視線で私に言い放つ。

「面白い冗談ね。勇者ですらこの有様であなたに何ができるのかしら？」

「マ、マリアさん……ダメよ、逃げて」

「そう、ですわ」

静音さんと美咲さんは高ダメージに喘ぎながらも何とか意識を保っているようだ。

私は安堵してアリシアに向き直る。

「御館様の奴隷は伊達ではないと言うことを教えて差し上げましょう」

私は腰を落とし、丹田に力を込め技の使用に必要な闘気を練り上げていった。

「何をするつもりか知らないけど、私は油断しない。だから阻止させてもらうわ」

アリシアは地面を踏み込み私に向かって突進する。あまりのスピードに地面がえぐれ土煙を上げた。

「二刀散水羅刹斬」

ルーシアさんがアリシアの懐に入り込み極限スキルを放つ。

真っ直ぐ飛んで来たアリシアは高速で放たれる二刀の斬撃に危機感を感じたのか鋭い爪を伸ばして斬撃を受けた。

甲高い激突音が鳴り響きつばぜり合いのように押し合う。

「やるじゃない」

ルーシアさんは真正面から突っ込んで来るアリシアの突進を極限スキルで足止めし、素早い剣技で押し込む。

戦闘力は勇者に及ばないものの銀狼族の身体能力をフルに活かしてアリシアを翻弄する。

「な〜んちゃって」

「えっ!?」

だがアリシアはすぐにルーシアさんの放つ切っ先を指でつまむ。

そして細い枝を折るような気楽さで彼女の持つ武器もバキンと音を立てて砕ける。

そして伸ばした爪を抜き手で突き出しルーシアさんの喉元めがけて襲いかかった。

ルーシアさんは驚異的なスピードで放たれる致命となり得る一撃を寸でで躱す。

だがそれはフェイントで本命は避けて体勢が崩れた所に放たれた膝蹴りだった。

「カハッ……あ」

息が腹から漏れるように呻く。衝撃で唾液が飛び散りルーシアさんの身体が浮き上がった。

「もう一つ」

アリシアはルーシアさんの顔面を捉えるとそのまま拳を握りしめ顎を打ち上げた。

打ち上げをまともに受けた彼女の身体は空中に舞い、回転しながら地面に落ちる。

受け身を取ることもできずまともに土に叩き付けられそうになるが、寸でのところで雷虎となったミシャがルーシアさんの襟を咥えて救出する。

銀狼族の成長促進の加護を受けているルーシアさんの戦闘力は既に勇者に匹敵するほど高かったハズだが、それでもやはりアリシアには赤子の手をひねるようにあしらわれてしまう。

この戦力差では私が命がけで技を発動したところで数分持つかどうか分からない。

しかし皆に回復をさせる時間稼ぎをするくらいはできるはず。

アイシス様、私がアリシアを食い止める間に皆に回復の指示をお願いします。

――『……』

アイシス様？　答えがない。一体…？

それほど御館様の戦いが逼迫していると言うことでしょうか。

私は困惑したが、静音さんが既に自分に回復魔法を掛け復活し皆の所へ向かっている所を見て安心する。

さすがは静音さん。既にこちらの意図を察し状況判断してくれたようだ。

私はようやく練り上がった気を開放するためアリシアに向かって話しかける。

「待たせました。今からあなたに攻撃を仕掛けます」

「わざわざ宣言してくるなんて。止めてくれと言っているようなものね」

アリシアはそう言ってまた身構える。

私は真っ直ぐにアリシアを見据え技を放った。

「龍皇拳」

体内に循環させた闘気を攻撃の一瞬に集中させ爆発的攻撃力を生み出す技。

攻撃の一瞬は身体速度や反応、防御、全てが極限まで高まりあらゆる敵を粉砕できる。

一瞬に全てをかけて拳に集中させるため身体への負担が著しく大きい。

だがこれなら如何にアリシアといえど通じるはず。

御館様の黄金の闘気と違い一瞬で全てを使い果たしてしまうため、技が解けた瞬間は完全に無防備になってしまう。

「カァあああああああああッ、ァあああああああッ！！！！」

闘気の解放で全身に嵐が巻き起こる。体内から放出された爆発的な力が全身から噴き出した。

その勢いで髪を結んでいたリボンが弾け飛び、私の黒髪が宙へ逆立つ。

ああ、御館様が可愛いと言ってくださったお気に入りのリボンが破れてしまった。

只の布地なのに、代わりなんていくらでもあるのに、何故だかとても悲しくなってくる。

「な、なに!?」

放たれた闘気の奔流の大きさに一瞬アリシアがたじろぐ。

私は極限まで高まった闘気を乗せてアリシアに肉薄する。

一瞬で距離を詰められたことに目を見開き、私の拳に反応仕切れず放心しているように見える。

チャンスを逃さず渾身の一撃をアリシアの眉間に放った。

「ガッ」

攻撃はクリーンヒット。だがここで終わりではない。本来であればこの一撃で技は解け、私は無防備となるが、代価を支払うことで連続使用が可能となる。

「はぁあああ、龍八卦『無拍子』」

全身のバネをフルに発動させ練り上げた回転力を掌底に集めてアリシアの水月に押し込んだ。

「ぐふ……」

私の攻撃は見事にアリシアの防御を突き破り、アリシアの口元から紫色の血液が飛び散った。

「まだまだ！」

私はそこで攻撃をやめなかった。更に代価を支払いもう一度一瞬で闘気を練り上げ思い切り腰を落とす。

両足を地面に貼り付けて落とし込んだ膝を跳ね上げるように飛び上がり、くの字に曲がったアリシアの顔面に膝蹴りを放った。

だが意識を復活させたアリシアはギリギリ私の膝を弾き顔面への攻撃を逃れる。

身体を後ろへ回転させた私は、三度代価を支払い、龍皇拳を使用した。

アリシアとの激しい攻防が続く。

二回、三回、四回、五回、六回……

私は支払える代価の持つ限り龍皇拳を開放し続けた。

一瞬に全てを掛ける一撃必殺の龍皇拳を連続で使用するための代価。

それは、龍人族の血。そして私自身の寿命だった。

龍人族と人族の混血であり隔世遺伝である私の身体は人間と龍人族の血が混ざり合っていた。

だからこそ習得できた私にしか使えない技。

私に流れる龍人の血を増大させ技を発動する一瞬だけ完全な龍人になる。

血液が沸騰するほどの熱量を放出し爆発的攻撃力を得る。

だがその代わり使用した龍人の血は失われ人間のそれへと変質する。

つまり、使えば使うほど私の身体は普通の人間へと変わっていく。

今という時においてこの技を使う意味は計り知れないほど大きい。

何故なら、普通の人間は数百年も生きられない。

この世に生を受けてどれだけの時が経過しただろうか。

龍人の血を失うごとに私の身体は色艶を失いしわがれていく。

風圧になびく髪の毛が目に映る。

御館様が綺麗だと褒めてくださった自慢の黒髪がくすんだ灰色に変わっていく度に、自らの容姿が老人のそれに変わり果てて行くのが分かり泣きそうになった。

お気に入りのリボンも弾けてしまった今、私をマリアだと認識することは難しいだろう。

アリシアはまだ動きを止める様子はない。

「龍皇拳!!」

「マリアさん！　もうやめて!!」

「これ以上やったら死んじゃうよぉ!!」

ルーシアさんや美咲さんが叫ぶ声が聞こえるが私は止まらなかった。

止まれなかった。

ここで技を解除すればアリシアはすぐに反撃してくるだろう。

そうすれば今度こそ止める術はない。

だがかなりのダメージを蓄積させていることは分かる。

このまま一気にたたみかけ、あわよくばとどめを。

だが、希望は叶わなかった。

最後の一撃を放った瞬間、飛び散ったガラスの破片が全身に突き刺さったかの如く、私の全身に耐えがたい激痛が走り体勢が崩れてしまう。

龍人の血がつきて龍皇拳の使用限界を超過してしまったらしい。

身体を覆った闘気が解除され私は無防備になった。

身体が宙に浮く。アリシアに攻撃をされたのかと思ったが、どうやら美咲さんが抱えて距離を取ってくれたらしい。

だが私には既にそれを明確に認識できるだけの意識は残っていなかった。

力を使い果たし、視界に映るしわくちゃの老人となった腕に涙を流した。

この容姿ではもはや御館様に愛しては頂けないだろう。

倒れ伏したハズのアリシアが、何でもないような様子で立ち上がる姿を見て、私の意識は現実に引き戻される。

「あ……う……そん、な」

「今のは効いたわ……何故あんなゴミトカゲにあれほどの力が」

歯ぎしりをするアリシアの表情が怒りに満ちる。絶対的上位だった力を一瞬とは言え上回り圧倒されたことがプライドに障ったらしい。

「でも、その様子ではもう使えないようね。決めたわ。あなたは殺さない。その醜くしわがれた姿を凍耶様の前にさらして罵られるがいいわ」

「黙りなさいよケバ悪魔!!　凍耶はそんなことでマリアさんを嫌ったりしないわ！」

美咲さんが激昂する。その言葉に私は救われた。現実はそうならないかも知れないし、恐らく御館様が帰ってくる時まで、生きていられるかどうかも分からない。

私の寿命は普通の人間のそれへと変貌した。もういつ尽きてもおかしくないのだ。

いつもは袖を通すことが誇らしかった佐渡島家のメイド服が非道く滑稽に見える。

私は遠くなって行く意識の中で、御館様を想った。

初めてお会いした時から、心惹かれた。この人についていこうと魂が理解した。
理屈なんかじゃない。
一目惚れなんて軽い言葉では片づけられない。
心の奥底にある私の何かがあの方の魂の本質に触れて理解したのだ。
この方に付いていこうと。既に残り一〇年もなかった最後の生涯を燃やし尽くすまで。
この命の最後の瞬間までお仕えしたいと思った。
御館様……愛しております。
……会いたい……最後に一目だけでも。
醜い老人だと罵られてもいい。蔑んだ冷たい視線で顔をしかめられても構わない。
ただ、最後にあなたに会いたかった。
叶わぬ願いと分かっていつつも、懇願せずにはいられなかった。
身体が重くなる。力が入らない。意識が遠くなっていく。
最愛の人を想い、叶わぬ願いに涙しながら、私は意識を手放した。

◆第146話　苦悩する悪魔

私を圧倒した龍人族は皺の寄った老人に変わり果てて意識を失ったようだった。
一瞬とは言え私の力を上回り圧倒された。
私は思った。
なんて美しいんだろう……と。
凍耶様の奴隷たる女達は、自らの意思で、気高く、誇りある戦いを見せた。

翻って私はどうだ？

私がやっていることは、ただの嫉妬だ。凍耶様に愛され、そしてこんなにも凍耶様を愛している彼女達が、とても羨ましくて、そして妬ましい。

私は自らの精神をむしばむ破壊衝動が、ドンドン色濃くなっていくのが知覚でき恐ろしくなった。

本当は彼女達を傷つけるつもりなんかない。

本当は凍耶様に愛されている彼女達ともっとお話ししたかった。

本当は私も一緒に愛してくださいと凍耶様に懇願したかった。

だがデモンに植え付けられた宝玉の因子がそれを許さなかった。

破壊衝動と共に私の中に存在する醜い嫉妬の心が増幅されコントロール不可能なほど膨れ上がる。

これまで何とか寸での手加減でまだ誰も死んでいないようだった。

しかし、それももう時間の問題だ。

マリアと呼ばれた龍人族の攻撃によって私の感情に怒りが生じる。

それは宝玉の因子に限りなく増大され、また破壊衝動に変換されていった。

誰か、助けて。

誰か、止めて。

誰か……私を殺して………

◆第１４７話　魂の叫びは彼の人に届くのか

力を使い果たして意識を手放したマリアさんに駆け寄った。僅かに呼吸している。

どうやらまだ死んではいないようだ。

何故か動かないアリシアを十分に警戒しながら私はマリアさんに回復魔法を掛けた。

しかし効果はなさそうだった。静音ちゃんも同じように回復魔法を掛けるが結果は同じ。

おばあちゃんのようにしおれてしまったマリアさんはそれでも気品があって、とても綺麗だと、戦闘中にもかかわらず思ってしまった。

美咲お姉ちゃんが言ったように凍耶お兄ちゃんはこんなことでマリアさんを嫌ったりはしない。

むしろ、とっても綺麗だってお兄ちゃんなら言うだろう。

マリアさんの技はとても美しかった。綺麗だった。煌めく炎を纏った龍が踊っているかのような……。

それこそ本当に命を燃やす技なんだろう。

マリアさんの呼吸が徐々に弱くなっていく。

「マリアさん、しっかりして！　死んじゃダメだよ！」

「ルーシア、どく。ティナとティファでなんとかする」

意識を取り戻したティナちゃんとティファちゃんが駆け寄ってきた。

ティナちゃんはマリアさんの頬に手をおいて何かを念じる。

「まだ、息はある。生命の息吹が残っている」

「どうするの？」

「ティナとティファで精霊にお願いして命をつないでみる。トーヤが帰ってくるまで持たせれば、トーヤがきっとなんとかしてくれる」

「そうです。凍耶さんならきっと何とかしてくれます。だからそれまで頑張りますから。何とかしてアリシアを食い止めてください」

私はそう言った二人の決意の瞳に勇気を取り戻しアリシアに向き直る。

とは言え、状況は最悪だ。

あんなに強いマリアさんが命を賭けて使った技もアリシアには届かなかった。

美咲お姉ちゃんの極限スキルも静音ちゃんの魔法もアリシアには通じない。

私の奥義も足止めにすらならなかった。

切り札である雷虎になったミシャも既に変身が解けて力を使い果たしてしまっている。

他のメイドの女の子達はアリシアが放つ闘気に充てられて全員気を失ってしまっている。

アリシアの闘気は近くにいるだけで体力を削られるほど激しい。

あれでは気絶している間に死んでしまう子もいるかも知れない。

アリシアの顔に怒りの色が濃くなり始め、放心から帰ってきたように語り始める。

「今のはなかなかだったわ。もう許さない。一遍の肉片になるまで切り刻んであげましょう。更なる絶望を味わいなさい」

アリシアの身体に禍々しい変化が始まる。ねじ曲がった角が二股に分かれ、更に曲がりくねっていく。

ゆがみ、軋むような音を立てて肉体は変化を起こし、白目がなくなり眼球が真っ黒に染まった。

その異形はまさしく悪魔そのものと呼ぶに相応しい。

纏っている空気に触れるだけで腐敗してしまいそうなほどの負のオーラを背負っている。

「くはははは、これが解放の第二弾。このままでもあなた達をグチャグチャのミンチにすることは簡単だけど、さらなる絶望を与えましょう。ご覧なさい。このアリシアの究極の姿。私の力の完全解放した姿を、冥土の土産に見せてあげる」

アリシアは腰を下とし、闘気を解放するように張り上げた声を辺りに響かせた。

「かぁああああああああああああああああああああ」

大地が震える。

地響きが起こり、私達の周りの大気が振動を始めた。

アリシアのからだが細かく震える。

チリチリと空気が摩擦しているような焦げ臭いにおいが立ちこめ、アリシアの身体の周りには大きな熱を発する膜ができあがり始めた。

気絶しているメイド達が次々に目を覚ます。

あまりに凄すぎる闘気の奔流に意識が強制的に引き戻されたようだ。

まるでこの人こそが魔王なのではないかと思ってしまう。

「はあああああああ！！！」

両手を広げアリシアの身体が激しく発光した。

「うわああ」

「きゃあああああ」

爆風と共に耐えきれなくなったメイド達が吹き飛んでいく。

意識を取り戻していたのは幸いだった。無防備のまま吹き飛ばされたらそれだけで危なかった。

私も必死に腰を落とし爆風に耐えて目の前で起こった進化をしかと見る。

光の中から現れたアリシアは角の形がシンプルになり、黒髪のお尻の下辺りまでだった緩いウェーブヘアが足下まで伸びたストレートに変わっている。

全体的にシャープな印象を強め先ほどまでの禍々しさがなくなり、代わりに透き通るほどの清廉な黒。

純粋な悪のエネルギーとでも表現したらよいだろうか？

――『アリシア＝バルトローナ　ＬＶ３３３　６６６６６６６』

「さあ、これで完了。あなた達は楽には殺さない。苦しめて苦しめて、最後には全員首を切り落として凍耶様の前に並べてあげるわ、あはははははは」

誰もが立ち上がることができないでいた。

あまりにも開きすぎた差が、全員の戦意を奪ってしまった。

でも、それでも。

「まだよ!!」

「!?」

私は叫んでいた
「まだ終わってない。お兄ちゃんがきっと助けに来てくれる。希望は捨ててない。しがみついてやる。絶対に死んでやるもんか!! あんたなんかにお兄ちゃんは絶対に負けない!!」

「この状況になってもまだそんな戯れ言が言えるなんて、まるで状況が分かっていないようね。ここにいる誰もが、勇者ですらも既に理解していると言うのにね」

見やると、美咲お姉ちゃんも静音ちゃんも、うなだれている。

でも、私の視線に勇気を取り戻したのか、決意も込めた表情で立ち上がった。

「そうね。年下の沙耶香ちゃんがこんなに凍耶を信じてるのに、幼なじみの私が信じなくてどうするんだって話よね」

「そうですわ。まだ死ぬわけにはいかない。お兄様の肉奴隷として、まだまだご披露してない奉仕の性技を凍耶お兄様に味わっていただくためにも」

「そうです。ご主人様にはまだまだ返しても返しきれない恩が残っている」

「ミシャだって、兄様の子種をもらって元気な赤ちゃんを産むっていう夢が残っているのです。強い雄の種で子孫を残す使命が残っているのです」

「ティナも諦めない。凍耶にしてもらってないプレイがまだ残っている。全部やってもらうまで死ねない」

「アリエルも。もっと主様にエッチしてもらって、赤ちゃん産みたい」

次々と立ち上がる仲間達。

こんな状況でも欲望丸出しの皆に思わず苦笑してしまう。

だったら、私だって……

「そうだよ！　まだ諦めない。私だって夢があるんだから！　凍耶お兄ちゃんのお嫁さんになるって、決めてるんだから!!」

私は叫んだ。心の底からの本音を、腹の底から大きな声で。

そうだ。私は諦めてない。愛奴隷になって、いっぱい愛してもらって、幸せいっぱいの日々だったけど、純白のウェディングドレスを着て教会で結婚式を挙げて、誓いのキスと指輪交換をいつかしてもらうんだって夢は諦めたわけじゃなかった。

だから私は死ねない。ここにいる全員が死ぬわけにはいかないんだ。

お兄ちゃん。助けてよ。お兄ちゃんはいつだって私を助けてくれたよね。

だから、今回も助けて。

私は信じてる。

お兄ちゃんはいつだって私のヒーローなんだ。

「もういいわ、あなたは死になさい」

アリシアの指先が光る。

真っ直ぐに飛んでくる光。

私は反応仕切れなかった。

それでも、私は叫んだ!!

「お兄ちゃん！！！！！」

アリシアから放たれた光が、私の眼前に現れた魔法陣のような壁に弾かれた直後、不思議な声が私の脳裏に響いた。

――『その叫び、受け取りました』

◆第１４８話　祈りは届き、彼のものは大地に降り立つ

「そうだよ！　まだ諦めない。私だって夢があるんだから！　凍耶お兄ちゃんのお嫁さんになるって、決めてるんだから!!」

そう言って叫ぶ少女に感化されたのか、倒れ、絶望に打ちひしがれていた彼女達は勇気を取り戻していく。

立ち上がった。

全員が。

何て精神力。そして、何て美しいんだろう。

心の底から叫ぶ狼人族の少女はとても美しいと思った。

私は再び感動した。

暗く、重たい破壊衝動に沈みかけた理性が僅かに浮き上がる。

羨ましい。私もあちら側に立ちたい。

立ちたかった。

でも、それは叶うことのない夢。

何故なら、私の嫉妬がそれに勝ってしまったから。

どうしようもないほどの醜い感情が私の意識を押しつぶしていく。

「本当にどうしようもないバカばかりね」

嘘だ。本当は称賛したかった。何て素晴らしいんだろうと。

だからこそ、そんなにまで凍耶様を愛することができる立場が羨ましい。

妬ましい。

止められない。

ウラヤマシイ……ニクイ……ハカイ、シタイ
今度こそ抗うことのできない醜い感情が私の意識を闇の底へと押し込んでいく。

塵一粒ほどに残った最後の理性は、私自身が身を委ねた嫉妬の感情に飲み込まれていく。

「もういいわ。あなたは死になさい」

私は指先に闘気を集中させた。

今度こそ絶対に助かることはないであろう威力を込めて、もはや手加減のできない私の破壊光線が狼人族の少女に真っ直ぐ飛んでいく。

「お兄ちゃん！！！！！」

必死に叫ぶ少女。しかしその願いも叶うまい。

一瞬後には、彼女の無残な死体が横たわることになる。

ああ、とうとう殺してしまった。

こんな女を凍耶様は愛してはくださらないだろう。

せめて、凍耶様に殺してほしい。

醜い悪鬼となった破壊の化身は、怒りに染まった愛しい人に殺されることを望む。

何と身勝手で理不尽な願いなのだろうと自らをあざ笑った。

センスのない詩的な表現を頭の中に妄想しながら自嘲した。

だれか、止めて。

誰か、私を助けて……

少女に迫る破壊の光が胸を貫く。

――『その叫び、受け取りました』

だがそうはならなかった。私の放った破壊光線は、少女の眼前に現れた魔法陣のような結界に弾かれて霧散した。

あり得ない。手加減はしなかった。

たとえ勇者が全力で防御をしても絶対に耐えられない威力を込めて放った一撃は、いとも簡単に弾かれ、立ち尽くす少女の前から何事もなかったように姿を消した。

「え……？」

少女も何が起こったのか分かっていない様子だった。

「今のは、今の声は一体？」

疑問を呈したのは私だった。

あまりに不可解な現象に、破壊の衝動は何処かへ消え、代わりに不可思議な現象に首をかしげるだけの理性が戻る。

だがそれも一瞬だった。

沸騰した怒りが心を支配し、私の掌に次のエネルギーを集め出す。

「ちぃ！　とどめだーーーーー」

バンッ

私の腕がはじけ飛んだと理解したのは数秒後だった。

――『所有奴隷の生命危機を感知、及び、規定された制限の全解除条件をクリア。称号スキル『転生人』の効果、自動発動、これより肉体次元への直接干渉モードへと移行します』

不可解な声が辺りに響く。

どうやらここにいる全員がそれを聞いているらしく、あっちこっちを見回していた。

しかし、幾ら探しても声の主らしきものの姿は見えない。

だが私の疑問を解決する答えはすぐに訪れた。

天空高く展開された巨大な魔法陣が徐々に私達の元へと降りてくる。

少し見上げるほどの高さまで降りてきた魔法陣はその大きさを徐々に縮小させ、人型の召喚獣を顕現させるほどの大きさへと縮んでいった。

円形で煌々と輝く魔法陣から徐々に人の足らしきものが姿を現す。

透き通るほどに白い肌。

華奢な少女のような細い足が徐々に降りてくる。

背中には蒼白く輝く翼のような板が広がっており、天使の羽を彷彿とさせる。

何より目を奪われたのは虹色の後光が差している黄金の長い髪。

目の錯覚ではなく実際に虹色に輝く光を纏い、まるで天使、いや、神そのものが地上に降臨したのかと錯覚するほどだった。

感情と言うものが感じられない無機質な瞳。

しかしどこか感じられる慈母のような温かい空気。

悪魔の私ですら平伏したくなるような圧倒的な存在感。

全てが圧倒的だった。

そしてその瞬間私は理解した。

勝てないと。どう考えてもあらがえる存在ではなかった。

だが、私を支配した破壊衝動がその感情を拒んだ。

◆第149話　地上に降り立ったもう一人の理不尽

「見事でした。この勝負、最後まで我らが凍耶様を信じ抜いた、皆さんの勝ちです」

白いマントを翻した明治時代の剣豪のような台詞を呟きながら、その人は空から現れた。

空から降り立ったその人は、何故だか佐渡島家のメイド服を纏った天使だった。

でも背中に広がっている翼のようなものは生物と言うよりは機械のようで、お兄ちゃんが好きだったロボットアニメの武器に似ていた。

あれ、何だっけ？　飛んでいってビーム出すやつ。

金髪なのに髪の毛どころか身体全体が虹色に輝いている。

彼女は手を握って開いてをくり返し、足を地面にこつこつとぶつける。

まるでなにかを確認しているような仕草だった。

ミニスカートから伸びている足には白のサイハイソックスが絶対領域を作り出し、ピンク色でフリルのついたセクシーなガーターリングが嵌められている。

これ、静音ちゃんが力説してたお兄ちゃんが好きなコーディネートだ。

もっとも印象的だったのは煌めく黄金の髪の毛をハーフアップにまとめているエメラルドグリーンに輝く蝶の形をした髪留め。

何故だかあの美しい装飾が彼女の存在を象徴しているような気がしてならなかった。

こんな状況なのになぜだかそんなことを思ってしまった。

「肉体次元への現出完了。各肉体パーツ可動確認。良好。エンジェリウムハートエンジン出力調整。２％の上方修正。バランス調整完了。言語能力稼働良好を確認。個体認識能力、及び、俯瞰視点能力稼働良好。フライングビットシステム、稼働良好」

身体を一通り確認し終えた彼女がこちらを向いて全員を見据えた。

「全項目チェック完了。これより、救出プログラムの施行を開始します」

「な、何者だ!!」

アリシアが血走った目で吹き飛んだ腕を押さえながら叫んだ。

腕が生えてくる。

徐々に腕が再生し始めるところを見ると、そう言う能力も持っているらしい。

「優先事項を確認。マリアンヌ・ビクトリアの損耗した生命の回復を最優先。次いで消耗した全員の回復を行います」

アリシアを無視した彼女は自分が現れた魔法陣を頭上に展開して魔法を詠唱する。

「マルチロックバースト　パーフェクトリザレクション」

頭上に小規模の魔法陣が展開され一人ひとりが癒やしの光に包まれる。

一瞬にして消耗した体力や怪我をした部位が全快する。まるでお兄ちゃんが使う魔法のように途轍もない魔力による極限回復魔法を全員同時に使ってしまうなんて。

「やはり消耗した寿命までは回復魔法では改善しないようですね」

彼女は未だにティナちゃん達に支えられたマリアさんに向かってそう言った。

白髪の老人になってしまったマリアさんは回復魔法で若干息を吹き返したように見えたが、やはり老化した肉体は元に戻ってはくれないらしい。

「マリアンヌ。あなたは凍耶様の所有物。勝手に死ぬことは許可できません」

無表情にそう言い放つ彼女の言葉には、どういうわけか温かみがある。

言葉尻は冷たいように聞こえるのに、その声はとても大きな慈愛に満ちているように聞こえた。

まるでずっと私達を見守ってくれていたような。

やっぱり、そうだよね。この人は……。

「あなたはもっともっと凍耶様に尽くさねばなりません。さあ、蘇りなさい。神格魔法『フェニックスリバイブ』」

ルビー色に輝く炎がマリアさんを包み込む。柔らかい朱に囲まれたマリアさんの身体は空中に浮き上がり、マリアさんの身体にまとわりついた炎が吸収されていく。

するとみるみるうちにしわがれた老人だったマリアさんの姿が元の凛々しいマリアさんに戻っていく。

いや、元の姿よりもっと若々しくて、生命力に満ちあふれているように見える。

元のマリアさんは現代日本で言うなら美人ＯＬって感じだったけど、復活したマリアさんは背伸びし始めた女子高生くらいに見える。

「消耗した寿命はサービスで一〇〇〇年分ほど追加で補充しておきました」

龍人族にとっては普通なのだろうか？　サービスで寿命を一〇〇〇年って延ばしすぎのような気がするんだけど。

「ん……ここは」

目を覚ましたマリアさんは、炎を吸収仕切ると同時に地面に足をつきバランスを崩した。

すかさずティファちゃんが支え、マリアさんはよろめく身体でバランスを取りながらも目の前の存在を見据えた。

「……救って頂き、ありがとうございます」

「マリアンヌ」

「は、はい」

「あなたは凍耶様の所有物であり、忠実なメイド。あなたの気高き心は私の心に響きました。されど、これからは命を投げ捨てるような真似はしないように。あの方が悲しみます」

「はっ。肝に銘じます」

マリアさんは普段ならお兄ちゃんにしかしないであろう平伏した態度で膝を突いた。

「さて、放置して申し訳ありません。こちらでやることは済んだのでそろそろ相手をして差し上げましょう」

彼女はずっと放置してアリシアの方へと向き直り相対する。

アリシアは何故だかずっと動かずジッとしている。

よく見ると細かく震えていた。

「舐めるなぁーーー！！！」

だがアリシアの放つ凄まじい闘気はそれでもそこにいる全員がたじろぐほどのプレッシャーを与えた。

――『アリシア＝バルトローナ　ＬＶ５５５　９９９９９９９』

アリシアの戦闘力が更に上昇する。とうとう一〇億に届くほどの高まりを見せ黒いオーラが大地をえぐり空が震える。

でも、私達はもう誰一人アリシアに対して恐れを抱いてはいなかった。

何故ならアリシアよりも、遥かに高みにいる圧倒的上位者の味方が現れたから。

「貴様、一体何者だ。今までどこに隠れていた」

「隠れていたわけではありません。こちらに姿を現す方法がなかっただけです。自己紹介が遅れました。私は佐渡島凍耶様の快適な異世界ライフをお手伝いするＡＩサポートシステム、アイシスと申します」

やはりというか、彼女はアイシスさんなんだ。

アイシスさんはメイド服のスカートの端をつまみながら優雅に挨拶してみせる。

纏っている神々しさと相まって非常に様になっている。

「メイドごときが、私に勝てるものか」

「凍耶様に愛されたいならメイド服は必須アイテムです」

別にそんなルールはないはずだけど、お兄ちゃんがメイド萌えなのは間違いなかった。

実際ティナちゃんやアリエルと言ったメイド仕事をしていない子も、夜伽当番の時にはメイド服を着ていくことが多い。

いわく、その方がお兄ちゃんの興奮が強くなる、らしい。

いや、実際そうだ。顔には出さないけど。

静音ちゃんが新しい服のデザインをする時は大抵学園のブレザーかメイド服がベースになっていることが多い。

いわく、『その方がお兄様の興奮が強くなるからですわ』だそうだ。

お兄ちゃんの制服好きは結構筋金入りなところがあるからなぁ。

アイシスさんの格好はそのお兄ちゃんの好みを一〇〇点満点で再現したものであり、それだけでアイシスさんがお兄ちゃんにどういう感情を持っているかが手に取るように分かる。

戦闘中にもかかわらずこんなどうでも良いことばかり考えてしまうあたり、やはりもうこの戦いの勝利は確信的だった。

アイシスさんの戦闘力をサーチアイで計る。

しかし、そこに数値は表示されなかった。

サーチアイは実力差があまりにもありすぎると表示限界を超えてしまい正確な数値が分からなくなってしまう。

それはどのくらいの数値なのか。参考までに言っておくと、アリシアの数値はまだ確認できる。

一〇億に届こうとしている実力差があるアリシアですら見えている。

つまりアイシスさんの力はそこよりも遙かに上ということは想像に難くない。

もしかしたらお兄ちゃんよりも？

見た目は華奢な少女なのに、その中に秘められた力は途轍もないほどに大きなものだった。

「さて、それでは始めましょう。言っておきますが私は最初からクライマックスですよ」

また何処かで聞いたことがあるような台詞を入れてくる。あれは確か生前死ぬ直前くらいに放送されてたやつかな。

さっきの登場の時といい、アイシスさんってあれなのかな。結構お兄ちゃんと似てるのかも……。

「そして何より」

アイシスさんはアリシアを見据え慈愛に満ちた聖母の表情で、彼女に言葉を届けた。

「私はあなたを救いに来たのです」、と。

◆第150話　一条の光を求める魂

「救いに来ただと？　私を？」

その言葉を聞いた私は困惑する。

私が救われる？　救ってもらえる？

困惑の感情はやがて歓喜へと変わった。

だが、それを表情に出したりはしない。

「戯れ言を…今度は手加減しない」

私を支配した宝玉の意思は攻撃を選択した。

心を蝕む破壊衝動に任せるまま、アイシスと名乗った女に飛びかかる。

「かぁあああああ」

爪を鋭く伸ばし全力で突き出す。速度と体重を最大に乗せた真っ直ぐな一撃は、その華奢な身体を間違い無く貫き内臓をえぐるはず。

奴は動かない。こちらを哀れむような瞳でジッと見つめたままその場に立ち尽くしていた。

「死ねぇえええええ」

だが奴の眼前で私の攻撃は阻まれた。甲高い音が鳴り響き、波紋が広がるように波打つ目に見えない壁に阻まれてそれ以上前へと押し込むことができなかった。

「ネガティブアブゾラプション」

「うがぁ、あ、あああああ」

心に巣喰ったヘドロのような感情が抜け落ちていくような感覚を覚えた。

身体にへばりついていた破壊衝動が治まっていき、徐々に気持ちが晴れてくる。

「ぐぅううう、おのれぇ」

だが私は寸でのところで抜けだし距離を取る。

正確に言うなら私を支配する宝玉の意思が、黒い衝動からの解放を拒んだのだ。

私の本来の意思は、あと少しで助かったのに、と落胆する。

「おのれぇ、おのれぇ、オノレェエエエエエエ」

闇に包まれた私の身体が更に色濃い闇の闘気に包まれて姿を隠す。

真っ黒な膜に包まれて肉体は一部も外へと出ない。

(暗い。苦しい…)

息が詰まりそうな重たい感覚が私の心を蝕んだ。

「どうやら少し弱らせないと効果が薄いようですね。このままではアリシア本人の意思が宝玉の破壊衝動に飲み込まれてしまう。宝玉を数百個も身体に取り込むなど無茶にもほどがあります」

「アアアアアアア」

もはや私の口から出てくのは意味のある言葉ではなかった。

「もはや理性もありませんか。仕方ありません。少々荒っぽいですがアリシアの意識と宝玉の意思を引き剥がしましょう。アリシア、聞こえますか？　今からあなたをその肉体から引き剥がします。少々痛いかも知れませんが我慢してください」

沈んでいく意識の中で、その言葉が私の心に響いていた。

◆第151話　一条の光を放つ魂

アイシス様に向かって飛びかかるアリシアの様相はもはや理性のない獣そのものだった。

暗黒色の炎が全身を包み込み、もはや女であることはおろか人型の何かであったことすら判別は困難になっている。

腕を振り回し爪で切りつけるアリシアをアイシス様は軽やかに躱しながら徐々に他の皆から距離を取っていった。

『グオオオオォォオ』

暗黒色の塊がケダモノのような咆哮をあげる。空気が軋み肌がピリつくような圧力が辺りを包んだ。

「むっ？」

アイシス様が振り返る。私たちの視界に入ってきたのは、濁った色の渦からドロドロと湧き出るアンデッドの群れであった。

黄金の鎧を身に纏った一流の騎士にも劣らない闘気を身に待った骸骨騎士ゴールデンデスナイト。

生者を憎む怨念を視覚的に纏った六対の脚をもった巨大な骸骨騎馬に乗ったそれら。

生者を憎むアンデッドの大群は、生きている私たちに積年の憎悪を燃やすように土を蹴って突進し始めた。

それも生半可な数ではない。しかも見た限りでは、討伐レベルはAやSに相当するであろう強力な魔物が目を覆わんばかりの濁流となって溢れかえる。

「なんて数。この前の王都襲撃と同じくらい。しかも一体一体が私達の戦闘力に匹敵します」

静音さんの言う通り、目の前で溢れるかえる魔物は、とてつもない密度でこちらに迫ってくる。

「いけません。皆さん迎撃の準備を!!」

私はぼんやりしていた思考を引き締め皆さんに指示を出した。

美咲さんやルーシアさんも同じように表情を引き締め武器を握る指に力を込める。

「ご心配には及びません。あの程度の数なら問題なく処理できます」

しかしアイシス様は一切動じることなく私達を静止する。

こちらに向けた表情は人形のように無表情なれど、慈母の情愛に溢れた優しさがにじみ出ているようだ。

その空気を感じた瞬間、私達は緊張に震えていた体から力が一気に抜けていくのを感じた。

私たちが何も心配しなくて全く問題にならない。

まるで母のぬくもりに包まれたような広大な安心感が包み込んだ。

「周りの被害が大きすぎますね。結界を張りましょう」

アイシス様がこちらに手を向けたかと思うと、淡いグリーンの光が私達の目の前に薄い膜を張る。

それと同時に後ずさりしてしまうほどの強烈な圧力を全く感じなくなった。

どうやら目の前の薄い膜がアリシアの暴走した闘気を防いでくれているらしい。

「さて、この位で十分ですね。では行きますよ」

「あ、あれは!!?」

静音さんが突然叫びをあげる。その視線の先にいるアイシス様の周りに突如として浮かび上がった魔法の展開に驚愕しているらしい。

炎の赤、氷の青、土の茶、雷の黄色、風の緑、光の白、闇の黒。

異なる七つの魔力の光がアイシス様の周りで回転し、虹のようなプリズムを引き起こす。

「まさか、クワトロスペルのさらに上ッ!? 七つの属性を同時に展開できるというんですの……しかも一つ一つに込められた魔力の密度が桁違いですわ。あれら全てに極限魔法レベルの魔力が込められていますわよ」

静音さんが使っていた四つの属性を同時に操る必殺技クワトロスペルのさらに上だというのか。

「雑魚は一層してしまいましょう。『セプタブルスペル』『マルチロックバースト』」

アイシス様の頭上に無数の魔法陣が展開する。

刻まれた幾何学模様の一文字ごとに輝きを放った魔力が溢れかえっていく。

「受けなさい。亡者必滅ッ『セブンプリズムイクスティンクション』ッ!!」

放たれた魔力が轟轟と音を立てる猛烈な嵐に変化する。

全ての魔力が宝石のように輝き槍の形をかたどる。

それは以前御館様が放っていた必滅たる光の裁き。いや、もしかしたらそれ以上の魔力の塊。

ルビーレッドの炎が、
サファイアブルーの水流が、
ガーネットブラウンの土塊が、
トパーズイエローの稲妻が、
エメラルドグリーンの風刃が、
パールホワイトの光弾が、

オニキスブラック闇渦が、
輝きを纏った矢じりとなって何千にも及ぶ悍ましい不死者の群れを次々に砕いていく。

いや、砕いているという生易しいレベルではない。触れた瞬間にまるで剛撃を受けた砂の塊のように粉々の塵に変わっていく。

しかしてその光に包まれた不死の軍団は、まるで怨霊が慈愛の神の祝福を受けて暗黒の呪縛から解放されたかの如く安らぎに満ちた表情をしながら消滅していく。

肉も皮もない無表情の頭蓋にそんな錯覚を覚えるほどの美しい光だった。

時間にしてほんの数秒。あれだけいた不死者の群れは初めからそこにいなかったかの如く、文字通り塵一つ残さず消滅した。

荒れ果て捲れ上がった大地の惨状だけがそこに亡者の大群がいたことを示している。

「次を放たれても面倒です。そろそろ決着を付けましょう」

抑揚のない声でアイシス様は半身に構えて腰を落とす。

あれは、龍八卦の構え。

「モーショントレース『マリアンヌ・ビクトリア』。龍八卦『通背掌』」

太鼓に布をかぶせて叩いたような音が響きアリシアの身体が後ろへ吹き飛ぶ。

アリシアは空中で身体を回転させ体勢を立て直す。

あれは龍八卦の中でも特に難易度の高い技。腕ではなく、下半身からの捻りを腰、肩、腕に伝えて、相手を吹き飛ばす龍八卦秘伝の奥義の一つだ。

ここ最近は使っていないハズなのに。

いや、そう言えばメイドとなってから冒険者の討伐依頼でS級のドラゴンを退治に行った時に一度だけ披露したことがあった。

そうか、あの頃からアイシス様は我々を見守ってくださっていたのか。

まさかあの一度だけでこうまで完璧に再現されてしまうとは。

この技を身につけるのに一〇年以上の修行を重ねてきたのに。少しだけ嫉妬してしまう。

「少し威力が流れてしまいましたね。捻りの伝達が甘かったようです。トレース精度上昇。誤差修正。ではもう一度、今度は技を発展させてみましょう」

まさか。あの奥義は龍八卦の最終形とまで言われた技。おいそれと発展などできるはずが……

アイシス様は先ほどよりもやや深く腰を落とし地面を強く踏み込んだ。

その瞬間アイシス様の姿が陽炎のように揺らめく。あまりにも技の発生が早いため、陽炎が発生してしまうほどの速度で身体が動いているのだ。

「神力、発動」

私は全神経を視覚に集中させてアイシス様の動きを目で追った。

アイシス様の身体が更に強く発光する。

「ゴハァアアアアアア、ああ、ア、アアアア」

気が付くとアリシアの暗黒色の炎の塊から白い発光球が飛び出し、すぐさま後ろへ回り込んだアイシス様がその球を手に包み込むようにして距離を取る。

私は見た。

通背掌と同じ動きをしながら、今度は軽く握った拳で第一撃を与え、刹那の瞬間、固く握り込んだ第二撃を強い踏み込みと共に通背掌の要領で叩き込む。

ルーシアさんに後で聞いたところ、あれは御館様の故郷にある『まんが？』なる読み物に描かれている奥義を元にしているのだそうだ。

それは第一撃を与え、衝撃が戻らないうちに第二撃を加えてブツリテイコウ？ を無視し物体を粉砕するのだと言う。

正直難しくてよく分からなかったし、魔法でもスキルでもない、肉体技術だけで本当にそんなことが可能なのかと疑いたくなるが、アイシス様がアリシアの身体から飛び出した白い発光体を大事そうに抱え満足そうに微笑んでいる所を見ると成功したのだろう。

「ソニエル」

「は、はい」

アイシス様はソニエルの元へ飛んでいくと発光体を手渡した。

「それを大事に持っていてください。私はあれをかたづけます」

「わ、分かりました」

アイシス様はアリシアの元へと戻り相対した。

闇色の炎が一層激しく燃え盛り、もはや形を持たなくなったアリシアは意味不明なうめきを上げるだけの塊に成り果てていた。

『うぐぉおおお、オオオンンン』

「さて、ではそろそろ終わりにしましょう。哀れな破壊の権化よ。今から浄化して差し上げます。モーショントレース『リルル＝ハーネス』『ティルタニーナ＝ノール』『桜島静音』モーション合成」

アイシス様は右手に青の光、左手に赤の光を発生させ、それぞれ炎と氷を造り出した。

それは、リルルの高威力と、ティナさんの高密度、静音さんの高練度の特徴をまとめ上げた魔力の集大成、と後に彼女は語っていた。

「二つの魔法を左右同時……そんなこと、普通無理」

普段眠そうに半分閉じているティナさんの目が珍しく見開いている。しかし、先ほど七つの光とどう違うのだろうか。魔法を専門としていない私にはあれがどのように凄いのか正確には分からない。

「あんな使い方して一体何をするつもりなんだあの人？」

リルルも不思議そうにアイシス様を見上げ、何が起こるのか少しわくわくしているようだ。

アイシス様の放った左右の魔法は胸の前で合成されスパークが走るようにバリバリと音を立てている。

「あ、あれってまさか」

「今までの流れを考えると、多分そうですわね」

「知っているのですかルーシア、静音さん。一体どういう魔法なのですか？」

ソニエルがたまらず二人に尋ねる。

私も他のメイド達も、魔法を得意とするものは特にその言葉に耳を傾けた。

「まあ、ある意味究極の魔法だよね」

「そうですわね。あれが本当に実現可能ならその威力に耐えきれる者は存在しませんわ」

「静音ちゃんは試したことないの？」

「当然ありますわ。でも、わたくしにはあの大魔導士様ほどの魔法センスはなかったようですわ。1年ほど練習しましたが合成が上手くいかなくてとうとう諦めましたわ。言うほど簡単な技術ではありませんのよあれは」

「でも、静音、クワトロスペル使える」

ティナさんの疑問はもっともだ。

私も同じ疑問を感じた。

「確かに同時に発生させる段階までは何とか実現できました。しかし難しいのはそこからですわ。それぞれの属性を単独で放つクワトロスペルと違い、相反する性質の魔法が発する反発エネルギーを一定の空間に安定させ、更にそれを幾重にも束ねて行かなければあの魔法は完成しませんわ」

静音さんはそう言って左右の手で炎と氷を作り出し、胸の前でアイシス様と同じように合成した。

しかしそれは一瞬縮んだ後、弾けるように霧散してしまう。

「このように簡単に弾けてしまい、あの様な一定の空間にエネルギーを閉じ込めて、ましてやそれを安定させるなんてどんな天才にもそう簡単には実現できません」

魔法の勇者である静音さんを以ってして実現不可能だった技術をあっさり成功させてしまうのだからとんでもないことなのだろう。

これも後で聞いた話だが、『まんが』に登場する勇者の相棒たる大魔道士が放つ究極の魔法を模倣したものだという。

御館様のかつて住んでいた世界にはそのような凄まじい魔法の使い手がいるのだろうか。

どうやら空想上の人物らしいが、それを現実に反映するアイシス様の凄さがよく分かる。


とうとう単なる黒い炎の塊となってアリシアがアイシス様に飛びかかる。

「それでは参りましょう」

魔法には無学の私ですらあの魔法が途轍もないものだと言うのは見ていて判る。

「グォオアアアアアアア！！！！」

それは一本の長い投擲槍に姿を変えてアイシス様はそれを頭上でグルグルと回転させた。

「あ、弓じゃないんだ」

「そこは気を使うのですわね」

何のことを言っているのか分かなかったが、二人は妙に納得している様子で頷いている。

何か事情でもあるのだろう。

「では参ります。モーショントレース『ソニエル＝ラナ＝マーカフォック』」

「今度は私!?」

ソニエルの名を叫びアイシス様が天高く飛び上がった。

フリルのついたスカートが風になびき空中で姿勢を翻す。

「フライングビットシステム　スキル『多重封縛結界』」

アイシス様の背中の羽板が火花を飛ばしながら暗黒の炎に向かっていく。

それぞれが独立した動きで縦横無尽に動き回り、羽板の先端から翡翠色の光線が放たれる。

それぞれが一本の線を羽板同士で結びつけ幾何学模様の魔法陣を描いていく。

結界が生じ動きを封じられたアリシアは不定形の炎であるにもかかわらずそこから動けずもがいている。

「その身に刻みなさい。極限スキル『極光滅魔流星槍』」

技の名前を発声しながら、アイシス様が光の槍を投下する。

空気すらも斬り裂くほどの凄まじい速度で垂直に打ち下ろされた巨大な光槍は落下するほうき星のようにきらめきの残滓を散りばめながら、アリシアに突き刺さった。

巨大な閃光。

一拍遅れて轟音が鳴り響く。

周りの木々や土をえぐり、吹き飛ばし、大地に穴を形成する。

しかしその光はえぐったはずの土をまるごと消滅させていく。

「眠れ。哀れなる魔性の者よ」

「何て威力……」

全員が息を呑む。

思わず呟いたのは私だった。これほどまでに凄まじいとは。

私達の周りにはアイシス様が張ってくださった結界が展開されているため爆風はこちらに被害を及ぼすことはなかった。

アイシス様の技が放たれた大地には地獄の底に通じているのではないかと思えるほどの巨大な穴がぽっかりと開いており、こんなものに当たった時のことを考えると身震いがした。

そして暗黒の塊となったアリシアは文字通り消滅しており気配すらも残らず姿を消した。

「さて。それでは仕上げと参りましょう」

アイシス様はソニエルの抱えていた発光体を受け取り、優しく包み込んだ後、自らが纏っている虹色の光を分け与えるように慈愛溢れる微笑を浮かべながら、魔法を唱えた。


「上位神格魔法『エンジェルフェザー』」

天使の羽が舞い散るように白い光が辺りに飛び回る。

アリシアから出てきた発光体はその白い光に反応するように点滅を繰り返す。

やがて光の羽を吸収するようにして発光体は人の形をなしていく。

ソニエル、ルーシアを始め、そこにいる全員がその光景に見とれていた。

光に包まれたアイシス様の姿は、女神が降臨し地上に奇跡の光をもたらすかのごとく、神々しく、また、慈愛に満ちた優しい風を生み出した。

「あれ……？」

「これは……？」

私達の目からは幾重にも重なって大きな滴が流れ落ちる。

不思議な温かさが心を満たし、自然と涙が溢れていった。

「何という美しい光景でしょうか……」

そこにいる全員があまりの感動に涙が後から後から溢れ出してくる。

言葉では言い表せない歓喜がとめどなく涙を溢れさせて、気がつけば私たち全員がボロボロと泣いていた。

やがて収まった光から現れたのは、闇を払われて元に戻ったアリシアの姿だった。

◆第152話　慈母の心を持ったAI

アイシスがソニエルから受け取った発光体を包み込み、上位神格魔法『エンジェルフェザー』を唱える。

それは凍耶が大量の代価を支払って使えるレイズデッドの上位版である。

レイズデッドが単純に死人を甦らせるものであるのに対して、エンジェルフェザーは消滅した肉体すらも復活させてしまう。

その消費魔力はレイズデッドの比ではないのだが、アイシスはその上位の神格魔法を何でもないことのように使って見せた。

しかしそれが如何にとんでもないことであるかはそこにいる人達には意味が理解できない。

全員がアイシスの使う魔法を固唾を呑んで見守る中、光の中から現れたアリシアの姿に驚嘆する。

「これが本来のアリシア？」

「綺麗な人……」

アリエルが気絶しているアリシアの頬をツンツンとつついている。

「この人、どうする？」

「屋敷へ連れ帰りましょう」

「マリアさん、本気？」

「ええ。アイシス様はこの方を救った。そこには意味があるはずです」

マリアの言葉に一応の納得を見せた面々は、凍耶を出迎える準備を整えるため、気絶したアリシアを連れて屋敷へと帰っていった。

◆　◆　◆

アリシアを屋敷に連れ帰ってベッドに寝かせた私達はリビングで全員が集まって改めてアイシスさんと話をした。

「アイシスさん、ありがとうございます。助けてくれて」

「礼には及びません。私の方こそ本来ならばもっと早く皆さんを助けに現れたかったのですが、様々な制限を解除する条件が整うまでこちらに現出する事が出来なかったのです。お許しください」

アイシスさんは背中の羽根を収納し、今は普通の女の子のような姿に変わっていた。

虹色に輝く後光も今は収まっており、先ほどまでの神々しさは消え、代わりにどこかあどけない顔立ちの少女になり、先ほどまでの激しい戦闘をしていた人とは思えなかった。

しかし彼女は表情を上手く動かせないのか、微かに口許をあげて優しく微笑むのがかろうじて分かるほどの表情しかしない。

でも無表情ではないのが分かる。その奥に溢れている慈愛の波導がこちらにも伝わってくるようだった。

「その制限って何だったんですか？」

そのことを聞いた瞬間慈母のような優しげな顔のアイシスさんの表情が崩れ顔をしかめた。

固まったセメントが剥がれ落ちるようにビキビキと音を立てて憤怒の表情で拳を握りしめる。

「実は私は我が造物主である腐れ女神、ではなく創造神様が設けた制限のせいで七面倒くさい手順を踏まないと一定以上の救助干渉ができないようにプログラムされています」

「へ、へぇ。どのくらいの条件なんですか？」

彼女が語り始めたその条件と言うのを聞いて私は自分の顔が引きつっていくのが自覚できた。

アイシスさんが述べた条件とはこのようなものだった。

いわく、
・まずお兄ちゃんが一定レベルに達していること。
・種族が神族以上になっていること。
・条件に当てはまるスキルを一定数以上習得していること。
これを満たした上で……
・その対象が消失することによってお兄ちゃんの精神に著しくダメージを与える事態が起こり、且つ、その対象が生命の危機に瀕していること。ここで言う対象とは、愛奴隷である私たちのこと。
・そしてその私達愛奴隷が精神的に著しく成長するイベントが起こること。
・さらにその対象が絶体絶命の危機に瀕した時に魂の叫びで助けを求めること。
等々、細かいのも含めると四〇項目にも及ぶ条件が並べられていった。

そして以上の条件を一定数以上満たしていること。

幸いだったのは全部じゃなくてもよかったこと。

「このようなふざけた設定をプログラムされたせいで、解除条件を整えるのに非常に手間取りました」

「うわ~何ともえげつない設定ですね。そんな条件そろう方が普通はあり得ないですよ」

「はい。特に最初に言った数項目はあまりにも限定的過ぎて普通はあり得ないので、私はこの異世界に凍耶様と共に来てからいつかこんなことが起こる事態に備えて準備を整えてきました。ある意味で今回その条件がそろったことは奇蹟に等しいです」

「神様って言うくらいだから未来を見通していたとか?」

「確かに未来視の力は持っていますが、暫定的に決まっているもので必ずそうなるとは限らないのであまり意味のある力ではないと言っていました。ですが」

アイシスさんは忌々しそうに歯ぎしりする。持っていた紅茶のカップにヒビが入った。

「恐らくその未来視を逆利用してこの事態を知っていた可能性はあります。性格の九割が悪ふざけでできているような方なので。『やっぱピンチに助けに入ってこそ物語は盛り上がるんですよね〜』とか言って取り付けたのでしょう」

「あ、あはは、それはまたユニークと言うか、はた迷惑と言うか」

私が顔を引きつらせていると扉がノックされソニエルが入ってきた。

「アイシス様、アリシアが目を覚ましました」

「分かりました。行きましょう」

そう言ってアイシスさんは立ち上がって歩き始める。

何だかソニエルやマリアさんはアイシスさんの部下みたいな態度で接しているみたいだ。

それにしてもマリアさん。フェニックスリヴァイブっていう魔法で復活して姿がますます若々しくなってるなぁ。

いや、若々しいというよりかなり低年齢化してる。

背丈は低くなって顔つきもジュリやパチュと同じくらい幼さが見える。

でもメイド服を押し上げている胸の膨らみは全然小さくなってない。それどころか身体が小さくなった分だけ相対的に大きくなった感じだ。

まさにロリ巨乳。って、なんか私もお兄ちゃんみたいな思考になってきたかも。

◆　◆　◆

客間で寝かせていたアリシアはベッドに座る形で入ってきた私達を見据えた。

アイシスさんはアリシアのそばへと近寄り話し始めた。

「気分はどうですか？」

「私は、負けたのね……でも、生きている。あなたは、アイシス、だったかしら？」

「そうです」

「どうして、私を助けてくれたの？私はあなた達の敵なのに。殺そうとしたのに」

うつむいたまま呟くように言葉を紡ぐ。ギュッと握られたシーツが皺を作った。

やがて感情があふれ出しポロポロとまなじりから滴がこぼれ落ちる。

「私は、救われる資格なんてないはずなのに。どうして、助けてくれるの？」

涙を流したアリシアを、アイシスさんは優しく抱き起こし、そして母が子供を安心させるように抱擁し、ポンポンと後頭部を叩きながら耳元に囁く。

「あなたは言ったではありませんか。『助けてくれ』と。心の中でずっと叫んでいた。そして、あなたは凍耶様を愛していると叫び続けた。ここにいる皆と同じでありたいと。だから私は言ったはずです。『その叫び、受け取りました』と」

その言葉を聞いた瞬間、アリシアの感情は決壊した。

とめどなく溢れる涙を流しながらアイシスさんにしがみつき声をあげて泣いた。

アイシスさんは優しく抱きしめたままアリシアの髪を撫で続けた。

私達は誰一人アリシアを責めることはできなかった。

確かに彼女は敵だったけど、どうやらその行動は全部同じ二闘神のデモンって奴に改造されて埋め込まれた宝玉のせいであることがアイシスさんの分析で分かった。

そして生体データの分析によって彼女が本当にお兄ちゃんの事が好きで好きで、そのおかげでギリギリ意識を保っていられた、と言うことが分かった。

アイシスさんはそのことを見通した上で、アリシアまでも助けようとしたのだ。

多分これってお兄ちゃんのためでもあるけど、彼女本来の性格がそうなんだろうと思う。

機械っぽい喋り方をするから一見無機質に見えるけど、とっても優しいお母さんみたいな性格をしているんだ。

見た目はジュリやパチュと同じくらいなのにな。

アリシアはアイシスさんの胸でいつまでも涙を流し続けた。

心の膿を出し切ってしまうかのように。

その表情はまさしく慈愛の女神のように慈しみに溢れた微笑みを浮かべていた。

◆第153話　ちょっと可愛い？　アイシスさん

ひとしきり泣き明かしたアリシアが落ち着きを取り戻した頃、アイシスさんはゆっくりと口を開く。

「さて、それでは私はそろそろ戻ることにします」

「お兄ちゃんに会っていかないんですか？」

「ちょっとした事情がありまして、まだ凍耶様の前に姿を現すことはできないのです。今回皆さんの前に現れることができたのは、その場に凍耶様がいないことも条件に入っていますので」

「そうだったんですか」

そう言ってアイシスさんは少しだけ残念そうに目を伏せた。

「あと、私のこの見た目で凍耶様に会うわけにはいかないのです」

「え？　どうしてですか？」

「実は忌々しいことにこの姿は創造神様にそっくりでして、凍耶様に誤解を与えてしまう可能性があります。

と言うか、肉体次元に干渉する時はこの姿でしか現れることができないようにプログラムされているあたりあの方の悪意が感じられます。『とびっきりの美少女の姿にしてあげますね～』とか言いながらちゃっかり自分の姿をベースにしているのが余計腹立たしい」

アイシスさんが不機嫌なオーラを出すと屋敷全体が地震に見舞われたかのように震えだし、そこかしこで悲鳴が出始めた。

「お、落ち着いてくださいアイシスさん」

無表情なのに憤怒の形相だと分かるほどの目つきで創造神に怒りをまき散らすアイシスさんの怒気でメイド達全員がへたり込むように座っていた。

ミシャとアリエルはベッドの下にお尻を出して隠れているし、ティナちゃんはティファァちゃんを盾にしようとしているし、リルルは立ったまま気絶していた。

平然としているのはマリアさんとソニエルくらいで、私は……うん、あとでパンツ変えなきゃ。

とにかく屋敷が大惨事に見舞われそうなのでアイシスさんを止めに入るとハッとして怒気をしまった。

「おほん。失礼、そんなわけで凍耶様には私のことはご内密に」

「で、でも、せめてアイシスさんに助けられたことくら」

「ヨロシイデスネ」

「あ、はい」

アイシスさんって絶対逆らってはいけない人なんだと私は学んだ。

「えっと、じゃあアリシアはどうやって倒したことにすれば」

「凍耶様にはアリシアがこちらを圧倒するほどの存在であることはまだ知らせていません。このまま黙っていれば問題ないでしょう」

「あ、でも、庭に開いた大穴はどうやって説明すれば」

「あ……どうやら私も初の肉体次元の現出で張り切り過ぎてしまったようです。そうですね。何か言い訳を考えましょう」

アイシスさんは恥ずかしそうに顔を伏せた。ちょっと可愛いって思ってしまった。

「そうですね。それではアリシアさん」

「な、なにかしら？」

アイシスさんはわざわざ「さん」を付けてアリシアの元へと行き妙に寒気を覚えるくらいにっこり笑顔で彼女の肩を叩いた。

「悪魔、やめてもらいますね」

「え？　あだだだだだ、つ、角、角おれるぅうううう」

アイシスさんはアリシアの立派に伸びた角をむんずとつかむと、そのまま力任せに引っ張りあげた。

「なかなか硬いですね。ではこれでどうでしょう。ゴッドセイバー」

アイシスさんの腕に闘気の刃が形成されて振り下ろす。

そこから先は惨劇の舞台と見紛うほどの悲鳴が響き渡った。

「あぎゃあああああああ」

アイシスさんはゴッドセイバーでアリシアの角をスパンと切り落とし無造作に投げ捨てる。

スプラッター映画のような血しぶきが噴き出して悲鳴をあげるアリシア。

私達はあまりの凄惨さに見ていられなかったが誰一人止めようとするものはいなかった。

だって怖いんだもん。

「ひぎぃいい、もうやめてぇ、謝るからぁ。もう片方は許してぇ」

「大丈夫。先っちょだけ、先っちょだけですから」

「そう言いながら根元持つのやめてぇええええ、あぎゃあああああああ」

非道い言い訳を並べ立てながらもう片方の角もずっぱりと切り落とし、再びスプラッター映画の光景が再現される。

「さて、もう少し戦った後に見える傷がほしいですね。見た目が派手に見えるように青たんでも作っておきましょう」

◆　◆　◆

アリシアは見るも無惨な姿に変えられて縄で縛られていた。

青たんだらけにされた後、『魔法による戦いがあったことも加味して一発焼いておきますか』とファイヤバレットで黒焦げにされた。

「これくらいでイイでしょう。アリシアは暴走の果てに自爆したが正常な意識だけが分離してマリアンヌと戦い降参したことにしましょう。我ながら完璧なプランですね」

私達は思った。

アイシスさんを作った創造神って絶対性格が破綻しているんだ、と。

「あと五分ほどで凍耶様はこちらにご到着されます。お出迎えの準備をしてください。いいですか？　くれぐれも今言った設定を忘れぬように。ヨロシイデスネ？」

「「「「「Ｙｅｓ，ｍａ'ａｍ!!」」」」」

私達は佐渡島家発足史上、最高に息の合った返事をすることになった。

◆第154話　神力

――『凍耶様、マリア達が魔闘神のアリシアを捕縛したようです』

お？　今まで報告がなかったってことはそんなに苦戦しなかったってことかな？

――『マリア一人で対処が可能でした。今し方決着がついたので報告いたしました』

「どうかしたのか？」

空を飛びドラムルーの屋敷へ向かっている途中、アイシスから報告が入った。

どうやら魔闘神アリシアを捕まえたようだ。

思案顔の俺にザハークが不思議そうな顔で尋ねてくる。

「ん？　ああ、うちのメイド達が魔闘神アリシアを捕まえたらしい」

「遠くからでもそのようなことが分かるのか。しかしメイドがアリシアをな。主人もデタラメならメイドもデタラメか」

「返す言葉もないな。し、しかしザハークよ。お前ちょっとくっつきすぎじゃないかえ？」

ザハークは身体をピタリと密着させて首に手を回してくる。ザハークの柔らかいいろいろなところがあたってそれはもう大変なことになっている。

「何を言う。今の我は非力な人間だぞ。こんな高さから落ちたらまず助からん。しっかりと支えてもらわねば落ちてしまうではないか」

そう言って更に密着してくるので顔が近い。息遣いが耳元に吹きかかって思わず欲情してしまいそうになる。

「お前何というか、随分態度がちがうな。さっきまで戦っていた相手に接する態度とは思えんぞ」

「フッ。どうあがいても貴様には勝てんことは既に悟った。ならいっそ開き直って貴様に全てを委ねるのも悪く無いと思ったのだ。生まれてこの方自分が女であることなど邪魔でしかないと思っていたが、なるほど。強き男に身を委ねるというのも、悪く無いものだ」

ザハークはそう言って耳元に息を吹きかける。

くうう、色っぽい表情しやがって。

空中移動中でなかったらすぐにでも押し倒してしまいそうだ。

性欲コントロールのスキルは有給をとってバカンスに出かけてしまったらしい。

「ええい、こんな空中で欲情なぞできるか。とにかく屋敷へ急ぐぞ」

色即是空色即是空。六根清浄〜。

「なんだ？　貴様もしかして既に欲情しているのではないか？　ここら辺が苦しそうだぞ」

くぉおお、見抜かれている。ザハークはサイハイソックスを穿いた太ももを俺のムスコ辺りにこすりつけてくる。

柔らかな感触でズボンを押し上げている屹立を擦られながら悪戯っぽい瞳で凝視されるとイケない何かに目覚めてしまいそうだ。

六根は清浄でも俺の一根は不浄である。

「ふんぬぅ」

「ひゃっ、こ、こら、急に体勢を変えるな。びっくりするではないか」

俺はザハークをお姫様抱っこに抱え直し飛行速度をアップさせた。

左手に太ももの感触があたって更に大変なことになるが必死に思考をそらした。

「貴様、反応が女性経験のない童《わらべ》のようで可愛いな」

「うるへー。空中で犯されたくなかったらおとなしくしてろ。っていうかお前そういうの知識無かったんじゃないのかよ？」

「奉仕の知識がないとは言ったが恋愛知識がないとは言っておらんぞ。まあ経験がない耳年増だがな」

ふふん、と小悪魔フェイスで鼻を鳴らしやがった。

クソが。可愛いじゃねぇか。


しばらくしてようやく屋敷の上空へ到着した。何とか理性は保ちきったがことあるごとに俺を誘惑してくるザハークに翻弄されっぱなしで疲れた。

どうやらザハークの恋愛感情パラメータがいつの間にかＭＡＸに上がっていたようだ。

こんな短いスキンシップで上がりきってしまうとはチートスキル恐るべし。

──『加えて凍耶様の気にあてられて土台は既にできていたと思われます。こちらをご覧ください』

アイシスが表示した過去ログを見ると、謎の項目によってザハークは俺に対して服従の感情を強く抱いていたようだ。

──『神力を解放しました。ザハークの邪神属性を浄化しました』

アイシスによる詳しい解説によると、神力と言うのは神族に備わっている特有のパラメータで、それを扱う消費ポイントが神力と言うことなのだろう。

邪神の至高玉を吸収した時もこの神力が消費されており、本来邪神族でしか扱えない宝玉を俺にも使えるように気の質を変換する際に使われたようだ。

そしてこの神力だが、最初からこの身体には備わっていたらしく、たとえばソニエルの封印を解放したり、リルルを天使族に浄化したのもこの神力によるものだったようだ。

今までセックスによってなされてきた女の子達のパワーアップはこの神力が大きくかかわっていたと思われる。

あの時点ではセックスという肉体的接触を行わないと浄化まではできなかったが、破壊神降臨を使ったことが切っ掛けとなり、俺の身体が本格的に神族の力を行使できるように成長したと言うことだ。

魔王ですら従えてしまう神力って何だかとんでもない力に思える。

俺は屋敷に到着するまでの間、そんなことを考えていた。

◆　◆　◆

屋敷へと到着すると、マリア、ソニエルを始めうちのメイド達が出迎えてくれた。

「お帰りなさいませ御館様」

「お待ちしておりました。そちらは？」

ソニエルがザハークを見て不思議そうな顔をしたが、着ているメイド服を見てすぐに何かを察したように頷いた。

「新しいメイドですね。では見習いとして教育を」

「ああ、いや、そうじゃないんだ。それを含めて説明するからまずはアリシアの所へ案内してくれないか」

「かしこまりました。こちらです」

俺はソニエル、マリアに案内されて応接間へと向かった。

扉を開くとそこには縄で縛られて床に倒れ伏している女が一人。

「えーと。こいつがアリシア？」

俺が言葉を発すると横たわっているアリシア？　の身体がピクッと反応する。

「凍耶様！!?」

「お、おう。初めまして」

思わず挨拶をしてしまったが、よく見ると彼女は顔がボッコボコに腫れ上がっており見るも無惨な姿で芋虫のように俺にすり寄ってきた。

なにより痛々しいのは恐らく頭の上に生えていたと思われる角がアリシアの横に無造作に放置されており、彼女の頭には根元から鋭い何かで切り落とされたと思われる角の跡がくっきり残っている。

「勝手に動いてはなりません」

這うようにして俺にすり寄ったアリシアだが、その動きもすぐにマリアによって封じられてしまう。

「あー、とりあえずどういう経緯でこうなったか教えてくれるか？」

「はい。この女は不届きにも凍耶様に無礼を働こうとしたため、鉄槌を下し死なない程度に痛めつけてこうして縛り付けておきました」

「……」

「……」

「……え？　それだけ？」

「他に何か？」

マリアはそれ以上何があるのですか？　と言わんばかりに首をかしげている。

「えっと。他の皆は……」

俺がマリアでは埒があかないと思って皆の方を見ると、一斉に目をそらす。

え？　なにがあったの？

その後何があったのかはどういうわけか誰も口を割ろうとしない。

「えっとね、お兄ちゃん」

俺はルーシアから一通り説明を受けた。なぜだかところどころ棒読みな感じがするのはなんでだろうか。

その辺りになると何故かスピリットリンクの感情にもやがかかって読み取りにくくなるんだよね。

うーん、後でアイシスにでも聞けばいいか。

◆　◆　◆

「パーフェクトリザレクション」

アリシアの身体を癒やしの光が包み込む。

瑞々しい白い肌にくびれた腰を強調するドレス。そのスカートはスリットが入っており肉付きのよい太ももがあらわになっていてかなり色っぽかった。

何より目を引くのはドレスを押し上げるこぼれんばかりの魔乳である。メロン？　否、スイカだ。

まだら模様の果実がそのまま入っているかのような凄まじい大霊峰がそびえ立っているではないか。

「大丈夫か？」

俺は恐る恐るアリシアの顔をのぞき込みながら尋ねる。

顔立ちは恐ろしく美人だ。

僅かに下がった目尻に泣きぼくろが一つ。

薄紫に彩られた唇は妖艶に濡れておりプルプルと柔らかそうだ。

「凍耶様!!」

「おわっ!?」

俺を見たアリシアは弾かれたように飛び出しそのまま俺を抱きしめる。

顔面が幸せのスライムに包まれてムニュムニュの感触が海綿体の血流を歓喜させた。

俺は顔面の感触に全神経を集中させメモリーに刻み込む。

「うほほほぅ、ぷわ、お、おい、落ち着け。やめろって、いや、やめなくていいけど」

大いに混乱している俺をアリシアは夢中になって抱きしめながら俺の名を呼び続ける。

「お会いしたかった。あなたに会いたかった。一目見た時から、ずっとずっと」

泣きじゃくるアリシア。

名を叫び続けた彼女は、俺に会いたかったと訴え続ける。

そのうちに俺はその真剣な訴えに耳を傾けるようになった。

ふざけてる場合じゃなさそうだ。

俺は泣きながら抱きついてくるアリシアを優しく抱き返し彼女の訴えに耳を傾けた。

俺はスピリットリンクから伝わってくる皆の感情から察した。

何があったか、詳しいことは分からない。

少なくとも、彼女が純粋に俺を好いてくれていることだけは分かった。

――『アリシア＝バルトローナの恋愛感情がＭＡＸ　隷属完了』

――『神力発動　アリシアを浄化します』

俺の得た新たな力『神力』が発動し、消耗されていくのが分かった。

俺はアリシアを抱きしめながらできる限りの神力をアリシアに流し込んで浄化を試みる。

彼女の心の中が見えてきた。

そうか。彼女はこんなにも俺を好いてくれていたのか。

これまで成してきた様々な悪行を心から悔いで懺悔し、改心する強い誓いを感じる。

アリシアの身体が突如光る。

身体から黒い煙のようなものが上がり始め真っ黒な髪が薄紅色へと変化して行き、黒いドレスは白いワンピースへと変化した。

頭に生えた立派な角の跡が解けて形が再構成される。

リルルと同じ天使の輪へと変化を遂げ、背中には光で常に形が変化する翼のような衣を纏った。

――『アリシア＝バルトローナ（煌翼天使）　ＬＶ１　１２０００（＋６０００％）＝７３２０００』

――『【煌翼天使】進化した天使。純粋な力だけならば下手な神よりも遙かに高い潜在能力を持つ熾天使の進化形。種族特性ＬＶ限界９９９　ＬＶ１００に達すると必要経験値が固定になる』

ＬＶ１なのに戦闘力七三万か。補正値が高いとは言え普通に化け物だな。素の力はＬＶ１だった頃のリルルの倍じゃないか。あいつはたしか６０００だったたか。

しかも始めからＬＶ限界が俺と同じか。成長次第ではとんでもない力を有することになりそうだ。

俺のパワーアップと共に奴隷の女の子達に与える影響も強くなっているらしい。補正値が６０００％まで上がっていた。

やがてアリシアの浄化が終わり、黒が主体だったアリシアの身体は白を基調としたものへと変わっており、薄い布でできたワンピースは大霊峰の頂にある薄いピンク色の頂上がうっすらと透けていた。

あれだけ大きいのに乳輪は小さめだ……

アリシアは自分の身体に訪れた変化に驚き身体を触りながらポソリと呟いた。

「……悪魔やめてもらうって、こう言うことなのね……」

「ん？　何のことだ？」

「い、いえ、何でもないんです。ほんと何でもないんです!!　ほんとに！！！」

「え？　う、うん。分かった」

何故だかアリシアはめちゃくちゃに怯え始めこの話題には触れてはいけないような気がしたのでそっとしておくことにした。

◆第155話　魔の者は浄化され新たな生を歩む

「さて、そろそろ我のことも紹介してくれよ」

「ああ、そうだな」

「さっきから気になってたのですが、そちらは？」

「ああ、こいつは」

「我はザハーク。魔王と呼ばれし存在、だった」

ざわ……

ザハークはオレンジ色の髪をシャラリと掻き撫でて決め顔で自己紹介して見せた。

こいつ男だった頃の面影ゼロだな。すっかり気取った女じゃないか。

元々こう言う性格だったのかもしれんが。

「あ、あんたザハークなの？」

「そうだ。アリシア、お前のそういう姿は見ていて新鮮だったぞ」

「御館様、魔王は女性だったのですか？」

「いえ、そんなはずはありません。ザハークは確かに男でした」

アリシアが疑問を呈した。他の皆も一様にざわつき始めたので、俺はザハークとの戦いで何が起こったのか一通り説明することにした。

◆　◆　◆

「なるほど、元が女じゃ私がいくらアプローチしても見向きもしなかったわけね」

「そうでもないぞアリシア。我にすり寄ってくるお前は結構可愛いと思っておった。まあ、あくまで女の視点だがな。それに、我は強くなること以外興味はなかったからな。我は確かに元は魔王と呼ばれし存在だった。この世界に厄災をもたらした元凶は、我に責任がある。と言う訳だ。殆どのことはデモンが考えてやったこと。しかし元を正せばそれは我を強くする実験のためというのもある」

ザハークは皆の前に膝を突いた。アリシアも同じことを思ったのか同じように膝を突く。

「我は他の世界に迷惑を掛けた責任を取らねばならぬ」

「随分殊勝な態度だな」

「そうさな、少し前ならこんな風には思わなかったぞ。貴様のせいだ佐渡島凍耶。我を屈服させし貴様は、我の存在を好きにする権利がある。我の身は貴様、否、我が主に委ねたい。我が主が望めば、この命を散らしてもらっても構わぬ」

「私も同じです。多くの命を奪いました。命を弄ぶこともしました。泣き叫ぶ弱きものを嗤いながら殺したこともあります。その咎は命一つで償えるものではないかも知れない。でも、それで気が済むのなら」

二人は膝を突きながら目を伏せ、全てを俺に委ねると言った。その言葉を表すかのようにアリシアは全身の防御補正を全て解除したみたいだ。

これ、どうしたらいいんだ？　俺に裁けって言うのだろうか。

二人の気持ちはスピリットリンクを通して手に取るように分かる。

俺の神力にあてられて邪悪な心は殆ど浄化されているらしい。

この先この二人が誰かの命を弄んだり、無為に奪ったりすることはないだろうな。

俺は頭をかきながらため息をついた。

「俺の世界のことわざにな、『罪を憎んで人を憎まず』ってのがある。やってしまったことは取り戻せない。

死を受け入れるってのも確かに贖罪の一つではあるが、それでは何の解決にもならないだろ」

二人は顔を上げて俺を見つめる。

「だから、人に涙を流させた分だけ人を笑顔にさせるのも、一つの罪滅ぼしだと思う」

キザな台詞を吐く自分に身もだえしそうになるがここは勢いだ。

俺は片膝を突いて二人の肩に手を置いた。

「丁度俺はこれから国を発展させないといけないからな。それで領民を幸せにするためにできることをしてもらおう。それに、この世界は戦争が多いらしい。力が必要になる時もあるかも知れない。その時に多くの人を守ることで贖罪にするのも、ありだろうよ」

「されど、アリシアはともかく、今の我は力なき女にすぎぬ」

「でも数千年戦い続けてきた経験があるだろ？　戦法、戦略、戦術。それを他のものに伝える役割を頼みたい。うちのメイドって脳筋が多くてな。一人ひとりの力は強いけど何でも力押しで解決してしまうところがあるから、そういうの教師になってくれよ」

実際アイシスの指示がないと今までの戦いも乗り切れなかったかも知れない所があるからな。今後アイシスの目の届かないところで判断を求められることがあれば、それをできる人材は必要になってくるかも知れない。

俺の中に宿ったザハークの戦いの経験値。

それは個人の戦いに留まらず、パーティー、軍隊、果ては連合軍の動かし方まで、あらゆる知識が詰まっていた。

凡人の俺の頭ではそれをフルに活かしきれないだろうから、元々戦いの天才であるザハークが活かした方がより結果が出ることは疑いない。

俺はザハークの封印の一部を解除し、力を除いた戦いの経験値を解放した。

「ありがたきお言葉。この身、命果てるまであなた様のために使うと誓おう」

「同じく。凍耶様のため、全身全霊でお仕えいたします」

「まあそんなに固くなるなって。あくまでも有事に備えてって意味でだからな。それから、俺の奴隷って、俺の恋人でもあるからいつもそんなんじゃ俺の息が詰まっちまう。もっと肩の力を抜けよ」

「はい。ありがとうございます」

二人は頬を赤らめて嬉しそうに頷いた。


それからしばらくして、一応魔王を倒して世界の脅威は去ったことを女王に報告しにいった。念のため二人が魔王軍であることも女王一人にはこっそり伝えたが、『はて？　魔王軍は全滅し、死に絶えたのじゃろう？　そこな御主の恋人奴隷をわしにどうこうすることなどできぬよ。そんなことしたら御主が魔王になってしまうわ。ほほほほほ』だってさ。

まあ、いろいろと問題は残っているものの、この世界に厄災をもたらした魔王軍は事実上全滅、崩壊した。人間同士の小競り合いは今だ各地で続いているらしいが、俺の周りに被害を及ぼさない限りそれらに介入する義理はないからな。

これで創造神との約束は一応果たしたことになるから、後は好きに生きさせてもらうとしますか。

◆閑話　元魔王ちゃんとの初夜

「さて、早速今夜から伽の相手をしてやろう。とは言え、先刻言ったとおりやり方など分からんぞ」

「何でそんな偉そうなんだ？」

俺のベッドに腰掛けたザハークは足を組み替えて鼻を鳴らすようにクイと首を斜めに上げる。

風呂に入ってきたおかげか、かすかに頬が上気して女の子の香りに混じった石鹸の匂いが鼻孔をくすぐった。

「お前何でわざわざまたメイド服着てるの？」

ザハークは一度服を脱いだであろうに何故かわざわざ先ほどまで着ていた新型のメイド服をもう一度着用している。

しかもよく見ると先ほどまで着ていたものではなく洗い立ての新しいものだった。

「これが好きなのだろう？　貴様の女どもが力説していたぞ」

ストレートに伸ばされていたオレンジ色の長い髪メイドカチューシャの他に、サイドに緩く結わえられ花飾りのついたコサージュがつけられている。

「綺麗だな」

「そ、そうもストレートに言われると、少し照れるな」

ザハークは胸の前に軽く腕を組んで顔をそらした。先ほどよりも明らかに頬が紅く染まっている。照れているらしい。

こうして見ると本当に年頃の女の子そのものだ。

正直この格好はヤバい。今にも理性が宇宙旅行にでも行ってしまいそうなほど可愛い。

「その髪飾り、どうしたんだ？」

「お前の女達が我をおもちゃにしてあれこれ着飾らせたのだ。初めての夜は飛び切り綺麗にしてとかなんとか言ってな」

恐らく静音やルーシアあたりが張り切ったんだろうな。

「じゃあ始めるぞ。ザハークが綺麗過ぎて正直我慢の限界だ」

「好きにせよ。さっきも言ったが我は伽のやり方なぞ分からんから貴様がリードしろよ」

「伽なんて硬い言い方しなくていいよ。恋人同士の初めての夜だ。思い切り楽しめ」

俺はザハークの頬に手を添えてそっとキスをする。

彼女は睨み付けるように目つきを鋭くしながらも特に抵抗することなく、やがて目を閉じて俺に身を委ねた。

俺のスケコマシスキルがウォーミングアップを始めたらしい。

俺はムードを最優先しザハークの髪を撫でた。

「ん、ちゅ、き、貴様、ちょっとねちっこく触りすぎではないか？」

「何言ってるんだ。リードしろと言ったのはお前だろ」

ザハークの白い肌に手を這わせる。オレンジ色の髪をかき分けて頬に手を添えながら唇を重ねた。

ゆっくりと、身体のパーツ一つ一つを探るようにして右手の掌はザハークの身体のラインをなぞっていく。

「ん……こ、この感覚は、もぞもぞする。でも、悪く、ないな。我が主の、体温を感じて、んぁ♡」

ザハークの身体はビックリする位華奢で、しかも柔らかかった。腰のくびれに手を這わせ、メイド服のボタンを外していく。

俺はわざとゆっくりと、じれったいくらいの速度で一つ一つボタンを外していった。

その間ザハークの髪を撫でながらキスをすることも忘れない。

時折首筋にキスをして、また唇を吸って。今度は頬に軽くキスをする。

そしてまた唇を吸い、舌を入れて唾液をすする。

「はぅふ、こ、こんら、ことで、ん、んんん、我が」

ザハークは抵抗の声を出しながら俺に身体をこすりつけるようにしてキスに身を委ねている。

その証拠に腕は俺の首にしっかりとしがみついており、時折背中をまさぐるようにして愛撫を仕返してくる。

もぞもぞとする感触がかえって心地良い。

ザハークの華奢な身体のラインを堪能しながらメイド服を胸元まで下ろす。

ワンピースになっているメイド服をわざと上半身の部分だけ脱がし、ザハークは初めてキスや愛撫以外での恥じらいをしてみせた。

「ん、き、貴様、ハァ♡　このような辱めを、我に」

「なんだよ、裸を見られることに恥じらいなど持たぬのではなかったか？」

「や、やぁ、意地悪、するなぁ♡」

いやいやと首を振りながら胸元を隠そうと抵抗するががっちりと押さえ込んでいるためか隠すことができない。

彫刻のような肌を初めて俺に見せた時は堂々とその美しい裸体をさらしたものだ。

その姿は威風堂々としており、オレンジ色の瞳と強い意思のこもった眉が相まって本当に芸術品のように目を奪われた。

しかし肌を触り弄ぶようにわざとなぶってみせると、恥じらいに頬を染めたザハークは甘い吐息を漏らしながら俺にしだれかかってくる。

俺はザハークの整った形の乳房に手を添えて優しく持ち上げてみた。

華奢な身体の割にしっかりとした大きさと形を保った膨らみは、桜色の果実を頂上にのせてプルプルと揺れている。

決して巨乳ではないが、身体がやたら細いため相対的に大きく見えるその乳房は際だって見える。

俺はザハークをベッドに横たえて、半分だけ脱がせたメイド服を腰から下へ降ろし太ももに這わせ足から抜き取る。

薄い桃色に真ん中にリボンを添えた可愛らしいショーツがあらわになり、見つめられたザハークはいよいよ根を上げた。

「だ、ダメだ、我が主。恥じらいがないと言ったのは撤回する。こ、これはとても恥ずかしいぞ」

布に隠されているとは言え自らの身体を男にじっくりと視姦されたザハークは生まれて初めて覚えた恥じらいと言う感覚に戸惑っているようだ。

しかしスピリットリンクを通して伝わる彼女の感情は困惑三割、わくわく七割と言った感じでこれから起こる快楽がどのようなものか楽しみで仕方ないと思っているらしい。

俺はもう一度ザハークの唇にキスをして桜色をした果実の先を指でつまんだ。

「はぁあああ、あ、ああうん、そ、そんなとこ、んぁ」

コリコリと優しく、乳輪の形をなぞるように、つまみながら乳首を擦る。

ピクピクと身体を痙攣させたザハークの頬は既にすっかりと紅潮しており、荒い息を吐きながら訪れる快楽に耐えきれず息を詰まらせていた。

「あ、あはぁ、ん、ち、乳首ばっかり、弄るでない、わ♡」

ザハークは身体をもじもじさせながら初めて味わう快感の波に身を委ねている。

俺は乳房を弄びながら首もとに吸い付き、肩のラインにキスをしながら乳房を避けてくびれへと唇を這わせる。

柔らかなお腹を滑りながら嘗め回し、性感帯を発掘するようにしてキスを繰り返した。

「は、は、はぁぁ」

シビれるような甘い刺激にザハークは足をもじもじと擦り合わせて何かを求めるように動かしている。

だが俺はあえて彼女の希望を外して太ももの外側に愛撫を繰り返した。

ザハークの潤んだ瞳が恨みがましく睨み付けてくる。

心地良い視線に満足しながら、いよいよ太ももの上部へ。

そしてVラインにキスをしながら、布地の上からザハークの秘所にキスをする。

「あふぁ、ああああああ」

少しさらりとした質感の液体がショーツにじわりと広がるのが分かった。

どうやら軽く達したらしい。

性的快楽を生まれて初めて感じるはずのザハークは、その感覚が絶頂であることを知らない。

しかし戦いにおいて昂揚しやすい体質故かすぐにその快楽にも順応を始め身を任せている。

快感に抵抗をやめたザハークは、甘い嬌声を上げながら秘部に顔を埋める俺の頭を強くつかんで自ら押しつけるようにしてさらなる快感を求めた。

「我が主ぃ、も、もっと、強くしてぇ」

俺はリクエストに応えてショーツを半分ずらしあらわになった秘所に舌を入れた。

誰も触れていない汚れのない場所が初めてさらされる。間違い無く処女であろう無毛の丘はそれを示すようにピタリと閉じた真っ直ぐの線が縦に走っているだけだった。

だがその線はかすかに開き快感を享受してきた証拠を滴らせ糸を引いている。

俺は半分ずらしたショーツをそのまま脱がせ片方の太ももに引っかけた。

わざと全部脱がさないことでザハークの恥じらいを煽ってみせると、思った通り恥ずかしさでイヤイヤと首を振りながら顔を隠してしまった。

しかしその指の間からはしっかり自らの秘所に舌を入れられている光景を目に焼き付けておりザハークの興奮具合が伝わってくる。

潤んだ瞳がそのまま彼女の興奮具合を伝えてくれるようだ。

俺はわざと大きな水音を立てて濡れたクレバスをすすってみせた。

「ふあぁ、そんな、イヤらしく、やあああ」

恥ずかしがりながらも決して止めようとはせず、むしろ自らこすりつけるようにして快感を得ようとしてくる。

ザハークはかなり性に対して貪欲なようだ。

「ああ、あああ、何か、何か来る！　身体の奥から上ってくるぅ」

「絶頂が近いんだな。そのままイッてしまえッ」

「らめ、らめらめぇっ、まって、まってぇ」

俺はそのまま構わずイかせてしまおうかと思ったが、伝わる感情からかすかな悲しみを感じた俺は唇を離してザハークの顔を窺う。

「はぁはぁ、初めての絶頂は、我が主とつながって、したい」

「ザハークっ!!」

「ひぁああ、こ、こら、乱暴にするなぁ」

何だこの可愛い生き物は。本当に元魔王か？

俺は辛抱たまらんかった。ザハークの足を思い切り開脚し、既に臨戦態勢を整えた我が分身をザハークの眼前にさらしてみせる。

「こ、これが、我が主の……凄い」

興奮を強めているらしいザハークの目が欲情に血走っているように見える。

十分に潤っているザハークのクレバスを亀頭の先端でなぞってみせると、その奥からは彼女の気持ちを代弁するかのようにドクドクと愛液が流れ落ちてきた。

「さあ、入れるぞ。ザハークの初めてをもらう」

「来てくれ我が主。我に女の幸せを教えておくれ」

両手を広げてハグを求めるザハークは数千年生きている威厳はどこにも存在せず、ただただ可愛らしい女の子でしかなかった。

俺はリクエスト通りザハークを思い切り貫こうと秘部にあてがう。

「我が主、もう一つ、願いたいことがある」

「どうしたザハーク」

「リンカ……」

「ん？」

ザハークは小さな声でなにやら聞き慣れない名前を呟く。

リンカって誰のことだ？

「二人の時だけ、リンカと呼んでくれ。我の真名だ」

「すっげぇ可愛い名前だな」

なんだそれ？　感動的だ。何て可愛い名前なんだ。

俺はリンカの濡れたクレバスをかき分けてゆっくりと進入を試みる。

勢いに任せて思い切り貫きたかったが、本名を明かしてから何故だか急にしおらしくなり本当に少女のような反応をするようになった。

俺は空気が読める（ようになりたい）男だ。ここで勢いよく処女を突き破ったらムード台無しだろう。

さてどうするかな。

正直こんなしおらしくなるとは思っていなかったので逡巡していると不安を感じ取ったのかリンカがかぶりを振った。

「た、戦いに不向きな腑抜けた名だ。とうの昔に捨てた名であったのだ。変であろう？」

「いや、可愛らしくてイイ名前じゃないか。いっそザハークの方を捨てればいいんじゃないか？」

「いや、たとえ女であっても他のものにこの名は呼ばれたくはない。我が主にだけ呼んでほしいのだ。我の女としての名は、我が主である貴様の声でしか聞きたくないのだ」

恥ずかしさに涙目になりながらも可愛らしい訴えをしてくるザハーク、いや、リンカが可愛すぎて俺はもう無理だった。

「分かった。リンカ、お前の処女をもらう。いくぞリンカ」

「ん、んはぁあああ、もっと、もっと呼んで、その名で」

「リンカ、可愛いよ。花の名前みたいでとても綺麗だ」

「ば、ばかぁ♡　そんあ、んぁ、キザな台詞、ひうう」

俺の精神は既にスケコマシスキル戦隊の総動員によってキザな台詞の防波堤が決壊している。

リンカの耳元に砂糖を吐きたくなるような甘い台詞を囁きながらチャームボイススキルで彼女の表情はトロトロに蕩けきっていた。

やがて入口の少し奥の辺りに抵抗を感じる。

リンカの処女膜を亀頭の先端で軽くつつきながらリンカの目を真っ直ぐに見る。

「いよいよだ。いくぞリンカ」

「うん、来てくれ。我が主。我の純潔を捧げたい。ひ、ひぅううう」

メリメリと抵抗を裂きながら徐々に奥へと進んでいく。

リンカの痛覚を快感に変換し、幸福感増大のスキルで痛みを和らげる。

この夜が最高に幸せな想い出になるように持てる力を総動員してリンカの初夜を飾り付ける。

ギュンギュンと締め付けて来る肉の痙攣が俺のペニス全体を刺激する。

僅かに身をよじるだけで快楽に溺れそうになるほど強く引き締まり、メチャクチャに腰を動かしたくなる衝動に耐えた。

俺はゆっくりゆっくりとリンカの中で抽挿を繰り返す。

ヌチャヌチャと卑猥な水音が妙に耳をつくほど周りは静まりかえり、いつしかフクロウの声すらも耳に入らなくなってきた。

粘膜が擦れぶつかる音と男女の息遣いだけが空間を支配し、俺達の五感はお互いを求め合う気持ちだけで埋め尽くされている。

「あ、ふぁあ、い、痛い、のに、こんなに幸せだなんて、あ、ああ」

リンカの表情は林檎のように真っ赤に染まり潤んだ瞳は時折通過する俺との視線を必死にそらす。

俺はリンカの顎を持ち上げて優しくキスをし彼女の瞳をジッと見つめた。

「な、何だ……そんなに見つめるな。恥ずかしいではないか」

必死に目をそらそうとするリンカにキスをくり返しながらゆっくり腰をグルグルと回す。

「ん、んあああ、そ、それぇ、イイ、すごいよぉ」

再び甘い声をあげ始めるリンカは背中を反らして胸を突き上げる。

尖り固くなった乳首を片方の指でつまみながら時折全体をこね回す。

俺は締め付けるリンカの膣内がヒクヒクと細かい痙攣をし始めるのを知覚し、いよいよ絶頂が近いことを悟った。

決して激しく動かしてはいないが、強い締め付けとトロトロの柔肉の感触が俺の快感を昂ぶらせ既に限界ギリギリのところで押し留まっている。

「あ、あ、ああ、んはあ、ま、また、また来るぅ、主ぃ、我が主、一緒に、一緒に来てぇ」

「ああ、イクぞ、リンカ」

とどめを刺すように激しく腰を動かし子宮の奥へとぶつける、とこれまでで最高の甘い叫びと共にリンカが絶頂を迎えた。

「ああぁ、ああイク、イクゥううううううう」

「ぐ、出る」

ビュバッ、ビュルルルル……

解き放たれた精液はリンカの奥へ奥へと侵入した。固く閉ざされた筋肉を解きほぐし受精部屋への扉を開け放つ。

「くぁああ、凄いぃ、子宮に入ってくる、こんなに気持ちイイなんてぇ、くせになりそう」

イき果ててうつろな瞳になったリンカにもう一度キスをした。

「ハァハァ、もうダメだ、貴様の虜になってしまった」

リンカは普段の悪戯っぽい小悪魔フェイスで笑ってみせた。

思わずドキリとするほど可愛い。俺のペニスに瞬時に欲望がフルチャージし、瞬間的にマキシマムドライブを引き起こしそうになる。

危ない危ない。ピロートークもないまま夜通しコースに突入するところだったぜ。

「リンカ」

「何だ、我が主」

「これから、よろしくな」

「……ふ、ふん。我に夢中になって他の愛奴隷どもをないがしろにしても知らんからな」

頬を膨らませたリンカの照れる表情は最高に可愛らしかった。

「ああもう！　リンカは可愛いなぁ！　もう一回ヤッちゃうぞ☆」

「ひぃあぁああ、いきなり抱き着くにゃぁあ、あ、ぁあああん、そんなぁ、深いぃ」

飛び切り可愛いリンカが堪らなく可愛くて堪らなくり（語彙力低下）、俺は抱きしめた勢いでそのまま後ろから抱え上げる。

姿見の前に大股を広げさせ結合部が彼女からよーーく見えるように挿入する。

いわゆる「乱れ牡丹《みだれぼたん》」という体位だ。

背面座位に抱きかかえ、女性が男性の脚をまたぐように大きく脚を広げて挿入する羞恥心をくすぐられる格好だ。

その通りにリンカは顔を真っ赤にしたかぶりを振る。

「ひぁあ、ば、バカ者ぉ！　こんな恥ずかしい恰好でっ！　我は初めてなのだぞっ‼」

「無理！　リンカ可愛すぎ！　こんな可愛い生き物を目の前にして我慢なんてできるか！」

「ひぅう、やめろこのケダモノォ、あ、ぁあ、何これぇ⁉　き、気持ちイイよぉ」

俺はスケコマシスキルを蛇口全開にしてリンカの体内に注入した。

突然始まった快楽の波にリンカの身体が大きく震える。

心の中が快楽と歓喜に満たされ戸惑いは徐々に薄まっていく。

「ふぁっ、あっ、あんぅっ、耳、なんてぇ」

リンカの南国果実のようなオレンジ髪をかき分けて小さくて可愛い耳に舌を差し込む。

こそばゆさに身をよじるが反対側から身体を押さえつけて逃がさない。

顔を押し付けて耳にはしる溝をなぞる。

「そんな、ことされたらぁ、身体変になっちゃうぅ、あんぅうあぁあ♡」

結合している部位がピクピクと痙攣し始めた。

ジワリと温かいものが漏れ出し、一層締まりが良くなっていく。

愛液をしみださせたリンカの喘ぎ俺の鼓膜を楽しませてくれる。

舌を差し込み舐めるたびにリンカの膣内が震え、締め付けがきつくなっていった。

俺の愛しさはますます加速する。

自然と突き上げる腰と舐める耳の愛撫にも情熱が増していく。

「ぁあ、んあぁぁあ、舌、入れないれぇ、あたま、おかしくなっちゃうっ。ゾクゾクしちゃうよぉ」

甘えるような声が鼓膜を刺激する。リンカを押さえつけて無茶苦茶に腰を突き入れたい衝動に鋼の意思で耐えつつ、抱え上げた脚と彼女の腰を引き寄せて優しくキスをした。

「ん、ふ……む、ん、ふぁ。こんな、ことで誤魔化したつもり、か……」

弱弱しくかぶりを振る白い肌は頬が真っ赤になって可愛すぎる。

「はぁっ、ん、ぁあ、気持ち、イイ、けど、恥ずかしすぎて、死んじゃう……」

いかん。こいつギャップ萌えにもほどがあるぞ。

先ほどまでの高圧的で上から目線の強がりはどこにもなく、羞恥と快楽に喘ぎながら本心をさらけ出してしまう可憐な美少女しかここにはいない。

「ふぁあ、ん、ぁあ、なん、か、おなかの中が熱くなってる。差し込んだ、アレが膨らんでる。そんなに、興奮したのか……？」

「ああ。もう正直堪らないよ。リンカが可愛すぎて頭がおかしくなりそうだ」

「そ、そんなにか？　そんなに我は、可愛いのか？」

「ああ。とても魅力的だし興奮する。リンカみたいな可愛い女を抱いていると意識するだけで、愛しくて愛しくて激しく愛してしまいそうになる」

俺は歯が浮くようなクッサいセリフの応酬でリンカの牙城を崩しにかかる。

「い、いいぞ。そんなに我を求めるなら、好きにするがいい。もともと貴様に屈服した身だ。我に拒否権はないのだ」

諦めたような言葉を紡ぐが彼女から伝わってくる感情は決して否定的なものではなかった。

むしろ期待の入り混じった甘い疼きが繋がった結合部からジクジクと伝わってくる。

リンカの髪をかき分けて桃色に艶を帯びた唇へと近づきベーゼを交わす。

舌を入れず愛しさの気持ちを込めたキスを受けたリンカは、その甘美な悦びを俺の心に伝えてくれた。

「いいぞ、好きに動け。我は、耐えてみせよう」

「ああ。いくぞ」

俺はリンカの腰を掴んでゆっくりと、しかし大きく腰を動かした。

慌てずゆっくりと。

痛くならないように、びっくりしないように慎重に速度をあげていく。

「あふぅ、ん、んぁ、は……ぁ、ん。優しい、ん」

「徐々に速くしていくからな」

「ん、あぁ、は、ぁあっ、んぁ……ッ！　ん、ぁ、はぁあああん」

俺はリンカを後ろから強く抱きすくめる。身体を逆転させてベッドにうつぶせに押し付けた彼女を押さえつけ、強く強くハグしながら腰を密着させた。

「ぁあ、ん、あるじ、あったかい……。肉棒の疼きが伝わってくるようだ。ん、ふぅ、こんなに気持ちイイなんてぇ」

「リンカ。そろそろ出そうだ。最後に思い切り動かしたい。いいか？」

「先ほども言ったであろう。好きにするがいい。我は、貴様の求めを決して拒みはせぬ」

「ああ、リンカ。もう堪らない。いくぞ」

「ああ、あああんあ、ぁあああぁッ、あるじ、あるじぃいいい」

リンカの腰を掴んで愛欲の衝動が導くままに腰を突き入れた。

リンカの身体は俺の衝動的な攻めに対して自由に身体の角度を変え、柔らかくて温かい女の身体で包んでくれた。

獣の衝動で動かされているつもりが、いつの間にかリンカという女に母性を求める子供が如く、彼女の名前を何度も叫びながら抱きしめ、突き入れた。

「はぁはぁ、リンカ、イクよ。中に出すからね」

「出してぇ、いいのぉ、あるじの精液、我の中に出してくれぇえ、あ、あぁぁあ、イクぅううう」

身体が強く痙攣する。細かい一瞬の痙攣の後、尿道を通った精の解放は抱きしめた愛らしい女の中へと流れ込んでいく。

「ぁ、ん、これでは、我の方が虜になってしまう。無茶をし過ぎだ、愚か者」

「すまん。リンカが可愛い過ぎて無理だった」

リンカを抱きしめたまま、俺は頬にキスをする。

軽くため息をつくように笑ってくれた。

「まったく、これでは本当に我に夢中になって他の嫁共をないがしろにしかねんな」

「そうならんように精一杯努力しよう」

「安心しろ。貴様の相手は我一人では務まらん。毎晩こんなに激しくされたらこのか弱い身体が壊れてしまうではないか」

「はは。そうだな。気を付けなきゃな」

「ふん」

頬を膨らませたリンカは、それでも苦笑しながら俺の首に手をかけて唇を寄せてきた。

——『創造神の祝福発動。二人の愛の証明完了により、敵意が全てなくなったと判断。封印していた戦闘能力を全て解放し、全力戦闘形態への変身が可能となりました』

「お？　どうやら神様からの祝福があったらしいな」

「そのようだな。これでももしもの時には戦える。以前よりずっと強い力を感じる。しかも暴力的な衝動が一切ない。強さとは、こんなにも優しい気持ちになれるものなのか」

「心持次第だと思うぞ。リンカが誰かを守りたいって思ったときは、もっと強くなれるさ」

「そう、だな。そうなることを望もう」

リンカの表情には優しい慈母の精神が宿っていた。

「じゃあもっと愛を育むためにもドロドロになるまで愛し合わないとな☆」

俺はリンカを思い切り抱きしめて無遠慮に腰を突き動かした。不意打ちで快楽を流し込まれたリンカの甘い悲鳴が上がる。

「ひぁあぁあん♡　このバカァ！　やっぱり貴様なんかキライだぁ、あ、ぁあぁあぁあん」

甘く叫び続けるリンカと、この夜は何十回も愛し合ってしまうのだった。

◆閑話　煌翼天使が喘ぐ夜　前編

「ふう……今日もいろいろありすぎてちょっと疲れたな」

魔王軍を退けて事実上世界に一応の安寧をもたらしたとして、俺は女王に勲章を授与された。

その際にいろいろとまたもらったわけだが、まあその話は今度で良いだろう。

「失礼いたします凍耶様」

二五メートルプールくらいあるでっかい浴槽に浸かっていると肩越しに見やる視線の先には天使がいた。

薄紅色の髪をアップにまとめタオルで隠している胸元からはこぼれてしまいそうなほどの大霊峰が形を変えて押しつぶされている。

かすかに頬を蒸気させ照れながら目を伏せるアリシアが立っていた。

「綺麗だ。おいでアリシア」

「はい、お隣を失礼いたします」

「屋敷には慣れたか？」

「はい。皆さんよくしてくださるので、メイド仕事も苦労なく順調に上達しております」

アリシアは悪魔族から煌翼天使という種族に生まれ変わった。

残酷な思考や好戦的な性格は殆ど浄化されアリシア本来が持っている女性らしい部分が際だって再構成されたため、今の彼女はおしとやかな雰囲気を持つ淑女といった感じになっている。

ちなみにあの光る翼は任意でしまうコトができるので今は頭の上に浮かんだ輪だけが彼女を天使たらしめている。

しかしいくら浄化したとは言え、うちのメイド達とはかなりの死闘を繰り広げたらしい。

その辺りのことはアイシスから聞いただけだが中でもマリアとはかなりの接戦を繰り広げたようだ。

デモンによる改造によって残忍で冷酷な性格へと改造された所をマリアの拳で目を覚ましたとか。

しかし、アリシアの雰囲気はとてもおしとやかで拳で戦うようには見えない。

元々魔闘神アリシアと言うのも直接戦闘を嫌ったが故に魔法の腕を磨いた結果得た様々な魔法戦闘スタイルに由来するものだ。

心配したのは戦った敵であるが故に確執が生まれるのではないかと言うことだが、どうやらその心配もないらしい。

何があったかは詳しく聞かないがメイド達とアリシアの間にそう言った感情の波は感じることはできないので和解したのだろう。

その証拠に今日の風呂での相手はアリシア一人に任せると任命したのはマリアだったからだ。

アップにまとめた髪がうなじを強調しことさら色っぽい。

憂いを帯びた表情で俺の顔を窺うアリシアの肩を抱き寄せる。

「凍耶様」

俺は抱き寄せたアリシアに唇を重ねる。

「……んっ、ふ」

甘い吐息が漏れ聞こえ身を寄せるアリシアの体温を楽しんだ。

押しつぶされた柔らかな感触が俺の胸の辺りに当たる。

アリシアの腕が俺の首に周り唾液をすするような激しいディープキスを繰り返した。

突然のアリシアの激しい求めに少し面食らうが、俺はすぐに彼女の頭に手を回して舌を吸い絡めて激しく貪るようなキスに応えた。

「こうして抱きしめていただくのが夢でした。こんなにも愛しいお方と出会えたことを嬉しく思います」

「そうか。そんなに思ってくれて嬉しいよアリシア」

今度は俺から優しくキスをする。

啄むような軽いキスから段々と水音が強くなり、俺はアリシアの身体を強く抱きしめて舌を差し入れる。

「はぁ、ふぅ、ん、ちゅ、ちゅ、じゅる、れる」

チュパチュパと唾液同士が絡み合う音が浴室に響き渡る。

温水の魔結晶から流れ出る水音と、男女が絡み合う水音だけが広い風呂場を満たしていた。

「凍耶様、是非、このアリシアにご奉仕させていただけませんか？」

潤んだ瞳で上目遣いにそんなことを言われてはＮＯなどと言える訳はない。

「ああ、頼むよ」

「ではまずお背中を」

俺達は湯船から上がり、俺は椅子に腰掛ける。

後ろではアリシアがぴちゃぴちゃと音を立てて何かを擦っているようだ。

石鹸をスポンジで泡立てているのが音で分かる。

しかしその音を立てているのが全裸の美女天使であることを考えると否応なしに期待感は高まってしまう。

「失礼いたします」

ワシャワシャと背中を擦る感覚が心地良いリズムで走る。

背中に泡が広がりきると、肩、腰、二の腕と来て一度止まる。

後ろで泡立てている音が再び鳴り始め、今度は塗り広げる音だけが響いた。

俺の背中ではない。

アリシアの手が俺の胸板に伸び細くて長い指が円を描くように走る。

そして、自然と前のめりの姿勢にならざるを得ないアリシアはその大きな胸を惜しげもなく俺の背中に押しつける。

『むにゅん』という効果音が聞こえてきそうなボリューム感に俺の全神経は背中に集中した。

しかし、胸元からお腹にかけて滑る繊細な手つきも俺の神経をこそばゆく刺激した。

「気持ちイイよアリシア」

「よかった。もっと気持ち良くなってくださいね」

背中に押しつけられた泡まみれの大霊峰が俺の背中を上下する度に俺のリビドーは悲鳴を上げる。

時々擦れる乳首にアリシアは快感を感じているのか耳元に漏れ聞こえる甘い吐息が俺の聴覚を通して脳髄にシビれるような甘露を落とした。

大人びた容姿に反して甘めの声を出すアリシアのギャップに、俺のムスコは下腹につかんばかりにバキバキになって天を突いている。

やがて指先が下腹を通り過ぎビクビクと暴発しかけている暴れ馬を優しく包み込んだ。

「ハァ、ハァ」

アリシアの吐息が耳元にかかる。

両の手が竿を握り絞めゆっくりと上下しながらカリ首を通り、敏感な部分を通り過ぎる度に俺も呻くような声を出してしまう。

段々と活火山のマグマが火口付近まで押し上がってくる。

「ハァ、ハァ、凍耶様、気持ち、イイです、か」

アリシア自身の息も少し乱れている。スピリットリンクから伝わってこなくても彼女の興奮は手に取るように分かった。

「うう、で、出そうだ」

「はい、出して、ください、出して、出して」

興奮するように左手が陰嚢を持ち上げながらマッサージされる。

こそばゆいようなもどかしさが返って心地良く俺の性感は徐々に限界を迎えつつあった。

右手が激しく上下される。濡れた手が竿を滑り、溝の敏感な部分を刺激された瞬間俺は限界を迎えた。

「で、出るッ」


ビュバッビュルルル……


大量の精液が前方に飛び散る。尿道を駆け抜けて飛び出した液体はアリシアの指を汚していった。

「ああ、凄い、こんなに出してくだるなんて。嬉しいですわ」

うっとりとした表情で残り汁を搾り出すアリシア。

イッたばかりの陰茎は手指の動きに敏感に反応する。しかし一瞬にして性感がＭＡＸまで回復する俺のペニスは賢者タイムというものが極めて短い。

「もうこんなに、手だけでは足りないのですね」

アリシアは身体についた泡を全て洗い流し今度は俺の腰元にひざまずく。

「今度はこちらで気持ち良くなってくださいね」

しおらしくも積極的なアリシアの奉仕に俺の興奮は高まった。

本来なら処女のアリシアにこんなことはさせない。

しかしアリシアから伝わってくる感情は興奮と共に強い歓喜と幸福感、そして至福感である。

このシチュエーションを何より喜んでいるのはアリシア本人だった。

アリシアは口をくちゅくちゅと動かして口内に溜めたよだれを俺のペニスに垂らしていく。

その音すらもエロく聞こえる。一体どこでこんな仕草を学んだんだろうか。

素でやっているのだとしたら恐ろしい。正に魔性だ。

まあ、おそらくは静音辺りがレクチャーしたのだろうな。あいつは俺のこう言うツボはしっかり押さえている。

俺の鼓動は高鳴った。何をするつもりなのかは手に取るように分かる。しかしこの直前の期待感が高まる瞬間というのはたまらなくもどかしく、そして興奮した。

「凍耶様、アリシアのおっぱいでご奉仕しますね」

プルプルとしたスライムのごとき魔乳が俺の肉棒を包み込み、垂らした唾液を滑らせてぬちゃぬちゃと音を立てて擦り上げた。

包み込まれた柔らかな双球が俺の性感を刺激する。正直に言うなら快感の刺激自体はそれほどでもない。

しかし天使の輪を頭に浮かべた美女が腰元に跪き奉仕をする視覚的興奮が俺の欲望を昂ぶらせた。

「んはぁ、ハァ、凍耶様、どうですか？　アリシアのおっぱい、気持ちイイですか？」

「ああ、柔らかくて暖かくて、包み込まれているみたいだ」

アリシアの霊峰は俺のかなり長めの肉棒をすっぽりと収めてしまうほど奥深い。

両手でおっぱいを締め上げたアリシアは乳圧を更に高めて上半身全体を揺すって擦り上げた。

奉仕をしているアリシアの表情は既にトロトロに蕩けきっており潤んだ瞳で俺を見上げながら胸を上下させてパイズリを続けた。

「アリシア、先端を舌でつついてくれないか」

「はい、仰せのままに」

俺の要望にアリシアの瞳に更なる歓喜が宿ったのが分かった。

アリシアはパイズリで奉仕を続けながら谷間から顔を出した鈴口を伸ばした舌でつつく。

アリシアの舌は顎の下まで届こうと言う位長く、滴るよだれがテラテラと光り卑猥な光景を醸し出した。

「はぁ、れろ、ちゅく……ん、はぁふ」

息遣いを荒くしながらアリシアの舌先が俺の亀頭をクルクルと嘗め回した。

アリシアは俺が言うまでもなく舌でつつき、クルクルと回し、そして唇で啄むようにキスをする。

俺の射精感はアリシアの献身的な奉仕によって既に限界を突破しつつあった。

「アリシア、出そうだ。先っぽを咥えてくれ」

「ふぁい、アリシアのお口に沢山出してください。はぷっ」

柔らかな唇の感触がとどめとなった。

魔乳のパイズリによって高まった俺の昂ぶりはアリシアの亀頭へのキスでとどめを刺されアリシアの口の中へ射精する。

「んぐぅ、ん、ん」

ドクドクと尿道を駆け上がる精液はアリシアの口内へ無遠慮に侵入していく。

そしてアリシアはその全てを喉を鳴らしながら嚥下して行く。

苦みに顔を僅かにしかめながらもそんなそぶりは見せまいと俺の目を見上げて咥えながらにっこりと笑って見せた。

俺はアリシアの健気な奉仕に更に興奮を高め、咥えた先から一瞬で復活してしまった。

「うふふ、凍耶様ったら。まだ足りないんですね。では今度はお口だけでご奉仕いたしますね」

アリシアは地面に肘を突いて尻を高くあげ手を使わずに一瞬恥じらいに目を泳がせたが、そのまま俺のペニスをその温かな口内へと導いていく。

「はむっ、ん……ちゅる、くぷ」

口内に含んだ陰茎を舌先で転がしながら頭を前後させ擦る。

今夜初めて男性器を目にしたであろうアリシアが殆ど逡巡もなく俺のペニスを奥へ奥へと咥え込む光景に俺は異様な興奮を覚えた。

アリシアはビッチなのか？　否。断じて否だ。

『恥ずかしい。でも好きな人のためなら……』

男はこれに弱い。

それよりも俺に喜んでほしいと言う思いが強く初めての性奉仕への戸惑いを押しのけて、恥じらいを覚えつつも歓喜が勝っているためそこに逡巡はほとんどない。恥じらいはあってもためらいはないのだ。

そんな健気な思いがありありと伝わり、かつ、絶世の美女が俺の足下に跪き奉仕すると言うシチュエーションは何度味わっても新鮮な興奮を俺に届けてくれる。

「ア、アリシア」

「ん、ん、きもひ、いいれすふぁ、凍耶、ふぁま、ん、ちゅる、じゅず、ずずずぅ」

よだれを口元に垂らしながら頭を必死に前後させるアリシアのフェラチオは口内の粘膜がじゅぶじゅぶと

音を立てて陰茎を擦り、快楽を高めていく。

アリシアの頭が前後する度に高く上げた桃尻の肉がプルプルと揺れるのが見える。

そして俺の眼下にはタプンタプンと揺れる巨大な乳袋が映り込んだ。

アリシアのそれは静音やマリアのよりも更なる高みにある正に魔乳と呼ぶに相応しい。

俺はアリシアの揺れるおっぱいをつかみ強くこね回した。

興奮によって手加減をすることすら忘れフェラチオの快感と巨乳を揉みしだく感触に夢中になる。

「アリシア、アリシア、気持ちイイよ」

「ん、んん、ん、ちゅ、ずずずず、じゅる、れる、じゅるるるる」

卑猥な水音を立て続けるアリシアの興奮が一層高まるのを感じる。俺の言葉に歓喜が増したアリシアは更に激しく頭を動かし口マ○コによる奉仕を続けた。

「じゅる、じゅぷ、ん、がふ、ちゅるるる、じゅ、んあ、は、ぁ、ぁああ、ん、んッ、んっ、んんん」

俺は必死に吸い上げるアリシアの頭を押さえつける。

「アリシア、で、出すよ、口の中で受け止めてくれ」

「ふぁい、らしてくらはい、ん、じゅぷ。アリシアのお口マ○コに凍耶ふぁまの精液、たっぷり出して、ん、んんん、んふっううう」

「ぐっ、出るッ」

俺は駆け上がってくる高まりにあらがうことなくアリシアの口内に白濁の欲望を解き放った。

「んんんん、んふぅッ♡」

アリシアの口内を精液が満たしていく。

口の端から僅かに洩れた液が彼女の顎の下へと垂れていく。

アリシアは肉棒を咥えたまま尿道に残った汁を強く吸い上げていく。やがてちゅぽん、と言う音を立ててアリシアの口が離れた。

アリシアは白濁の液体を口内に溜め込み俺に見せつけるように口を開いて見せた。

「アリシア……」

名を呼ぶと嬉しそうに目を細めて留まらせた精液を味わうように口内で転がす。

そしてゆっくりと少しずつ、出された液を喉を動かして嚥下していった。

「ん……んく。はぁ……はぁ、凍耶様、気持ち良かったですか……？」

処女であるはずのアリシアが何故ここまで男心をくすぐる技術を熟知しているのか。

それはマリア、静音による奉仕指導なる勉強会を経てからこの時間に臨んでいるからである。

どうやらマリアは王都の色街から熟練の娼婦を呼び寄せメイド達の性指導を行っているらしい。

最近まで知らなかったが偶々その現場を覗いてしまい、メイド達の異常な性奉仕技術の上達の秘密を垣間見たと言う訳だ。

「ああ、最高だった。でもアリシア、もっとだ。もっとお前を味わいたい」

「はい、存分に味わってください」

俺はアリシアを伴って寝室へと移動した。

◆閑話　煌翼天使が喘ぐ夜　後編

「綺麗だよアリシア」

「はい、ありがとうございます♡　ちょっと恥ずかしいです」

アリシアは真っ白なレースをあしらったビスチェを纏い、ガーターベルトに白のストッキングというおしゃれな彩りで着飾っていた。

着替えにやたら時間がかかると思っていたら、夜を盛り上げる衣装に着替えていたと言う訳だ。

っていうかこの世界ってブラジャーはないのにビスチェはあるんだな。

後で確認したところ、これらの下着は主に機能性は皆無でファッション、特に男性貴族が夫人や愛人に着せるための、いわば夜のアイテムの側面が強いようだ。

それは正にその役割を十全に果たしていると言っていい。

元々おしとやかな淑女の雰囲気だったアリシアの様相が一気に妖艶なお嬢様に変貌を遂げる。

白とレースをふんだんに使ったその装いはさながらウェディングドレスのようだ。

「アリシアは白が似合うな」

「そ、そうでしょうか」

はにかんだ笑顔で恥じらうアリシア。

「ああ、悪魔の時は妖艶な美女で黒が似合っていたが、天使になった今はやはり白が似合う」

俺はアリシアの頬に手を添えてゆっくりと顔を近づけていった。

期待のこもったまなざしをしつつ、アリシアのまぶたがゆっくりと閉じられる。

俺はそのままアリシアの唇にそっとキスをする。

結婚式の誓いのキスのように、舌をからめるでもなく、唯々ベーゼを交わすだけ。

しかしアリシアの瞳から一滴の涙がしたたり落ちて俺の口元をぬらした。

「アリシア」

「嬉しいです。凍耶様。不束者ですが、末永く可愛がってくださいませ」

「可愛いなアリシア。いいよ。お前が俺を見限らない限りそうすると約束しよう」

俺はアリシアを強く抱きしめて頭を撫でた。アリシアも気持ちを表すように強く強く抱き返してくる。

俺達はしばらくの間、お互いの体温を感じ合っていた。

「アリシア、先に進んでいいか？」

「はい、抱いてください」

俺はアリシアに再び口づけをする。今度は啄むようにキスをくり返し、肩から背中に掛けてをじっくりとさすりながら身体をまさぐるようにこすりつけた。

もぞもぞとお互いが身体を密着させて感触を楽しみつつ、俺の手はアリシアの乳房へと伸びていく。

改めて触ると凄まじいボリューム感に圧倒される。

下から持ち上げるとずっしりと重量感があり、布の上からでも吸い付いてくるような柔らかな感触が俺の手を楽しませてくれた。

持ち上げて丸めてこねるように揉むと、アリシアから甘い吐息が漏れる。

「ん、ふ、凍耶様、私の胸、変じゃないですか？」

「何で？　こんなに大きくて可愛らしくて、素敵じゃないか」

「ぁはぁ、嬉しい、もっとお好きになさってください。もっと強く」

「それじゃあ遠慮なく」

俺はアリシアの許しを得てベッドに押し倒すと、上からのしかかるように両手を双球に乗せ強く揉みしだいた。

「ああ、あ、そうです、もっと、もっと強く、はぅん」

押しつぶすくらい乱暴にこねる方がアリシアは好きみたいだ。

人によって強くしすぎると痛くて快感どころではない者もいる。

とは言え快感付与のスキルで大抵最後はみんな気持ち良くなってくれるのだが。

様々な女の子を全員満足させられるような極上のテクニックなど俺には持ち合わせがないため、俺のスケコマシスキルにはいつも助けられてばかりだ。

加えてスピリットリンクの影響で俺の気持ちと女の子達の気持ちは繋がり合っている。

俺の気持ちもある程度向こうに届いているらしく、重なり合う時の気持ちが通じ合ってそれも快感を増大させる要因となっているみたいだ。

単に肉欲をぶつけるだけのセックスは味気ない。

気持ちが通じ合ってこそ本当の快感は生まれると俺は思う。その点でこのスピリットリンクというスキルは最高の快感を与えてくれるのではないだろうか。

「んはぁあ、凍耶様ぁ♡　んぅう、んふぅ」

荒い息を吐き出しながらベッドの上で身をよじらせるアリシアはとても色っぽい表情をしている。

俺はアリシアの胸を乱暴に押しつぶすようにもみながらぷっくりとした唇に吸い付く。

すかさずアリシアは俺の首に手を回し決して離すまいとディープキスを貪る。

「じゅる、ん、ちゅ、れる、ん、凍耶様、凍耶様ぁ」

やがて胸から脇腹、腰、そしてふくよかな桃尻へと手を下ろすとそれに合わせてアリシアの手も俺の様々な場所をまさぐり始める。

そしてアリシアの指先が既にガチガチになった俺の剛直に触れると嬉しそうに顔を緩ませる。

「私でこんなになってくださるのですね」

いとおしそうにムスコを撫でるアリシアの表情に更に血液が充填される。

アリシアのショーツの真ん中に触れると、そこは既に溢れんばかりの蜜が湧き出しており、布の上からでもその量の多さが分かった。

「アリシアも、こんなに感じてくれて嬉しいよ」

「あん、凍耶様、そこは、あぁん」

布越しに縦に擦るとアリシアは腰を浮かしながら軽く口を開く。

快感で筋肉が痙攣し細かく震えている。俺はゆっくりと布をずらしその奥にある秘部へと指を入れる。

くちゅ……


既に濡れそぼったそこは、俺の指が触れた瞬間ダムが決壊するように愛蜜が流れ出してきた。

「あ、んう、凍耶様、ダメです、何か、何か来る、来ちゃう」

縦に左右に指を動かしているとアリシアの身体に変化が訪れる。

「ああ、ああああ、ダメェエエエエエ」

ぷしゃぁあああああああああ

腰を浮かせてビクビクと痙攣を繰り返すアリシア。その秘部からは命の泉が噴水のように湧き出し、俺の顔を思い切りぬらす。

これは潮吹きってやつか。間近では初めて見たな。

よくAVではやっているのを見るがあれは水分を沢山とったりテクニックが必要だったりと結構大変らしい。

自然にできる人って感度が高いって聞いたことがある。

デリケートな部分だからあまり乱暴には扱いたくないのでお目にかかることはないと思っていたが実際見ると結構感動的だ。

当のアリシアの表情は正に極楽浄土に行っており、うつろな目で桃源郷を見つめている。

「ハァ、ハァ、凍耶様、申し訳、ありません。一人で果ててしまいました」

「いいんだ。アリシアが感じてくれて嬉しいよ」

俺はアリシアに軽くキスをする。はにかんだ笑顔がとても可愛らしい。

「凍耶様、今度は凍耶様のペニスで、アリシアにお情けを」

アリシアは息を整えながら脚を開き潮を吹いたばかりでまだひくついているオマ○コを指で開いて見せた。

熟れた果実のような卑猥な赤で充血したそこは男のものを咥え込むのを今か今かと待っているようにピクピクと蠢いている。

ゴクリと喉が鳴る音が脳内に響く。

その卑猥な光景に俺の我慢が限界を超えてアリシアにのしかかる。

「よし、挿れるぞアリシア」

「はい、来てください凍耶様♡　凍耶様にアリシアのヴァージンを捧げさせてください」

アリシアの健気な台詞に理性が崩壊しそうになるが、グッと耐えてゆっくりと侵入を開始した。

肉を少しずつかき分けるように慎重に進んでいく。

しかしアリシアの秘肉は俺のペニスの先端を咥え込むと吸い付くように絡みつき始め、俺は侵入した先から快感神経を根こそぎ絡め取られているような感覚に陥り思わず呻いてしまった。

「ハァハァ、凍耶様、んぁ」

アリシアはそんなゆっくりとした挿入がもどかしいのか、身をよじりながら腰を押しつけてくる。

俺はと言えばアリシアのあまりの名器ッぷりに気を抜くと持って行かれそうになるのを必死に耐えていた。

こっちの世界に来て以降、俺とまぐわう女の子達は俺の精を貪欲に搾り取ろうとする構造を持った子があまりに多い。

今の俺は不細工系ＡＶ男優も真っ青の気持ち悪い我慢顔をしているにちがいない。

しかしここでいきなり果ててしまうわけには行かない。

アリシアは決して俺を責めることはないだろうし、むしろ自分でそんなに気持ち良くなってくれたことに喜ぶだろう。

しかし俺とて男の端くれ。小さなプライドがあるのだ。

挿入して数秒でドッピュンコなんて情けない事態はどうあっても避けたかった。

いや、ハーレムを始めて以降そう言う事態って実は結構あるのは事実だが……だってうちの女の子達ってものすごい性に貪欲なんだもん。

一人ひとりが凄まじい勢いでテクニックが上達して行くので俺の方が翻弄されっぱなしだ。

精力無限の身体じゃなかったらとっくに干からびてカラスの餌になっていたのは間違い無い。

そんなどうでも良いことを考えながら必死に新幹線の速度で迫ってくる射精感をどうにか耐え忍びアリシアへの侵入を再開する。

やがて少し奥ばった場所に抵抗を感じた。処女膜だ。

「さあ、いよいよだよアリシア」

「はい、思い切り貫いてください。決して忘れられない思い出にしてほしい」

「ああ、行くよ」

俺は幸福感増大のスキルを最大レベルで発動しアリシアに流し込む。

「ん、んぁあああああ♡　来たぁ♡」

おとがいをそらし腰を浮かせたアリシアの膣内がギュンギュン締まる。

流れ落ちた破瓜の赤い滴が太ももを伝う。

アリシアの脳内に大量の幸福ホルモンが分泌されたのが分かる。

俺はそのままアリシアの一番奥まで突き入れて強く抱きしめながらキスをした。

「ん、ふあ、ん、んちゅ、凍耶様、幸せぇ♡」

俺の腰にがっしりと脚を絡ませて押しつけて来るアリシア。

それに応えるように俺もアリシアとの結合部を強く押しつけてグルグルと腰を回した。

「ひぁあ、あ、あああ、それ、凄いぃ、凍耶様ぁ、あああ、んぁあ」

自ら快楽を貪るようにアリシア自身も俺に身体をこすりつけながら喘ぐ。

俺が腰を回す度にアリシアとのつながった部分がヒクヒクと蠢いているのが分かる。

「ふぁ、あ、ああん、んひぃ、また、またイッちゃいます、イク、イクゥウウウ」

アリシアの絶頂に合わせて俺の射精感も限界を迎えた。

尿道を駆け上がる衝動に身を委ねアリシアの奥へペニスを押し込む。

その衝撃でアリシアの身体がまた一つビクンッと痙攣し絶頂を重ねたようだ。

ビュクビュクと竿全体を痙攣させながら精液がアリシアの膣内を満たしていく。

アリシアの腹がほんのりと膨れるほどの凄まじい量がドクドクと脈打ちながら放たれ、俺の精液が飛び出しアリシアの子宮を刺激する度に彼女の身体はビクンと跳ねる。

「ふぁああ、はぁ、凄い、頭が、飛んでしまいそうですぅ」

快感のあまり呂律が回らないらしく舌っ足らずなしゃべりでトロトロの恍惚顔になっている。

だらしなく顔を紅潮させる姿でさえ愛おしく、可愛らしかった。

「凍耶様、愛しています♡　もっともっとアリシアのことを知ってください。もっともっと、凍耶様のことを教えてください。もっともっと、愛していただけるように懸命にご奉仕いたしますから♡」

潤んだ瞳に天使の笑顔でそんなことを言われては俺の我慢の防壁などウェハースでできている壁に猛牛が突進するに等しい。

一瞬にしてイクシードチャージを引き起こした俺の股間は即座にファイナルベントの体勢に入る。

「アリシア！！！」

「きゃうう、凍耶様、は、激しいぃい、んぁああ、ああ、あああ、凄いぃ、ひ、ひぅう、あ、あああ、あああ」

俺はアリシアの身体を引き起こし対面座位の体勢に入る。

柔らかくも引き締まった尻肉を鷲掴み腰を突き上げてアリシアの子宮を犯した。

「ふぅぁあああ、あああ、ああ、あああああ、子宮、子宮すごいのぉ、あ、あ、らめぇ、凍耶様ぁあ♡　凍耶様ぁああ♡」

俺の名を叫びながら快感を享受するアリシアは先ほどまで処女だったとは思えないほどの淫らな声をあげ続ける。

アリシアは更なる快感を求めてこぼれんばかりの魔乳を俺の胸板に押しつけながら密着する。

身体全体を使って揺すり、腰の動きは更に激しくなり自らクリトリスを押しつけて快感を貪っている。

「凍耶様、好き、好きです、一目見た時からお慕いしておりました。あ、ああん、この日が来るのを夢見て、あ、ああ、ああ、だめぇ、気持ち良過ぎて、しゃべれない、あぁあああ」

俺はアリシアが愛おしくてたまらなくなり船をこぐようにして腰を大きくグラインドさせる。

「アリシア、もっとお前を教えてくれ！　お前がもっと愛しくなるように、アリシアの可愛いところを見せてくれ」

「嬉しいぃ♡　凍耶様、はい、もっと、もっと知ってくださいッ！　ああ、また、またイク、凍耶様、凍耶様ぁあ」

「アリシア、イクよ、アリシアの子宮にまたたっぷり中出しするからな」

「はい、はいっ！　来てください、アリシアの凍耶様専用精子袋に、凍耶様の白くてドロドロの赤ちゃん汁、たっぷり注いでぇええ♡」

「うぐぅ、イク」

ビュバッビュルルル、ドプン、ドプン、ビューービューーー
水風船が割れたかのような精が解き放たれ三度アリシアの膣内を満たしていく。

こぼれそうなほどのあり得ない量を吐き出したが、すぐさまそれはアリシアの奥へと吸収され変換されていく。

するとアリシアの身体が突然光り始める。眩い光を放ちながら徐々に形状が変化し大きな四対の翼が生えてきた。

「おお、こ、これは」

どうやらまたぞろ創造神の祝福が仕事をしたらしい。

アリシアの様相は白い羽と黒い羽が二対ずつ生えており、頭に浮かんだ天使の輪には聖を表す白い光と魔を表す黒い光がコントラストを描いた幾何学模様の輪に変化した。

――『煌翼魔天使　LV1　1000000』

――『【煌翼魔天使】　聖と魔を併せ持つ煌翼天使の更なる進化形。レベル限界9999　煌翼天使と比較してステータス成長2倍　聖天魔法に加えて転移魔法、重力魔法などの悪魔時代の魔法を習得』

煌翼天使になったばかりなのにもう進化してしまったのか。

しかも、転移魔法ってのがある。存在は知っていたが実際に習得している者に出会うのはこれが初めてか。

「はぁはぁ、凍耶様ぁ。もっと、もっと欲しいです。もっとアリシアに精液をください」

アリシアは俺との位置を逆転させて騎乗位へと体位を変えた。

「凄い、これ、奥まで届きますぅ……凍耶様の形に変えられていくのが分かる。あなたの色に染められていくみたいで嬉しい」

可愛らしいことを言ってくれる。愛おしさが募り、つながった結合部に衝動が走る。

「ふああ、動いて、ますぅ、中で擦れて、ぁん、気持ちイイ。凍耶様のが出たり、入ったりして、ジンジンして、熱いですわ」

奥まで押し込んだペニスをゆっくりとかき回すように動かし、アリシアの膣内が徐々に締まりが良くなってくる。

丁寧な腰使いでアリシアの奥へと快感を送り込み、亀頭の敏感な粘膜が擦れて刺激されると思わず呻き声が出てしまう。

俺は目の前で大きく揺れる二つの膨らみに手を伸ばす。

柔らかく自由に形を変えるその乳房は、俺の獣欲を余すことなく満たしてくれる。

「ひゃうう、ん、おっぱい、好きなんですね。いいですよ。もっと、お好きになさってくださいませ。凍耶様に触っていただけるだけで、熱くなってしまいます」

手のひらから溢れ零れる乳房の感触。

その心地良さと、この美しい女のあられもない姿を自分の好きにできる支配欲が脳髄を駆け巡り、自然と抽送を繰り返す速度も速くなっていく。

「あぁっ、んぁあ……凍耶様ぁ、んんっ、おなかの中、熱いです。ジンジンして、今にも爆ぜてしまいそう。凄い、気持ちイイ。凍耶様の気持ちが、身体の中に入って溢れてきます」

アリシアは円を描いていた身体を倒し柔らかな肢体を俺に預けた。

モチモチの感触が胸板を支配し、密着感の増した膣内の興奮がますます加速して硬くなっていく。

膣肉の締まりが一層よくなって快楽を互いに貪るように抱きしめ合った。

アリシアは腰を上下に打ち付けながらひたすらに俺の名を叫び始める。

「ぁああ、ッぁあ、凍耶様、凍耶様、アリシアは、あなたをお慕いしております。もっともっと、私に愛さ

せてぇ。貴方の全てが愛おしいのぉ。私の全部を使って、あなたを愛しぬきたいのです、ぁあ、あぁ」

「アリシア、いいよ。お前の全てを俺に預けてくれ。俺はそれに全力で応えよう」

「嬉しい。凍耶様、愛してます。凍耶様の何もかもを愛してます。あぁあ、イク、イクぅううう」

びゅるるるる、ドクドクドク、ビュクン

「あ、あぁ、あああ、幸せぇ♡　凍耶、様ぁ……♡」

クタリと俺に体重を預けてくるアリシア。どうやらイキ過ぎて意識が飛んでしまったようだ。

俺はアリシアとつながったまま彼女をベッドに横たえて刺激しないようにゆっくりとイチモツを引き抜いた。

翼が折れ曲がって痛くならないように注意しながらアリシアの隣に腰を下ろした。

「ふう。ついつい激しくしてしまった」

スキルの恩恵があるとは言え初めてのアリシアにはちょっとハード過ぎただろうか。

気絶しているアリシアから伝わってくる感情のオーラは一部の隙間もなく幸福感に満たされている所を見るとどうやら大丈夫みたいだ。

興奮でまだ顔が紅潮したままだが、穏やかな至福顔で寝息を立てているアリシアの薄紅色の髪を撫でながらシーツを掛けてやった。

「凍耶様ぁ……」

寝言かうわ言か。アリシアは俺の名を呼びながら幸せそうな顔で目を閉じている。

少女のようにあどけない寝顔を眺めながら、俺も目を閉じて眠りについた。

◆閑話　ルカが語る佐渡島家の日常　前編

皆さんこんにちは、ルカです。

え？　誰だって？　うう、そうですよね。影薄いですよね。

何しろ初期に登場したにもかかわらず全然出番がなくてちょっとしか台詞ないんですもん。

こほん。すみません取り乱しました。

今日は皆さんに佐渡島家の御館様である佐渡島凍耶様にお仕えする私達メイド、ひいては御館様の愛奴隷の皆さんの日常をご紹介しますね。

人数が多いんで一部ですが、普段は見られない皆さんの裏の顔が見られるかも知れませんよ。

CASE1　ルーシア

「ルカ！　右からお願い！」

「分かった！」

ルーシアの指示で私はトロルの右側に回り込む。

その間ルーシアが小威力の魔法で牽制し気を引いてくれた。

私はその間に得意武器である両手剣を強く握り絞め刺突型スキルを発動させた。

ルーシアの牽制に気を取られ大きく棍棒を振り上げたトロルの脇腹に私の剣が突き刺さる。

「ぐぅうおおお」

低いうなり声を上げながら急所を突かれたトロルが崩れ落ちる。油断なく観察しながら刺さった剣を引き抜き距離を取った。

「ふぅ」

「油断するでない！　後ろから来ているぞ！」

私は後ろから飛んでくる叫び声にハッと我に返る。

後ろを振り返ると群れのボスであるカイザータイプのトロルがギザギザした金棒を振り上げてこっちに迫っていた。

「きゃあああ」

「危ないルカ！　スキル『二刀流舞』」

「うぐがぁあああ」

ルーシアの剣技で切り刻まれたカイザートロルが崩れ落ちる。

ルーシアはそのまま油断することなく倒れ伏した敵の心臓目がけて片方の剣を突き立てた。

「ごふ……」

「もう一匹！」

カイザートロルにとどめを刺し、そのまま引き抜いた剣を振り上げて勢いをつけ少し離れた位置にいるもう一匹のカイザートロルに向かって投擲した。

「はぁあああ」

そのままルーシアは投擲した剣を追いかけながらカイザートロルに走り迫る。

「ソニエル！」

「お任せを!!」

ルーシアは走りながらソニエル様に指示を飛ばした。

実際は名前を呼んだだけなのだがソニエル様と抜群のコンビネーションを誇る二人の間には何をしてほし

いのかちゃんと伝わっているらしい。

ソニエル様はルーシアが剣を投げたトロルに向かって走り始める。

するとルーシアの投擲した剣が敵の腹に突き刺さったのと同時に、構えた槍を心臓目がけて刺突する。

そして走り迫ったルーシアは心臓を突かれて呻いているトロルに向かって飛び上がり、もう片方の剣を振るって首を切り飛ばす。

トロルは絶命し大きな音と土煙を上げながら倒れ伏した。

――『敵性個体の全滅を確認。戦闘を終了します』

「ふう、終わったね。ルカ、怪我はない？」

「う、うん。ありがとうルーシア」

「愚か者！　敵を一体倒していちいち一息つく奴があるか!!」

「す、すみません」

大きな声で説教を飛ばしてくるのはザハークさん。この間御館様の愛奴隷となった女性。

何と元魔王らしい。

長い髪はオレンジ色に輝いていて、背が高くて眉だちはキリリとしてて、腰なんか内臓が入っているんだろうかって疑いたくなるくらい細くて、そのくせ胸はしっかり出ているスタイル抜群のすっごく素敵な女性で、魔王の面影とか全然ないんだけど、戦闘訓練の先生として今は冒険者時の私達の戦闘指導をしている。

しかしその指導はまさしく鬼教官そのものので私は毎回ドジを踏んで怒られてばかりいる。

「ルーシア、先ほどの二刀流舞は明らかに威力が高すぎる。もっと相手の力量を正確に見極めて技を選べ」

「は、はい！」

「ソニエル！　貴様もだ。心臓を突くという選択肢はいいが右足の軸が僅かにズレている。あれでは威力が流れて刺突の威力が減退していたハズだ。体幹をもっと鍛えろ」

「わ、分かりました！」

ルーシアやソニエル様ですら無遠慮に厳しい指導を飛ばすザハークさんは更に全員に向かって檄を飛ばす。

「大体貴様らは全員高いステータスに頼った戦いになれすぎだ！　敵がステータス封じの能力を持っていたらどうする。その時助けとなるのは自らの戦闘技術だけだ。剛が通じぬなら柔で制すしかない。貴様らにはその柔の研鑽が全く足りておらんのだ！　我らは我が主、佐渡島凍耶の所有物だ。意味なき死は許されぬ。否、意味のある死であっても誰一人我が主より天寿以外で先に死することなどあってはならん!!」

喉を潰すのではないかと言うくらい張り上げた声で全員を叱責するザハークさんは、鬼の凝相をフッと緩め少しだけ笑って冗談めいた言葉でその場を締める。

「それに、死んでしまっては我が主に抱いてもらうことができなくなるぞ。あの極上の快楽を二度と味わえなくなってもいいのか！」

全員が破顔して笑った。私達はザハークさんの冗談に笑い、そしてその言葉に込められた意味を考えて真剣に技を磨こうと誓った。

ザハークさんは人心をつかんで扱うのが非常に上手い。その人の戦いのクセや傾向を的確に見抜いて指導をするし、悪いところは指摘し、良いところはちゃんと褒めてくれる。

とは言え、やっぱり怒られちゃったのはそれはそれで落ち込むわけで……

「ふう、今日も怒られちゃった」

「気にせずいこうよルカ。でもザハークさんの言うことももっともだからね。私もちょっとひやりとしたんだから」

「ごめん……」

ザハークさんやルーシアの言うとおり私達は全員が御館様の恩恵でステータスが常人ではあり得ない位高い。

私達全員のレベルは現在平均が５００以上。

普通レベル限界は神の祝福を受けた特別な人間ですら１５０～２５０くらいが限界と言われている。

そして一〇〇〇年前に現れたという伝説の異世界勇者ですら４００くらいだったと言い伝えが残っている。

でも御館様の恩恵によってその限界値を遙かに超える５００なんてレベルに届いてしまっている。

更に勇者である美咲さんや静音様は７００。ソニエル様なんて９９９らしい。

更に更に、ザハークさんと同じ日に入った新人メイドのアリシアさん。

彼女は煌翼魔天使というものすごく高位の種族で何とその限界レベルは９９９９。

魔王軍元幹部で生まれ変わったからレベルが１になったらしいけど、その状態ですら一〇〇万の戦闘力なんて普通じゃ無いよね。

話が逸れたけど、私達はその御館様の恩恵のおかげで殆ど苦労せずに英雄も裸足で逃げ出す強さを全員が持っている。

でもその反面、戦ったことなんて殆どなかったから技術の方は全然で、マリア様やソニエル様もその点を心配して私達を冒険者として以前から訓練してくれていた。

実は今の私達は、そのあり得ない位の高ステータスをアイシス様による能力抑制によりレベル５０辺りのステータスに抑えられている。

そんなことができてしまうアイシス様にもビックリだけど、あの常識外れな御館様よりも更に強いかも知れないアイシス様ならそのくらいはできて当たり前なのかも。

そして今までより低いステータス（とは言ってもBランク冒険者くらいはある）での戦いをすることで戦闘に必要な判断能力や本格的な実戦経験を積んでいた。

元々単なる村娘でしかなかった私を始め、他のメイド達も同じように苦労しているみたい。

そんな中で同じくらいのステータスでも戦闘センスが抜群にいいのがルーシアだ。

今日は怒られてたけどルーシアは常にパーティーリーダーとして指示を出しながら戦うことに既にかなり才能を発揮していて、ソニエル様もそのリーダーシップを凄く褒めていた。

◆　◆　◆

冒険者として依頼報告をギルドで済ませてから屋敷へ戻った私達は早速メイド服に着替えて今日の仕事に取りかかる。

本当は御館様から冒険者稼業に出る時はメイド仕事は休みでいいって言われているんだけど、私達にとって御館様へのご奉仕のメイド仕事はなにより楽しいことだった。

冒険者稼業も嫌いではないけど、やっぱり戦うのって怖いし、たとえ魔物でも生き物を殺すって未だに慣れない。

メイド仕事はやりがいがあるし、元々家事が得意だった私は料理担当も任されている。

マリアさんみたいな超人レベルの料理はまだ作れないけど、私の作った料理を御館様が美味しいって言ってくださるのが凄く嬉しくて、メイド仕事はやめられない。

私は今日の当番である洗濯を運び終えて持ち場に戻るため廊下を歩いていた。

「………ッ……」

「ん？　今何か聞こえたような……」

廊下を歩いていると通りかかった部屋から何やら呻くような声が聞こえた気がした。

気になって耳を澄ませてみる。

すると確かに人のうめき声のようなくぐもった音が目の前の部屋から聞こえてくる。

私は音を立てないようにそっと部屋の扉に近づき耳をあててみる。

「……んあぁあ、お兄ちゃん♡　ん、んん、そ、外に、聞こえちゃう、もっと、優しく♡」

「そんなこと言って腰をグイグイ押しつけて来るイヤらしい子は誰だろうな」

え？　えええ？　これってまさか……

私は耳を更に押しつけて部屋から聞こえてくるルーシアと思わしき声に耳を傾けた。

「あ、あ、あああぁ♡　らめなのぉ、そんな後ろから激しく突かれたら、あ、あぁあん」

「ほらほら、そんな大きな声出したら完全に外にまる聞こえだぞ」

「んんん、んん、意地悪、しないれ、んぁああああぁあッ♡」

わ、わわわッ！　やっぱりルーシアと御館様がエッチの真っ最中なんだ。

ルーシアは口を押さえているのか時折くぐもった声で喘ぎ声を我慢しているようだ。

でも御館様の攻めが激しすぎて全然抑えきれてない。

私はいけないのは分かっていつつも好奇心が抑えきれなくなり音を立てないように慎重に扉を開けた。

ドキドキでノブを握る手に汗がにじむ。

鼻息が荒くなりそうになりながら必死に冷静さを保って中をのぞき込むと、丁度視界に入る位置に二人がいるのが分かった。

ルーシアは机に手を置いてお尻を高く上げさせられて、その上からのしかかるように腰を押しつけている御館様に激しく責められている。

「ああ、あああ、もうダメェ、我慢できないよぉ、声、出ちゃうぅぅうう、あああぁ、あん、あぁん♡」

「我慢できなくなったみたいだな。声抑えるのをやめたら締め付けがきつくなったぞ。そんなに皆にバレたいのか？」

ルーシアの白い耳に囁き掛けるようにして御館様は更に激しく腰を打ち付ける。

御館様は片手でルーシアの胸を揉みながら腰に当てていた手をその白くてふわふわの尻尾に伸ばした。

「わふぅううう♡　尻尾、らめぇ♡　感じちゃうよぉ、あ、ああ、あん、ああん」

尻尾の責めに極端に弱いルーシアの声が一層激しくなる。

「わぅ、わぅうん、もうらめぇ、イク、イッチャうぅ♡」

「よーし、俺も限界だ。中に出すからな。全部こぼさずに受け止めるんだぞ」

「来てぇ、来てお兄ちゃん♡　ルーシアのマ○コにいっぱいドピュドピュしてほしい♡」

ジュボジュボと激しくなった二人の結合部から響く音が部屋中どころか廊下の端にまで届きそうだ。

「全部、全部こぼさず飲み込むから、ルーシアの子宮に全部ぶちまけてぇ♡」

しっかり者のルーシアとは思えない淫らな声を無遠慮に出しまくる。

やがて二人とも限界が来たのか御館様が一瞬痙攣したかと思うとルーシアも一緒にビクンビクンと揺れ動いた。

「あはぁ、はぁ、イッちゃったよぉ」

「可愛かったぞルーシア」

「クゥン、くぅん。もっとぉ、もっとなでなでしてお兄ちゃん♡」

バックで貫かれたままルーシアが御館様に甘え始める。どうやらピロータイムに入ったらしい。多分あと二、三回は続けるはずだろうけどこれ以上見るのは身体に毒だ。

私はバレないうちにそっと扉を閉じてそそくさとその場を立ち去った。

◆閑話　ルカが語る佐渡島家の日常　後編

CASE2　ティファルニーナ

はぁ、凄いものを見てしまった。

お夜伽の時に一緒にエッチすることは沢山あるけど、内緒でのぞき見るっていうのは何かちがう興奮を覚える気がする。

私はすっかりのぼせてしまいしばらく離れた場所にへたり込んで動けなかった。

それにしても御館様って凄いな。ルーシア相手にするとあんなに激しいなんて今まで意識したことなかった。

よく考えてみると御館様って相手によってエッチのスタイルがちがう気がする。

身体が小っちゃいのに超が付くほどハードなプレイが好きなティナちゃん相手だと、縛ったり目隠ししたりしている。

これならまだ分かりやすい。

でもミシャはルーシアと同じようにバックから激しくが好きだけどあんまり長いと身体がキツいからいつも御館様は激しくばかりじゃなくて緩急をつけていた。

痛いのが苦手な私が相手だと御館様はいつも優しく髪を撫でながらしてくれる。

それもゆっくりとゆっくりと。

ガラス細工を扱うように、言い換えるとお姫様みたいにしてくださる。

本が大好きで村に時々やってきた行商の人から買った古の勇者物語に出てくるお姫様に憧れていた。

そんな私の気持ちを分かってくれているのか、御館様はいつも私とのエッチは耳元で優しく語りかけるように丁寧にしてくれる。

私はその時だけ物語の中のお姫様になることができてうれしさで毎回どうにかなってしまいそうになっている。

他にもよくよく考えてみると御館様は相手の好きなスタイルをちゃんと分かって求める通りにエッチして

くださる。

御館様って、一体経験人数どのくらいなんだろう？

はぁ、御館様……私もして欲しくなっちゃった。でもお夜伽の当番まではまだ先だし、人数も増えてきて更に頻度が低くなっちゃった。

勿論仲間が増えるのは嬉しいし、今の環境にも不満はない。

御館様は無為に増やしたりはするつもりないって言ってるけど、多分無理だろうなぁ。御館様ってかっこよすぎるんだもん。

実はこの館で働きたがる女の子って凄く多い。街の女の子達は御館様の話題一色で、どうにかしてこの館で働きたいって人が毎日のように面接にやってくる。

それに貴族としても異例の速さでオメガまで昇進した御館様はドラムルー中の貴族が取り入るために自分の娘を奴隷に差し出したいって毎日のように使者を送ってくるくらいだし。

まあ、マリア様が殆ど門前払いしているみたいだけど。

でも実は最近新しいメイドがちょこちょこ入り始めている。それは貴族だろうと町娘だろうと、奴隷だろうと、果ては浮浪児だろうと関係無く門は開かれている。

ただし、その門は限りなく狭き門であることは間違い無い。

マリア様やソニエル様、それに静音様と言う御館様ＬＯＶＥ最頂天のお三方の厳しい審査をくぐり抜けてお眼鏡にかなった猛者が何人か研修を受け始めているのだ。

そして御館様のスキル『ＭＬＳＳ《マルチレベルスレイブシステム》』。

これは所有奴隷がそれぞれの傘下の奴隷を持つことを許可されるスキルで、御館様が自分で動かなくても新しい奴隷を増やすことができるスキルらしい。

詳しい仕組みは難しくてよく分からなかったし、私を含めた他の皆も自分がまだまだ未熟なのは分かっているから自分の傘下の奴隷を作るなんて考えられない。

できるのはマリア様やソニエル様と言った優秀な人だけで実質このスキルを活用できているのは静音様を含めたそのお三方だけだと聞いている。

実際私達もマリア様、ソニエル様、静音様のグループにそれぞれが分かれて所属している状態だ。

これは最初にこのスキルを手に入れた御館様がお決めになったことで、やはり事実上この館の運営で中核をなしているこのお三方をリーダーとしたグループが作られている。

今のところ人数は三グループ共に均等になっている。

これも御館様がお決めになったルールで、誰が獲得してきた奴隷でも必ずマリア様、ソニエル様、静音様の順番で所属させるように厳命されている。

これは人数の偏りで奴隷同士が派閥を作って争ったりしないようにとの御館様のご配慮によるものだ。

でも多分だけど心配ないと私は思ってる。

御館様の代表スキルであるスピリットリンクは奴隷同士の気持ちをつなげてご主人様である佐渡島凍耶様にご奉仕することに対する連帯感を生む効果があるという。

だからその原理原則の下、『ご主人様である佐渡島凍耶様に喜んでほしい』と言う共通の目的がある限り、私達の間で争いが起きることなんてないだろう。

言い換えるなら同じ目的地を効率良く目指すためにグループ分けをしたに過ぎないのだ。

目的地が同じで、全員一致協力という意識が働いている以上派閥を作ることなんてあり得ない。

大体このシステムのグループって実質意味をなしていないのだ。この館の運営って冒険者稼業をソニエル様が。

メイド仕事をマリア様が。

経済面を静音様がメインで担当されていて、それぞれ得意分野を活かした仕事が振られる割合が多くなっている。

たとえば静音様が担当されている経済面。

静音様は転生前は国で五本の指に入る大商会の運営ができてしまうほど商売のエキスパートで、最近立ち上げた佐渡島家の商会の運営を任され、静音様自ら指名した奴隷達が商品生産を行っている。

と云った具合に、指名する部下はグループ関係なしにそれぞれが得意なことを担当できるようになっている。

一応全員が全部の仕事をできるようになるようシフトは組まれているが、多分将来的に人数が増えてきたらシステム化して専門でやることになるだろうと静音様は語っていた。

あと、大事なことを言うとこれらはおまけでしかなくて、私達が争うなんてあり得ないってのは他に理由がある。

っていうかこっちがメインだ。

この佐渡島家の管理、運営を実質牛耳っているのは……

——『静音、ドモンレア商会の幹部が商談を持ちかけてきます。これは商会の運営に有利な案件と思われますので受ける方向で話を進めてください。勿論相手に主導権を握られないようにするのを忘れないように。多少凄んでも構いません』

「分かりましたわアイシス様」

——『ソニエル、冒険者ギルドにS級食材となるバウンドタートルのグランドカイザータイプ討伐依頼が入る模様です。すぐに出向いて依頼を押さえてください。加えて奴隷商館に有力な才能を持つ奴隷が入荷しました。後でステータスを送りますので全て買い取り迎え入れの準備をしておいてください』

「承知いたしました！」

——『マリア、ご存じとは思いますがバウンドタートルは非常に美味で凍耶様のお口に合うかと思われます。

明日からのメニューに加えられるようにレシピを組み直してください。それからソニエルと一緒に奴隷商館に赴き他に有力な奴隷候補がいないか探しに行きなさい』

「はっ！　お任せください」

佐渡島家奴隷トップのお三方は二つ返事で命令を遂行するため動き始める。

余計な言葉は紡がない。口に出して良いのは『はい』か『Ｙｅｓ』だけだ。

この屋敷の奴隷を動かしている真の頂天は、言うまでもなくアイシス様だ。

先日のアリシアとの戦い。あんなのを見せられて逆らうなんて考える方がどうかしている。

はぁ、そろそろ仕事に戻らないと。

身体は疼いて仕方ないけど、まだ仕事が残っているし佐渡島家の奴隷はオナニーを禁じられてる。

マリア様いわく、性欲のエネルギーは全て御館様へのご奉仕で使うように、とのことだ。

言いたいことは分かるけど我慢できなくなる時だってあるんだよね。

それに今は人数が多くなって順番が回って来ることも少なくなったし。この火照り、どうしよう。

内緒で行ってもお三方にはすぐバレる。

静音様いわく、匂いで分かるらしい。獣人で鼻がきくルーシアやミシャなら納得できるけどなんで人族の静音様は分かってしまうのか……

あとマリア様は気の流れ、ソニエル様は脚の動きで分かるらしい。

化け物かって思うよ。口が裂けても言えないけど……

ええい、もう仕事でハッスルするっきゃない！

私は疼く身体を誤魔化すために仕事に戻ろうと廊下を走り出した。

◆　◆　◆

――『ルカ』

「は、はい、何でしょうかアイシス様」

突然アイシス様から直接声がかかり思わずうわずってしまう。

な、何だろう、知らない間に何か粗相をしたのだろうか。

あ、もしかしてさっき御館様とルーシアのエッチを覗いていたのを怒られるんじゃゃ……

だってしょうがないじゃない！　聞こえちゃったし見ちゃったんだもん！

そんなことを口に出せるわけもなく私は戦々恐々としながらアイシス様の言葉を待った。

――『あなたには特別任務を与えます。一二番の部屋に行って別命あるまで待機していてください』

一二番の部屋？　そこってまだ空き部屋だったハズじゃ。

普段使う用事のない部屋に行って何をするんだろうか？

――『返事は？』

「YesMa' am!!」

私は疑問を吹っ飛ばして脇目も振らず命じられた部屋まで走った。

それはもう全力で。

◆　◆　◆

私はアイシス様の命じた通り普段は使われていない一二番部屋に入って椅子に座った。

別命あるまで待機ってことだったけど、一体どんな任務なんだろうか。

あんまり難しいことじゃなきゃいいけどなぁ。

「うーん、まだかなぁ。ちょっと退屈だよ」

私はアイシス様の声がかかるのをひたすら待っていたのだが、待てど暮らせど命令は下ってこなかった。

ああどうしよう!! またムラムラしてきた。何かさっきからずっとムラムラが収まらないよ。

手持ち無沙汰になった私は部屋の掃除でもしようかと立ち上がる。

ジッとしていると身体のうずきを思い出してしまうから。

とは言え、お部屋は毎日必ず全部屋掃除がされているため今日の掃除が既に終わっている今の時間ではやることがない。

ため息をつきながら私は椅子に座り直した。

――『ルカ』

「は、はい! アイシス様!!」

ようやく声がかかり私はまたすぐに立ち上がる。気をつけの姿勢をしたままどんな命令が下るのかと耳を澄ませて固唾を呑んだ。

――『申し訳ありません。問題が解決したためルカに動いてもらう必要がなくなりました』

「え? そうなんですか?」

私は肩すかしを食らった気分で少しげんなりする。

――『ええ、という訳で持ち場に戻ってもらって構いません。そうだ、お詫びと言ってはなんですが、この場で自慰行為を解禁します。先ほどから性欲反応が高まり精神的に不安定になっているようですので』

「いいんですか? で、でも静音様やソニエル様にバレたら」

これまで何度か規律を破ってしまっている私としては想像するだけで恐ろしいことになる。

特にマリア様は規律にはめちゃくちゃ厳しいお方だから。

――『大丈夫です。私がしばらく結界を張って三人には分からないようにしておきますので』

そ、そういうこともできるんだ。

不安はあったけど、さっき覗いてしまったせいでもう我慢は限界に達しつつあった。

加えてこの部屋で待っている間ずっとムラムラしてて頭がおかしくなりそうだったから、私はアイシス様の提案にありがたく乗っかることにした。

「じゃ、じゃあ遠慮なく」

――『ごゆっくり。私はしばらくルカへの視点を解除しますので気兼ねなく楽しんでください』

「は、はい、ありがとうございます」

アイシス様の言葉を信じて私はベッドに横たわる。

「はぁ、何か久しぶり……ん……はぁ」

まだ恐る恐るではあったが私は自分の身体を擦り合わせるようにしてもじもじと身体を動かした。

そしてまず胸へと手を置いて両手で揉んでみる。でもやっぱり服の上からだと物足りない。

メイド服は御館様がすぐに脱がせられるようにセパレートタイプになっている。

上下に分かれている上着部分をズリあげ空気にさらされた自分の胸を直接もみながら乳首を弄る。

「んあっ、やっぱり、直接した方が気持ちイイ、は、ぁ」

私はもう辛抱ができなくなってうずきを収めるために下の方へ手を伸ばす。

しかし、

「凍耶さんこっちこっち!!　この部屋に入って」

ビクッ。

え？　え？　この声はティファちゃん？

どうしよう、まさかこの部屋に入ってくる？

私は慌てて服を直し、辺りを見回して何処かへ隠れようと思い立つ。

パニックになった私は冷静な判断ができなくなり、とりあえず目についたクローゼットを開いた。

使われていない部屋だけあってお客様用のバスローブやら最低限のものしか入っていないためスペースは十分だ。

冷静になって考えれば別に隠れなくても言い訳なんていくらでもできるのだけど、自慰行為をしている最中だったという後ろめたい状況で露見を恐れた私は、隠れるという選択以外頭に浮かばなかった。

はぁ、ビックリした。どうしよう、何でティファちゃんがこの部屋に？

しかも御館様も一緒なのかな？

私は二人の会話に耳を傾けた。

「どうしたんだティファそんなに慌てて」

「えへへ、ねえ凍耶さん、私の新作魔法見てくれませんか？」

「新作魔法？」

「はい。きっと凍耶さんが喜んでくれるって思うんですよ」

何だろう？　ティファちゃんが開発した新作魔法？

「しかし、俺はこれから静音に呼ばれて商品開発の会議に……」

「ダメですか？」

ティファちゃんはちょっと甘えた感じの声で御館様におねだりする。　御館様はこういうのに弱い。きっと二つ返事で受けるに違いない。

「仕方ないな。ちょっとだけだぞ」

ほらやっぱり……ティファちゃんって意外に小悪魔なのかも。

「わーい、凍耶さん大好きです♡　じゃあそこに座ってください」

「こうか？」

一体どういう魔法なんだろう。耳だけだとあんまり分かなくてもどかしい。

「えい」

「おお、何でおっぱいさらしてるんだありがとうございます」

「えへへ、今から分かりますよ〜」

何でかティファちゃんはおっぱいを出しているみたいだ。

でもこの館のルール上それはアウトのはずだ。

私達は御館様の奴隷であるが同時に恋人でもある。

だから御館様とデートしたりもできるし二人きりのエッチも許されている。

しかし私達にもルールは存在する。

それはお屋敷内で自分から御館様をエッチに誘ってはいけないと言うこと。

これは規律に厳しいマリア様がかなり初期の頃から徹底しているルールだ。

私達は御館様の奴隷であり、御館様へ奉仕するために存在している。

その私達が自分の欲望で主人を性的に誘惑していては秩序が乱れてしまう。

その理屈は私にも分かる。だってそれを許したら基本生理の時以外は毎日だってしたい私達が見境なく迫って御館様の一日がエッチだけで終わってしまう。

ただ抜け道は存在する。それは御館様の方から求めてきたら例外扱いになること。

それを利用し御館様が求めてくださるよう、できるだけさりげなくセックスアピールをするのが暗黙の了解となっている。

露骨にやるとマリア様の目が厳しいため、可愛いアクセサリーをつけたりスカートを短くして下着をセクシーにしたり（短くしすぎると目をつけられる）と、それぞれができるさりげない努力をしていた。

でもティファちゃんのこれは明らかなルール違反だ。

注意するべきなんだろうけど、クローゼットからいきなり出てきて何をしていたのかと聞かれると答えようがない今の私には状況を見守るしかなかった。いや、正確に言うと聞き守る？

どうでも良いことを考えていると事態は更に進んでいるらしい。

「見ててね～。オリジナルスペル『ローション』」

「おお、おっぱいの谷間からなにやらヌルヌルがしみ出してきたぞ」

「触ってみて～」

「むむ、ペロ、これは、ローション!?」

「あん♡　いきなり舐めたらくすぐったいですよ」

「今のではちょっとよく分からんな。もっとよく分かるように見せてくれ」

「は～い♡　じゃあこんなのはどうですか？　えいッ」

「おおう、いきなりズボンを脱がせるなんてイッタイナニヲスルツモリナンダ」

「えへへ～こういうことですよ、それッ」

「うふぉお、そんな深く挟まれると、おうう、気持ちイイ」

「えい、えい、どうですか、気持ちイイですか？」

「すげぇ、ヌルヌルのおっぱいで擦られて腰が溶けそうだ。しかもヌルヌル液が次々とあふれ出してくる」

「魔力で作った水を変質させる魔法ですよ。しかもこれだけじゃなくてこんなこともできますからね。『変質』、はい、もう一回舐めてみてください」

「どれどれ、ペロ、むむ、今度は味が。これは、ベリー味？」

「はい。フルーツの味に変化させることもできるんです。これでフェラチオが苦手な子達もやりやすくなりますよ。しかも魔力の制御でヌルヌルの粘度も調節できますから」

「素晴らしいアイデアだ。すぐに皆にレクチャーしてやってくれ」

「えへへ、勿論それもしますけど、それより、凍耶さんが覚えた方が早いですよ、ここから出せるようにすれば♡」

「君は天才か？　よし、覚えたぞ。『ローション』おおできた」

「あは♡　おち○ちん全体からヌルヌルがしみ出してきましたね。凍耶さん味見してもイイですか？」

「シカタナイナァチョットダケダゾ」

「えへへ凍耶さんってだから大好きです。はぷ。ん、んじゅるぅ」

脳みその溶けてしまいそうな会話内容に私の全身はどうにかなってしまいそうだった。

ようするにティファちゃんは新しい魔法の実験で御館様をここへ連れ込んだってことなのかな？

それならアウトじゃない？　もう訳わかんないよ。

私はいつの間にか少しだけ開いたクローゼットの開き戸から二人の様子を覗き見た。

「凍耶さん、どうせならここで魔法の練習しませんか？」

ティファちゃんは自らの巨大なおっぱいを両腕でグミュリと寄せて見せ人差し指で真ん中を指さした。

「ほらほら、爆乳淫乱エルフのおっぱいオナホールですよ〜、すっごく気持ちイイですよ〜」

「ふおおおお、こうか!?　これがええのんか！！？　ぬおおお、すっげぇヌルヌルと締め付けがぁああ」

御館様は半ば発狂しているかのような獣声を上げてティファちゃんのおっぱいの谷間におち○ちんを差し入れた。

相当な長さを持っているハズの御館様のおち○ちんがすっぽりと隠れてローションがにゅちゅにゅちゅ鳴り響き、そして『ぱちゅんぱちゅん』という肌同士のぶつかる音が鳴り響く。

「くはぁああ、で、出る」

ブビュルルルル……ぶびゅ、ドプドプ

御館様の射精音が私の耳まで届いてしまっている。

私のうずきは益々勢いを増してきた。

既に我慢の臨界点なんてとっくに超えてしまっている。

そして更なる出来事が私に追い打ちを掛けた。

「はぷっ、んじゅる、じゅるぅ、ぶぶ、ぐぷ、ふぅあ、おいひい、ん、ん、ぐぽっ、がぽ」

卑猥で大きな音を立てながらティファちゃんはお口で御館様のおち○ちんを銜え込んでしまった。

リゾットを咀嚼しているようなクチャクチャとした水音が私の耳まではっきりと聞こえてきた。

目を必死に凝らしてよく見ると、ティファちゃんは頬をすぼめて思い切りおち○ちんを吸い上げている。

口の端からローションだか涎だか見分けがつかない大量の滴がボタボタとしたたり落ちて床を液体まみれにしている。

口の形がクラーケンみたいに伸びてものすごく間抜けに見えるのに何故か凄くエッチに見える。

ルーシアの話だとあれって御館様の住んでいた異世界では『ひょっとこフェラ』って言うらしい。

ひょっとこ、と言うのが何のことかは分からないけど、きっとエッチな意味を含んでいるにちがいない。

その証拠にティファちゃんはおしゃぶりしながら右手で御館様の腰に手を添えて反対の手では自分のオマ○コをじゅくじゅくと弄ってオナニーにふけっていた。

私はもう我慢ができなくなり自らのスカートの中に手を入れてパンティの上から秘部をなぞる。

「ん……ふぅ、う、んん」

必死に口を手で押さえながら二人の蜜事の音に耳を傾け目をこらして光景を目に焼き付けた。

そして右手を必死に動かして擦る。我慢できなくなりとうとうパンティに手を突っ込んで直接いじり始めてしまう。

自分で自分を制御することができなくなってしまい、もうオナニーを止めることができなくなってしまった。

激しい水音がクローゼット内に響き渡っている気がするがもう私の頭ではそれを重要視できるだけの判断力は残っていない。

「んぐ、んぐ、ぐぽ、じゅぽ、凍耶ふぁん、気持ちイイれふか、あむ」

「くうう、最高だティファ、も、もう出る」

「あん、まってください凍耶さん、どうせならこっちに出しませんか？」

ティファちゃんはベッドの端に手を突いてお尻を高く上げつつ片手を股ぐらに入れてオマ○コを開いて見せる。

「凍耶さんのおち○ちんで新魔法の実験ずぼずぼして下さいね♡」

意味不明な言葉の羅列に本格的に脳が溶けてしまいそうになるが、御館様的にはストライクだったらしくとんでもなく興奮しているらしい。

「ふぉおおおお!!　服なんか着ていられるかッ!!」

御館様は叫び声を上げながら肩に手を置いた。

「『クロスアウッ《脱衣ッ》』!!」

御館様はどうやったのか一瞬にして服を脱ぎ捨てて全裸になるとティファちゃんの腰をつかんでおち○ちんを突き入れた。

ティファちゃんのお尻に御館様の爪が食い込む。それだけで御館様がどれだけ激しく興奮しているかが分かる。

「ひあああん、激しい♡　凄いぃいいい、もっとしてぇ、激しくついてくださいぃいい」

「ふおお、ふおふおおお」

意味のある言葉を出すことができずにいる御館様の腰が高速で前後している。


パパパパパッパパパパパパン……


隙間のない連続音が鳴り響きまるで高速で拍手をしているような錯覚を覚える音が私の興奮を更に高める。

ああ、凄い、御館様のあんな余裕のない顔見たことない。

乱暴なのはあんまり好きじゃないけど、あんなに必死になって御館様に求めてもらえるティファちゃんはちょっと羨ましい。

「ああ、あああああああああ、死んじゃう、死んじゃうよぉおお、おっ、おおお、あ、凄いよ、すごいいい、ああ、ああああ」

「ぐああああああああああ」

「ひうううああああ、イクゥウ！！！♡」

獣のような咆吼で果てた御館様とティファちゃんが絶頂を迎えたと同時に私の方もイキ果ててクローゼットの中で放心していた。

荒い息づかいで呼吸が乱れ、整えることができずにいると、事を終えた二人の会話が再び聞こえ始めた。

私はぼんやりと意識が飛びかけていながら二人の会話に聞き耳を立てる。

「ハァハァ、どうでしたか凍耶さん……」

「はあ、はあ、そうだな。俺一人だと偏った意見になってしまいそうだからな。他の人にも聞いてみようか」

ようやく終わって二人は部屋を出て行くようだ。私は出て行くことができなかったことを少しだけ後悔しながらようやくこの生殺し地獄から解放される安心感から、すっかり油断しきっていた。

「それじゃあ手始めにそこにいるルカにでも聞いてみましょうかねぇ」

えっ！！？？

私の意識が一瞬にして現実に引き戻される。

しかし、私の思考が何かしらの判断を下す前に、目の前の扉が開け放たれて、私はまぶしさに目を細めた。

「……あうう」

私、どうなっちゃうの……？

◆閑話　ルカの語る佐渡島家の日常　舞台裏編

「あう、あう……ご、ごめんなさい、ごめんなさい」

うーん、こりゃそうとうパニクっているな。

ルカが今日ザハークにしこたま怒られて落ち込んでいると言う話を聞いて何か気分転換になることでもしてあげてほしいと言うことをルーシアから提案された。

そこで思いついたのが『ルカちゃん強制出歯亀大作戦』である。

……この頭の悪そうな作戦名はともかくとして（静音が考えた）、要するにルカに様々な欲情したくなるような状況を見せつけて、最後にルカを抱くことで思い切りストレス解消につなげようと言うことらしいのだが。

これは失敗かな。涙目になって叱られた子犬みたいになっている。　今にも泣き出してしまいそうだ。

この作戦の本来の目的はルカのことを切っ掛けにして奴隷の女の子達の性欲事情についてマリア達に考え

てもらうと言う目的もある。

トップ陣、特にマリアとソニエルに関しては性欲に関してある種潔癖とも言える考えを持っているところがある。

女の子達は俺とのセックス以外で性欲を発散してはならない、と言う厳格なルールを敷いて規律を守らせているのだが、俺に言わせるとそれはやり過ぎな気がするんだよな。

人間なんだからオナニーくらいしたくなる時はあるだろう。

他の男で、なんてことはスキルの性質上あり得ないとしても（そんなことになったら嫉妬で死ねる）、溜まりすぎて日常に支障をきたすことになっては元も子もない。

それに俺達は主人と奴隷でもあるが、彼氏と彼女でもあるのだ。

少なくとも俺はそう思っているし、皆にもそう宣言している。

秩序が乱れるのはダメだがあまりがんじがらめにしすぎてそれがストレスになるのもよくない。

俺としては女の子達はセックスしたいならいつだってしたいって言ってくれて構わないのだ。

なにせ俺はスケコマシスキルのおかげで四六時中だってサルみたいに腰を振ることができるのだ。

だから今回のことは実はマリア、ソニエルを含めて運営にかかわる首脳陣には全員情報を共有している。

まあそれをルカに教えると恥ずかしさで発狂してしまうだろうから本人に言うことはないだろうけど。

とにかく、今の厳しすぎる規律を続けると今日みたいな、あるいはもっと深刻な事態が起こらないとも限らない。

だから俺はわざとルカを煽ってオナニーしたくなるシチュエーションをアイシスと共に作ったのだ。

この部屋の中に性欲を増大させる遅効性魔法陣を予め仕込んでおきムラムラが徐々に強くなるように仕向け、そこへ俺とティファが蜜事を始める。

慌てたルカは隠れるだろう。

アイシスが許可したとは言え、オナニーをした後ろめたさがありその場に留まることは無いはずなので隠れるとしたらベッドの下かクローゼットしかない。

そしてティファにはできるだけエッチな音を立ててパイズリフェラをするようにお願いし、いよいよ秘密の実験が始まってしまう。

そうするとどうだろう。

只でさえ欲求不満の所を連続で俺と他の女の子の情事を見せつけられたルカはもう我慢なんてできるはずもない。

思った通りルカは我慢の限界を超えて自らを慰めた。

今回はこちらから煽ったが、これは他の子達が潜在的に抱えている気持ちでもあると言うことだ。

その辺りのことをアイシスから聞いた俺は、静音が作戦立案を行った今回の計画を実行に移すことにしたのだ。

ルカには申し訳無いことをした。

「えぐ……えぐ……うえ」

いかん、感情の防波堤が決壊して今にも泣き出しそうだ。

「ルカ、おいで。一緒に実験を手伝ってくれないか」

「あうう、御館様ぁ」

「ごめんな、実は始めからお前がいることは分かっていた。ちょっとした悪戯心だったんだ」

「うええ、ひ、ひどいですぅ、私、もう怒られると思って」

「分かってる。お前をとがめたりはしないから安心しろ」

俺はルカを安心させるように頭を撫でた。

ただし全裸で。

「それにほら、このいきり立ったイチモツを見てくれ。ルカに入りたいってガチガチになってるんだ」

「こんなに……スゴぃ」

俺はルカの眼前にガチガチに勃起したペニスを突き出して近づけた。

『雄のフェロモン』のスキルが発動し俺の身体からは女性を欲情させる匂いが既に発生済みだ。

これを嗅いだルカは目が爛々と輝いて獲物を見つけた獣のように血走っている。

俺はルカを引っ張りベッドへと連れて行く。

「お、御館様……お情けを」

「いいよ、まずはしゃぶってくれないか」

「は、はぃッ♡」

改めてペニスを眼前に突き出すとルカは限界を超えたのかむしゃぶりつくような激しいフェラチオを始めた。

「ん、んぐぅ、はぁふ、ん、れる、じゅるるるる、じゅる、じゅるるるるぅぅうう」

普段おとなしくてお姫様みたいなセックスしかしたがらないルカとは思えないほど激しく、そして淫らな行為をしている自覚は本人にはおそらくないだろう。

夢中になってしゃぶりつき腰に手を回して俺のチ○ポを離すまいとしがみつく。

爪がお尻に食い込んで若干の痛みが走るが、ルカの淫らで激しいエロスのスパイスになりかえって心地良い。

「んぶうう、んじゅるるる、じゅぽ、んふぁ、御館様ぁ、もう、もう私」

ルカはもう我慢ができないと言った様子で懇願するような瞳で訴えてくる。

俺も既にルカの可愛くて潤んだ瞳に我慢ができなくなっている。

ルカからチ○ポを離しメイド服のスカートをまくってパンティを脱がせた。

ジュルジュルに濡れそぼったルカのオマ○コがヒクヒクと痙攣しており俺のリビドーはすぐさま臨界点を超えた。

「入れるぞ」

「はい、来てください、いっぱいズポズポしてほしいです」

「エッチな物言いができるようになったな、嬉しいぜ。行くぞ、そらぁあ！」

俺はルカのオマ○コに狙いを定めて思い切り突き入れた。

元々濡れていたのに加えて先ほど覚えたローションの魔法で全体をヌルヌルで満たしていたので何の抵抗もなくずぷりと一番奥へと侵入して行く。

「ハァああ♡　来たぁアアア♡　これ、凄い、いつもより感じちゃうぅぅ」

ルカは普段とはちがう淫らな叫び声を上げながら涎を垂らして快楽を享受する。

ルカはどっちかって言うと激しいのが苦手なタイプだ。いつもはおとなしく、それこそ少女漫画のラブシーンのように優しく囁きながら抱くことが多い。

いわゆるスローセックスと言うやつだな。

それはそれで俺も好きなのだが、こうして普段おとなしい女の子が快楽に溺れるように喘ぎ声を上げる様を見ると言うのも乙なものである。

俺はルカのミニスカートタイプのメイド服を腰までまくり上げてまんぐり返しの所まで持っていく。

「あうう、は、恥ずかしいですよぉ」

「綺麗なおマ○コが丸見えだぞ。ほら、こうやって結合部がはっきり見える状態で入れるといつもより興奮するだろ」

俺はルカの脚を持ち上げて真上からペニスを突き下ろすように挿入する。

普段なら嫌がるが極度の興奮状態のルカにとって新しい扉を開く切っ掛けになったようだ。

目が潤んで興奮で顔は紅潮している。伝わってくる感情の波は戸惑い三、興奮七といった具合だ。

やがてその戸惑いもチ○ポの快楽に塗りつぶされて興奮一色に染まっていく。

とは言え、乱暴にしたり痛くしたりはしない。あくまでも視覚的興奮を得させるためのまんぐり返しだ。

俺はルカの脚を持ち上げながらゆっくりじっくりと抽挿を繰り返した。

その度にルカの興奮度合いが強まるのが分かる。俺はそのままルカの上にのしかかり、抱きしめキスをする。

「ん、んんん、んちゅ、ちゅ、ん、ふぅう」

ゆっくりとペニスが滑りルカの粘膜をぐちゅ、ぐちゅ、と擦り上げる。

引いて、また入れてを繰り返す度にマ○コの中がヒクヒクと蠢きペニス全体を締め上げる。

ルカの脚が俺の腰に巻き付けられがっちりと固定される。自らも腰を押しつけてクリトリスを擦るように快楽のシビれに酔いしれているようだ。

「ん、んん、んふぅ、ふぁああ、御館様ぁ♡　も、もうイッちゃいそうですぅ」

「よーし、俺もイクぞ」

「はい、中に、中にください、御館様の精子、ルカのオマ○コにたくさん」

「いいよ、中にたっぷりと出してあげるからな。全部受け取れ、イクぞ！」

「あ、あああ、あああ、あああ、ふぁあああ、来たぁあ、ああああああ」


ぶびゅ、ドクン、ビュルルルルル、びゅ、ビュクビュク

濃厚な精液がルカの中を満たしていく。子宮の奥まで精液で染まりルカのお腹がぽっこりと膨らむ。

放出した先から俺の精液はこぼれることなくルカの身体へ吸収されていき、彼女の幸福感へと変換された。

最近気が付いたのだけど、シード系スキルで中出しをすると戦闘力にも変換できるけど、代わりに幸福感を増大させることもできるようになっていた。

脳がシビれるような瞬間的な快楽ではなく、身体の体温が徐々に上がっていくような、心に染み渡っていくようなじんわりとした幸福感が彼女達の中へ満たされていくのだ。

最近俺はこっちをメインに使っている。

はっきり言って戦闘力に関してはもう十分な所もあるから、女の子達の幸せに変換できるこのスキルの変化は俺にとって嬉しい誤算だった。

しかもこれ。射精による吸収後、三日くらい持続する幸福感らしくどの子にも評判が良いのでもっぱらこっちで行っているのだ。

中出しでしか効果がないらしいけど殆どの射精が中出しになるから問題はないな。

「凍耶さん、私もお願いしていいですか♡」

「いいよ、おいでティファ」

甘えた声ですり寄るティファを抱き寄せてルカの隣に寝かせる。

ルカから引き抜いたチ○ポをそのままティファの中へと導いて入れ込んだ。

直前にローションの魔法で全体をぬらすことも忘れない。

俺はついでにローション自体に催淫効果を付与して快楽を増大させた。

「あ、はぁあああ♡　凍耶さぁん、これ、いいよぉ」

ティファは爆乳をたぷんたぷん揺らしながら蕩けきっただらしない顔で快楽を楽しんでいる。

ティナの妹だけあってエッチが大好きな淫乱エルフのティファは最初こそ恥ずかしがり屋だったが最近はかなり積極的に楽しむようになった。

性に恥じらうティファも可愛かったが今のように素直にラブラブエッチを楽しむティファも十分魅力的だ。

「ああ、ひぁあああ、ん、んくう、ふあああ、凍耶さん」

「随分とエッチな女の子に育ったなティファは。さっきの演技もなかなかだったぞ」

「んひゃう♡　らってぇ、それは凍耶さんが言えってぇ」

「おっぱいオナホールなんて打ち合わせになかったし中出しおねだりもアドリブだろ？　全部ティファの欲望じゃないか」

「いやぁ、いやぁあ、言わないでぇ♡　恥ずかしいれすぅ♡　ん、んちゅう」

俺はティファに舌を絡め唾液をすすりながらこぼれんばかりの爆乳を押しつぶすようにこね回す。

「いひぃいいいい、それらめぇえ♡」

乳首を指で潰されながらぐりぐりされるのが大好きなティファはこれをするだけでオマ○コがギュウウウウと締め付けられ俺の射精感はうなぎ登りだった。

「らめ、らめらめぇ、イク、イッちゃうよおおお」

肉厚でムニュムニュのたっぷりおっぱいを堪能しながらティファの中へと精を解き放った。

「出るッ!!」

「あうああああ、あああ、あああああ、あああッ♡」

ペニス全体が細かく震え尿道を駆け上がる精がティファの肉壺へと吸収されていく。

「ぁぁぁああ、幸せぇ♡」

だらしないトロ顔でメロメロのティファがキスをおねだりするように甘えてくる。

俺はそれに応えて娘を可愛がるようにちゅ、ちゅと唇や頬にキスを繰り返した。

◆　◆　◆

「大丈夫だったかルカ？」

「はいぃ、まだ頭がふわふわしますぅ」

ベッドに横たわってセックスの余韻に浸っているルカの髪をなでながらティファと共に抱き寄せる。

「えへへぇ、凍耶さんあったかぁい」

「御館様ぁ」

甘える二人を可愛がりつつ俺はマリア、ソニエルの様子をアイシスに確認する。

アイシス、二人の様子はどうだ？

――『はい。既に二人とも自慰行為を我慢できずに三回ほど果てています。次いでに言うと静音やルーシアも同じです』

これで規律を重んじる二人とて皆の気持ちが理解できただろう。

決まりを守ることも大事だけど、縛りすぎるのもよくないと言うことを学んでくれたハズだ。

なーんて言うのは建前で俺としてはもっと皆と積極的にラブラブしたいって言うのが本音だ。

エッチだって積極的に誘ってほしいし、ストレスの溜まった皆の顔を見るのは忍びないのだ。

この日から屋敷のルールが少し変わった。

全面的に解禁すると秩序が乱れるので、週に一度だけ女の子達は自分から俺を誘っても良いことになった。

それからどうしても我慢できなくなったらアイシスを通して申請すれば誘ってもＯＫと言うルールも追加された。

アイシスによって管理されているため間違いも起きないしズルもできない。

オナニーによる解消もある程度許容するようになり、皆のストレスはかなり緩和していった。

しかしこの変化によって皆の顔つきが以前より魅力的になった気がするな。

やはり溜まった欲求と言うのは定期的に発散しなければならんな。うんうん。

こうして愛奴隷のみんなの欲求不満は以前より解消されたのだった。

◆閑話　ロリっ娘マリア

マリアンヌ＝ビクトリア。

佐渡島凍耶の忠実なるメイドであり、彼を『御館様』と称え、愛し、女として奉仕することに至上の喜びと感じる龍と人の血を持つ龍人族の先祖帰りである。

その容姿は長い黒髪をポニーテールにまとめ、大きな赤いリボンを結んだ可愛らしい髪型でありながらキリリとした目つきに女性としては高い身長。スラリと伸びた脚に肉付きの良い身体つき。

特に目を引くのは胸部を大きく押し上げる豊満なバストである。

だが、今という時においてその認識は少し様子が違う。

「ふんふんふーん♪」

軽快な鼻歌のリズムに合わせてピコピコと揺れる赤いリボン。

身体の大きさに不釣り合い気味な比率はそのリボンをやけに大きく見せていた。

「えへへ。御館様にもらったリボン、素敵だなぁ」

自室に設置された姿見で自らの姿を確認する。

そこにはいつもの大人然としたマリアではなく、フェニックスリヴァイブによって大幅に肉体が若返った新生ロリっ娘マリアの姿があった。

◆　◆　◆

時は少し遡る。

◆　◆　◆

魔王軍との決戦が終わり、ドラムルーは再び見舞われた戦火の事後処理に追われていた。

今回は俺達佐渡島家を狙い撃ちしてきたため街にはそれほど被害は出なかったものの、巨大な魔物が数千体も出現したとあっては無傷とはいかず、怪我人の治療や倒壊した建物の修繕にみんなあっちこっち駆け回っている。

「御館様。お食事の準備が整いました」

「ありがとうマリア。すぐ行くよ」

自室にやってきたマリアの呼びかけに答えて立ち上がる。そこから見えるのはいつもよりだいぶ目線の下にいるマリアの姿。

先のアリシアとの戦いで用いた奥義で身体が幼くなってしまったという。

何でか分からんが少し言葉を濁しているあたり本当のことには思えないのだが、本人はそれを悲観している様子もなく、むしろ前よりだいぶ調子がいいらしいため問題はないのだろう。

艶があり輝くような黒だった髪には更に磨きがかかり、彼女の魅力を一層引き立たせている。

「マリア、身体は何ともないのか？」

「大丈夫です！　ご奉仕に問題はありませんので。いつも通りなんなりとお申し付けください」

元気な声で返事をするマリアからはいつもの落ち着いた雰囲気から打って変わり、天真爛漫な少女のような元気な返事が返ってきた。

「そうか。ならあまり心配しすぎるのも野暮だな」

「いえ、お心遣い有り難く思います。どうかお気遣いなきよう」

「何を言ってる。お前は俺の大切な恋人なんだ。心配くらいさせてくれよ」

「はうぅ、お、御館様」

「おいで」

「はい……」

頬を赤らめたマリアを抱き寄せて唇を寄せる。既にうっとりとしたトロけ顔でキスを受け入れた。

「あふ、ん、ちゅ……ふ、ぅん」

小さく漏れる甘い吐息に俺の喉も期待の高まりと共にゴクリと音を鳴らした。

マリアの甘い唾液を飲み込みながら自らも分泌液を送り込む。子猫がミルクをねだるように唇を突き出したマリアの舌が絡みつき口許を濡らす。

抱き寄せる身体は子供のように体温が高いような気がする。抱き心地の良い小さな身体は俺の腕の中にすっぽりと納まってしまうほどに縮んでいる。

顔付きもすっかり幼くなっており、年のころはジュリやパチュと同じくらいに見える。

それと相反するように胸を押し上げている豊かな膨らみは変わることなくたわわに実っているではないか。

いや、体が小さくなった分だけ相対的に大きく見える気がする。

俺は彼女のミルクのたっぷり詰まってそうな乳房に手を置いて掴み上げた。

幼くなった分だけ痛みに弱くなっていてはいけないと思い少し加減したが、マリアからはすぐに物足りなさそうな雰囲気が伝わってくる。

「お食事が冷めてしまいます」

「今はマリアを食べたい。イヤか？」

「そ、そんなこと言われたら断れません。どうぞ、お召し上がりください」


【ロリコンの因子発動！】


「ぬぐっ!?」

瞬間、俺の脳内に不吉極まりないアナウンスが流れる。ジュリパチュやティナといった身体の小さな面々に対して時折発動するこの謎のスキル。

アイシスの声とは異質なその声は俺の思考をあっという間に色欲の権化に変質させ、目の前の得物にかぶりつく野獣へと変えてしまった。

俺はマリアの肩を掴んで野獣のようにベッドに押し倒した。くそっ、このスキルは絶対に創造神の呪いに違いない。

「ひゃんっ！　お、御館さ、ぁああん」

彼女の瞳に宿る期待と怯え。二つの感情がスパイスとなって俺の興奮を誘った。

強く掴んだ柔らかな果実をメイド服の上から揉みしだく。

自由に形を変えるその感触に夢中になる。衝動的な欲望は歯止めが効くことなく俺の身体を突き動かし続けた。

指がめり込む柔らかい感触と伝わってくる体温。それと共に口から漏れ出るマリアの吐息。

視界に映りこむ赤ら顔の少女は俺の蹂躙に近い乱暴な愛撫を一〇〇％受け入れて快楽に染まっていた。

「ぁあ、ん、ふあぁ、御館様ぁ、もっと、強く、乱暴にしてください。ぁあ、ん、マリアのおっぱい、好きになさってぇ」

俺はお望み通りメイド服のボタンを引きちぎり左右に開く。

真っ白な丘に小さな桜色の蕾が乗っかる肌が露わになり、マリアの期待に高鳴る胸の鼓動が手のひらから伝わってきた。

俺はそのまま期待に膨らむ小さなつぼみに口を付けて吸い上げる。

「あふあぁあ、んあぁんぁあ、御館様ぁ、ああん」

マリアの甲高い旋律が部屋の中に響き渡った。容姿が少女になったのに合わせて声質も若干幼さの残る高音のそれへと変質しており、いつもと違った甘い声を俺の鼓膜に届けてくれる。

「くそ、なんて可愛い声だ。俺を誘っているとしか思えないぞ。けしからん」

「ふああ、ああ、もうし、わけ、ありません、マリアは、マリアはぁあ」

理不尽な文句にも喜びの喘ぎ声を上げ続けるマリア。

口に含んだ乳首のふくらみが徐々に大きくなってくる。

直接刺激することで更に高まった興奮が身体の変化となって表れたようだ。俺の興奮も留まることを知らず身体を衝動的に動かし続ける。

まくれ上がったスカートの下ではシトドに濡れた割れ目が刺激を求めて両足をもじもじと動かす。

俺はスカートの端から覗く白い太ももに手を這わせ、ガーターベルトの脇から中心部へと刺激を加える。

なぞるだけでマリアの身体が大きく跳ねあがり、彼女の性感の強さを示してくれる。

レースの入った煽情的な下着のデザインが幼い容姿に反比例するように堂々とアピールしている。

「エロい下着穿きやがって。このまま入れてしまうからな」

「はい、来てぇ。入れてください。御館様のおチ○ポ、マリアに突き入れてください」

これは脱がすのがもったいない。

俺はそのまま下着を横にずらしていきり立った剛直を無遠慮に突き入れた。

にもかかわらず、マリアの熱い粘膜の洞窟は理不尽な鬼こん棒をぬるりと受け入れてしまう。

「くう、キツイ」

「ぁあふぁあ、入ってきたぁあ。ああん、御館様ぁ、御館様ぁ」

身体が小さくなった分だけ抜群に締まりの良くなった膣内は精を搾り取るかのようにもごもご蠢き敏感な部分に絡みつく。

俺はマリアの足を掴んで大きく広げる。

太ももを押し上げて身体を押し付け、ブルりと揺れた豊かな膨らみを掴む。

密着した分だけマリアの熱い吐息が間近にかかった。

「ん、ふぅ、む、ちゅ、ぁあ、あああ……」

激しい唇の吸い合いが始まる。身体全部をぴったりとくっつけ、キスを貪りながら夢中になって腰を動かす。

マリアは俺の腰に足を絡みつけ密着したまま甘えるようにキスをねだってくるようになった。

「御館さまぁ、もっとぉ、キス、欲しいです。マリアの我がまま、聞いてくださいますか?」

こうしてマリアが俺に何かを要求するのは珍しい。俺は嬉しくなって更に夢中で口づける。

ピチャピチャと水音がイヤらしく響き、絡み合う二匹の蛇が交尾しているかの如き動きで互いを求めあった。

情熱的な体温の確かめ合いに心と身体が急速に熱く震え出す。

どうやら限界が近いようだ。

腰のしびれと共に射精感が高まってくる。同時にマリアの膣内も細かい痙攣をはじめ、絶頂が近いことを知らせてくれた。

「御館さまぁ、言葉、愛の言葉が欲しいですっ！　ぁあ、んぁ、愛してるって、囁いてぇ」

懇願するように訴えるマリアが可愛くていつものような意地悪プレイをする気は起きなかった。

「マリア、愛してるよ。小さくなったお前も、とっても綺麗だ。これからも俺のために尽くしてくれ」

「嬉しいぃ、はいっ、マリアは、マリアは御館様の愛奴隷ですっ、いつまでも、あん、ご奉仕しますっううう」

びゅるるるるぅうう、ビュクビュク

身体の奥から吸い出されるような射精感が駆け抜けた。

マリアの膣内を満たしていく白濁の粘液は彼女の心をドロドロに解かしながら虜にしていく。

スピリットリンクから伝わってくる歓喜の色はいつにもまして色濃く強いものであった。

「はぁはぁ、まだ、欲しいです。御館様のおチン◯、もっともっと、くださいぃ」

「マリアぁあああ」

「ひゃあうう、激しいぃ、イイですっ、もっとくださいぃ」

マリアが我がままを言ってくれることが何故かとても嬉しかった。

いつもは従順で俺に奉仕することを喜びとしているマリアだが、こうして普通の恋人のように俺に我がままを要求してくれるのは、彼女と心が近づいたような気がして心が弾んだ。

俺は獣の衝動になおも突き動かされながらそんなことを頭の片隅で考えていた。

「ああ、行くぞ。こんなのはどうだ？」

俺は挿入したままマリアの小さな身体を持ち上げて引き寄せる。

櫓立ちというやつだ。駅弁ともいう。

「あう、こ、これは、あぁあ、御館様ぁ、激しいですぅ、壊れる、壊れちゃうぅ」

「マリア、マリアぁあ！」

「あ、あああ、イイ、凄いぃ、イク、イッちゃいますぅ」

「マリア、いいぞ。沢山気持ち良くなってくれ」

打ち付けるように激しくピストンする腰の動きにマリアの身体が揺れ、ポニーテールに結ばれた髪が上下した。

しかし、俺はその光景に一種の物足りなさを感じて少し動きを緩める。

マリア自身に不満があるわけではない。しかし、いつも付けている赤いリボンが付けられていないのだ。

「そういえばマリア、リボンはどうしたんだ？」

「はぁはぁ、はい、先日のアリシアとの戦いで破損してしまいました」

「そうか。激しい戦いだったんだもんな。よし」

俺はマリアを抱えたままベッドにいったん腰掛ける。

「クリエイトアイテム」

「あ、御館様」

マリアの髪の結び目に光がともり、ふわりと柔らかい布地が結ばれていく。

俺はスキルによってマリアに似合うリボンをイメージして作り出した。

「御館様、これは」

「やっぱりマリアには赤いリボンがよく似合うよ」

「あ、これ……」

マリアは首をひねって姿見に映った自分の後姿を眺める。自分の髪を触り、リボンの結ばれた結び目を愛おしそうに撫でた。

「嬉しぃ。ありがとうございます御館様。一生大切にします！」

「そんなに喜んでくれて嬉しぃよ。ほら、この方がマリアらしいからな」

繋がったままのマリアとの結合部をグイと引き寄せて身体を揺らしてみる。

「ふぁあ♡」

赤ら顔で口を開いたマリアから甘い声が漏れた。

そのたびに彼女のポニーテールに結ばれたリボンがピコピコと揺れ始め、何とも言えない魅力を醸し出した。

「やっぱりマリアと言えば赤いリボンだな。可愛いよ」

俺は再び立ち上がって櫓立ちに戻り、更にマリアを突き始める。

「御館さまぁ、嬉しぃぃ、こんな、素敵な贈り物、いただいて御館様、愛してます、ぁあ、愛してるのぉ」

「愛してるよマリア。お前の全てが愛おしい。これからも俺に仕えてくれ。もっともっと素敵なお前を見せてくれ」

「ぁあ、はいぃ、ぁあん、一生、お仕えいたします、私は、マリアは、生涯、御館様のものですからぁ、ああ、イク、イクイクイクイクイクゥウウウウウウウ」


びゅるるるるる、ビュクビュクっ！


激しい痙攣と共に再びマリアの熱い肉壺に白い濁流が流れ込んでいく。

幾度目かの痙攣の後、俺はマリアを抱えたままベッドに再び腰かけ抱きしめた。

「愛してます御館様。これからもマリアに沢山ご奉仕させてくださいね」

屈託のない笑顔で健気なことを言うマリアに俺はもう一度キスをして応えるのであった。

◆　◆　◆

佐渡島家の屋敷の一角。メイド達は毎朝全体朝礼を行っている。

並び立つ美女美少女メイド達。その全てを取りまとめる総メイド長のマリアが全員の前に立ち朝の挨拶をする。

「皆さんおはようございます。本日も御館様のために精一杯ご奉仕いたしましょう。全ては凍耶様のために」

「「「はい、メイド長！　全ては凍耶様のために！」」」

毎朝の朝礼。佐渡島家のメイドを取りまとめるマリアンヌ＝ビクトリアという女性の髪には、今日も赤いリボンが揺らめいていた。

◆第三章エピローグ　これで一安心？

「あむっ、んちゅ、れる、主よ、我の口は気持ちイイか？」

「ああ、いいよ。最高だ」

「んちゅ、じゅるる御館様ぁ、ん、ちゅ。おちん○ん、勃起してきましたね」

「凍耶様、凍耶様の唇、もっと味わいたいです」

三者三様。俺は三人の美女メイドから口の奉仕を受けている。

左手側にはザハーク。右手側にはアリシアが。

舌を突き出してキスをねだり交互にねぶりまわす濃厚なディープキスの嵐。

そして眼下には目が覚めるような赤のリボンが上下に揺れ、マリアの口が俺の肉棒をしゃぶっていた。

それぞれが違うデザインのメイド服を身にまとい、カチューシャのフリルが奉仕で顔を動かす度に揺れる。

「は、ん、主、ん、ちゅ、れる、じゅるる、そんなに、吸ったら」

「いいよ、もっと聞かせてくれ。お前の可愛い声が聞きたい」

「お、愚か者、そ、そんなこと言われたら、ん、ちゅ」

「凍耶様ぁ、れる。ちゅ、わたしも、キス、させてください」

「ああ、舌を出して」

「はひ、ん、ちゅ、れる……ちゅるる、ザハーク、一緒に、ご奉仕しましょう」

「んふぅ、分かった。あむっ」

オレンジと薄紅色の髪が俺の胸に垂れさがりこそばゆい感触を生み出しながら美女の唾液が舌に絡みついてくる。

その間も絶えまなくマリアの長い舌が蛇のように肉棒の敏感な部分を這いまわっていく。

ゾクゾクとした感触は俺の性感を限りなく高めてくれる。

魔王軍との戦いの処理もすべて終わり、佐渡島家には平和が訪れていた。

このところは平穏そのもので、これといった事件も起こらない。

創造神との約束はこの世界に降り立った一〇〇年に一度の厄介な魔王を倒してほしいというものだった。

それがザハークのことだったわけだが、これで奴との約束は果たしたわけだ。

なのでこれからの人生は俺の好きに生きさせてもらうことになる。

ある意味でここからは本当の異世界ライフ満喫の時だ。

生前の人生を思い返してみれば両親と幼馴染をなくし、失意のうちに生きていた。

美咲というパートナーが支えてくれなかったら俺はもっと早く人生をあきらめていただろう。

この異世界に来てまだ一年と経っていないのだが、こんなにも早く目的を達成できるとは思ってもみなかったのだ。

差し当たって俺のやるべきことは恋人達とのLOVEを育むことだ。

要するに沢山の恋人達と好きなだけイチャLOVE生活しちゃおうぜってことだな。

いま俺には既に四〇人近い恋人達がいる。その全てが愛おしく、俺は一人ひとりと真剣に向き合ってお付き合いをしている。

以前の俺では考えられないほどに恵まれた環境だ。いまだに夢なのではないかと思ってしまう。

中でも新しい恋人である元魔王軍の二人。ザハークとアリシアだ。二人はもともと魔界と呼ばれるこの世界とは反対側にある世界からやってきた異邦人らしい。

戯闘神のデモンと同盟を結んで強さを求めるために実験体になったザハーク。かつてそのザハークに惚れ込んでこちらまで付いてきたアリシア。

二人は俺達との戦いを通して悪の心を完全に浄化し、贖罪のために日々公国の発展に貢献してくれる。

アリシアは運営部門で静音と共に国を動かす参謀を。

ザハークはメイド達の戦闘訓練の教官を担い、彼女達の戦力強化のために尽力してくれている。

この世界の人達の、特に故郷を滅ぼされたソニエルとは複雑な思いがあったようだが、このところはそういったわだかまりのためにギクシャクするようなこともなくなりつつある。

もともとソニエル自身が吹っ切れているところがあり、二人に対して恨みはないそうだ。

マーカフォックを滅ぼしたのは四天王のゴーザットであるし、その仇は既に討っている。

メイドの上長として二人にはしっかりと接しているし、アリシアとザハークの方も俺の恋人として、そして佐渡島家のメイドとして懸命に働こうとしてくれる。

今日は俺達の親睦を深めるためにアリシアとザハークの二人が一緒に夜伽をしたいと言ってきた。

付き添いとしてマリアを呼んである。

奉仕の基本は静音を始めとする夜伽部門の指導によってスキルアップをしている（っていうかそんな部門がいつの間に出来上がっていたのだろうか）。

「我が主よ。我らの夜伽、受けてくれるか」

「今日は皆さんから丁寧にご指導いただきましたので、三人でご奉仕させていただきますね」

元魔王軍の二人はメイド服を着用したままマリアと共にスカートの端をたくし上げて頬を赤らめた。

「御館様。本日はこの三人でご奉仕させていただきます。お二人からリクエストがありましたので」

「リクエスト？」

「はい。これからは皆さんで一緒にご奉仕していきたいそうです。その先駆けとして私がパートナーに選ばれました」

「マリアさんにはいろいろな意味で迷惑をかけましたから」

アリシアとマリアは壮絶な戦いを繰り広げたらしい。そういう意味でもこの二人は思うところがあるのだろう。

「私達、手を取り合って凍耶様にお仕えするために過去のわだかまりを完全に捨てるために」

「まずは一緒に主にご奉仕しようと提案したのだ。さあ、言葉はいらぬ。我らの身体をまとめて可愛がってくれ。我もできる限りの奉仕をしよう」

そこまで言われたらハーレム野郎の王様としては問答など無用だろう。

俺は三人がたくし上げたスカートに手を入れて、あるいは顔を入れて女の身体を堪能する。

「あ、ん、我が主よ、ふあぁ、ん、あぁ」

「ん、ふふ、凍耶様の手、もう夢中になって、ああん、動いてますぅ」

「御館様、私達の、初めての共同奉仕です。どうかお楽しみください」

そんなやり取りがあって今に至る。

ザハークもアリシアも快楽に喘ぎ、それでもちゃんと奉仕しようと懸命に身体を擦り付けながら舌先で俺のあちこちを愛撫してくれる。

片方とキスをすれば片方は首筋や胸板に舌を這わせ、指先が躍るように滑って敏感な部分に触れていく。

やがて二人は徐々に首元から下がり始め、突起した中心を舐め始める。

両側の乳首を攻められてしまっては俺も情けない声をあげそうになってしまう。

しかし三人の性感攻撃はやむことなく刺激を続け、眼下には十人がいたら十人が振り返るであろう美女三人の艶めかしい表情が見て取れる。

何と征服欲をそそる光景であろうか。女神からもらったチートの効果とはいえ、俺の人生でこんな幸せな光景を毎日のように享受できる今の環境に感謝を送りたい。

「あん、む、れる、ちゅ、御館様。おちん○ん膨らんできましたね。でもまだイカないでください。ご奉仕の本番はこれからですわ」

「れる、ちゅ、ちゅちゅ、ちゅっ、ふふ、主の敏感な場所が手に取るように分かるぞ。このスピリットリンクというのは何とも素敵な感覚だな」

「凍耶様に喜んでいただける感覚が伝わってきますわ、うふふ、ん、れる、私も嬉しくなってしまいます」

やがて三人はリズミカルに交代しながら一本に肉棒を舐め始める。

マリアは相変わらず小さいままだ。しかし、身長が大きめの二人に挟まれているが、その奉仕のレベルはやはり愛奴隷達の中でトップクラスの風格があるためまったく呑まれていない。

それどころか日の浅い二人を誘導しながら奉仕のために動く。自らが出張るのではなく一致団結して俺への奉仕効率を高める姿に感銘を受けた。

「ああ、もうイキそうだ」

「あん、ふ、御館様。出してください。誰に飲んでほしいですか」

「れる、ちゅ、望むままに命令するがいい。顔にかけても良いぞ」

「凍耶様のお望みのままに。どうかご命令を、ん、ちゅるるる」

「よ、よし、リン、ザハーク、飲んでくれ」

「んふ、分かった。あぁむ、じゅるるるる」

マリアが口を離した瞬間、すかさず口に含んだペニスを吸い上げるザハーク。

一瞬リンカと本名で呼びそうになり慌てて言いなおしたが、本人はバレたようで若干睨まれつつも名前で呼んだことが嬉しかったのか咥えこんだ肉棒を深く深く飲み込んでくれた。

その強烈な刺激が最後の呼び水となり、俺の堤防は決壊した。

「イクッ！」

「んふぅぅう、ん、ん、ぐっ、ん……」

根元が膨らむのが分かるほどの大量の精液が尿道を駆け上がり、ザハークの口内を白濁で満たしていく。

口許からあふれ出た液体を懸命にこぼすまいと飲み込み続けるザハークの姿に射精している最中だというのに再び欲情が高まってしまう。

「ぷはっ、全然萎えないぞ、この聞かん棒は。まったく底なしだな」

「うふふ、それでは私も奉仕させてくださいまし」

ザハークの横から胸を突き出したアリシアが、既に硬さを取り戻している肉棒を柔らかなマシュマロで包み込んでしまった。

「では私もお手伝いを」

そうかと思えばもう一対のマシュマロが押し当てられる。

ダブルパイ包みともいうべき光景に全肉棒が歓喜して更に屹立した。

「ふふ、では引き続きこの先っぽを奉仕するとしよう。主、感じてる顔はワラベのようで可愛いぞ、ん、ちゅくちゅく」

舌先で亀頭を弄ばれ背筋にゾクゾクとした感覚が立ち上る。マリアとアリシアの爆乳に包まれ、ザハークの柔らかい舌先がカリ首の敏感な部分を舐めまわし、プルりとした唇が亀頭全体を包み込んだ。

「ああ、感じてるんですね、凍耶様」

「御館様の気持ちイイ感覚がスキルを通して伝わってきます。私達も嬉しくなってしまいます。んぁあ」

胸を上下にこすり上げながら二人の歓喜が増していく。奉仕をすることを喜びとするマリアとアリシア。ザハークもフェラ奉仕に快感を感じているらしい歓喜が伝わってきた。

このスキルの本当にいいところは互いの幸福感を共有し、単なる性的快楽とは違う充実感を味わわせてくれるところだ。

「ああ、またイク」

「ぁああ、ん、ぁああ」

再び吐き出された白い噴火が彼女達の顔を汚していく。灼熱の溶岩に当てられた女の顔が赤く上気してトロトロに蕩けている。

美しい髪と清潔なメイド服を自分の白で染め上げることで堪らない征服欲が俺の中を満たしてくれる。

いや、正確に言うなら征服欲ではない。奉仕することを喜び、普通なら忌避するであろう精液を浴びるという行為にすらも、彼女達は歓喜し幸福感で心を満たしていた。

それが俺の心に伝わってくることで得られる充実感が何とも心地いい。

「汚れてしまったな」

「んふふ、凍耶様の精液でしたら、いくらでも汚してくださいませ」

色っぽい艶顔で三人は互いの顔にかかった精液をなめとり合った。その光景がなんともエロい。

「ん、ふぅ、こんなに出しおって。しかもまだガチガチではないか」

「それではご奉仕の仕上げと参りましょう」

マリアが指で指示するとアリシアの魔法が発動される。あっという間にそこら中に飛び散っていた精液が浄化されて元の状態へ戻る。

濃厚な性の匂いを発していた液体は完全に蒸発し、まっさらになったペニスには再びマリアの唾液が塗りたくられる。

俺は二人に引き起こされマリアは桃尻を突き出して俺の太ももに手を付いた。

そしてそのままスカートをたくし上げ、シルクでできた煽情的な下着をズラして前戯を一切していないにも関わらずトロトロに濡れそぼった肉穴へと沈み込ませていく。

「ん、ぁああ、んんぁあああ、御館様ぁ、これ、凄いぃ」

一気に腰を落としたマリアの膣奥が締め付けられる。淫靡な汁がにじみ出た肉壁が包み込んでくる感触はまったくもって抗えるものではなかった。

マリア自身も快楽に腰砕けになりそうになるのを耐えているのか、動きは随分と緩慢だ。

「くぅう、凄い、気持ちイイ」

「んぁあ、ぁ、ふぅああ、御館様ぁ、おちん○んが奥まで刺さって、ご奉仕、嬉しくなってしまいます。ぁあ、こんな素敵なおちん○ん、すぐに落ちてしまいそう」

後ろを向きながらゆっくりと動かし、快楽に喘ぎながらも俺を称賛するマリア。

「うふふ、凍耶様、どうぞおっぱいもつかんでくださいね」

「我が主よ、身体全部で快楽を楽しむがいい」

ザハークもアリシアも身体を擦り付けて俺を手を掴んで膨らみへ導いてくれた。

両サイドの柔らかな感触は復活したばかりの俺の性感を容赦なく削っていった。

「ああ、ああ、ああん、あ、あああぁあん、御館様ぁ、気持ち、イイですか？　我慢しないで、沢山、出してくださいね。いつでも、いくらでも、射精してください」

段々と速くなっていくマリアの腰使い。

「マリア、それヤバイ。気持ち良すぎる」

マリアの蜜であふれた柔らかい洞窟が肉棒を包み込んで擦り上げた。

ただでさえ性感が高まっているのに、マリアのおま○こに加えてザハークもアリシアもキスをしながら俺の乳首をコリコリといじるものだからたまらなく気持ちいい。

「凍耶様、キス、しましょう。んちゅ、ん、れる」

「アリシア、気持ちイイ」

「我が主よ、我も唇を所望する、ん、ふぅ、ん、ちゅ、ちゅぷ」

「いいよ。もっとしよう」

「ん、ぅう、はぁん」

「綺麗だよ。もっとキスしようぜ、リンカ」

俺は二人に聞こえないように彼女の耳元で本名を囁く。

「んゅうう、ば、ばかもの。急に囁くにゃぁ」

突然弱点を突かれたリンカは小声で抵抗する。その姿が可愛くて彼女の乳首をキュっと握った。

「ひゃぅうう、ん、ぁあ、この、悪戯好きめ、聞こえたらどうしゅるのだ。お前など、こうしてくれるわ。んふ、ちゅ、れるれるれる」

細かく震える彼女が可愛くてもう一回悪戯を仕掛けようとするも、反撃とばかりに首元に吸い付きながら乳首を転がし始めるリンカ。

　それに追従するように俺の頬を掴んでディープキスを始めたアリシア。

　そして二人の愛撫にリズムを合わせてマリアの腰の動きもドンドン速くなっていった。

「は、はぁん、は、ぁああ、あ、あ、ああ、御館様ぁのおおきく、なってきましたぁ、あ、ああ、イク、イッてしまいますぅ」

「うう、で、出るッ！」

「あ。ふぁあああ」

「ぁあ、あああああん」


　ビュクビュク、びゅるるるるぅうう、ビュッビュッ

　マリアの膣内に流れ込んでいく射精感が堪らない。互いに性感を高め合っている感覚も相まって横で俺を愛撫してくれた二人も同じように絶頂を迎えてしまったらしい。

　スピリットリンクの影響でマリアの絶頂の快楽がアリシアとリンカも同時に絶頂させてしまったようだ。

「はぁはぁ、次は、アリシアが奉仕する番ですよ」

「はい、凍耶様、アリシアのおま○こ、いっぱい楽しんでください」

　ベッドに再び横たえられた俺はまたがったアリシアのされるがまま挿入を受け入れた。

　熱くクニュクニュと弾力のある膣肉が射精したばかりの敏感なペニスを咥えこみ、俺を再び快楽の坩堝へといざなう。

　アリシアはとんでもない名器の持ち主だ。腰を落とされた瞬間に危うく果ててしまいそうになるほどである。

気合を入れて射精を我慢する顔に気をよくしたのか、アリシアはM字開脚に開いた脚と俺の腹筋に置いた手を支えにしてねっとりとした円運動を描きながら括約筋を締め付けてくる。

「うふふ、御館様。アリシアのおマン○ばかりに気を取られてはいけません」

「まだまだ快楽の極楽はこれからだ」

二人の舌が胸板を這い始めた。乳首の周りをコロコロと舐めまわされる感触がアリシアの腰使いと連動する。

「お。おおおぉ、こ、これは」

「ん、じゅううう、んっ、れる、御館様。可愛いお顔です」

小さなマリアの頭が愛撫するたびに揺れてリボンが動き回った。

腰を動かすアリシアとシンクロしているかのように乳首を舐めまわすリンカとマリアのコンビネーションはこの間まで敵同士だったとは思えない。

俺は三人のテクニカルな性技に翻弄されっぱなしだった。

狭い膣内をかき分けた肉棒が彼女のヒダを引っ張りながら擦る。そのひと突きをするたびにアリシアの喉から甘い喘ぎと共に熱のこもった吐息が漏れた。

「くう、もう持たない」

「ぁあん、イッてぇ。イッてください。アリシアの膣内に沢山射精してください」

俺は果てる寸前にアリシアの乳房を掴み上げる。乳首をつねった衝撃で彼女の膣内はキュっと引き締まり、最後の防波堤を決壊させた。

「んぁあ、ぁあ、あああああ、凍耶様ぁぁあぁッ！」

ビュルビュルと出続ける精液を体内で受け止めたアリシアの身体が細かく揺れた。

どこまでも柔らかく男を包み込む肉は精を吐き出した肉棒を優しく包み込む。

「我が主、我も、我も欲しぃ」

「勿論だ。今度はお前の番だよザハーク」

俺から肉棒を引き抜いたアリシアにキスをして、ベッドに横たわるリンカの脚を開く。

広げられた脚の中心には蜜に濡れた花弁がヒクヒクと開き、男を受け入れるのを待ちわびているかのようだ。

「ふぁあ、主ぃ、あるじぃ、そんな、奥までゆっくりなんて、ぁあはん」

こんなとき彼女の本名を呼べないのが辛ぃ。

熱に浮かされた表情で見つめるリンカにキスをして挿入したペニスをグラインドさせながら抜き差しを繰り返した。

「あるじの肉棒……気持ちイイぃ。あ、ぁあっ。そんな、入れたばかりなのに、んんぅッ！」

リンカの秘部は早くも絶頂が近いといわんばかりに細かく震え、親を失った小鹿のように寂し気に切なさを訴える。

まるでまだ果てたくないと訴えるが如く両脚を腰に絡め小さくつぶやいた。

「後生だ。もっとゆっくり。こんなに早く果てたくない」

「ふふ、そうか、じゃあお前の口からおねだりしてくれ。もっと気持ち良くしてってな」

「うう。屈辱だ……我が主よ、どうか、どうか……（リンカ）のこと、気持ち良くしてほしい」

自分の名前のところがかなり小声だが俺にはしっかりと届いている。

他の二人には届いているのか分からないが、俺としては彼女のことをちゃんとリンカと名前で呼んでやりたい。

だが今のこの状態では二人の前で名前を呼んでいいものか確認する余裕はなさそうだ。

俺は二人に聞こえないように耳元でリンカの名前を呼びながらおねだりに応えた。

「可愛ぃよリンカ。いっぱい気持ち良くなってくれよな」

「ぁあ、ふぁあああ、ん、ぁあん、んぁああ、ふぁああ」

快楽で両足の指に力が入ったのか彼女の脚がピンと伸びた。

「ぁあ、ダメェ、気持ち良すぎて、エッチな声、出ちゃう……ぁああッ、あああ！」

とめどなく溢れ出てくる雫を腰で塗りたくりながらリンカのクリトリスを押し付けるようにゆっくりと円を描いた。

「はぁう、ん、ぁあ、らめぇ、これも気持ち良すぎて、イク、イッてしまう」

「いいよ。これから何度だって抱いてあげるから。我慢しないでイッっていいんだよ」

「そ、そんにゃ、優しく言われたら、ぁあ、我の、女の部分がよろこんでしまう。こんなに幸せだなんて、ぁあん、ぁあ、あるじぃ、あるじぃいいい」

「なあ、お前の気持ちを聞かせてくれよ。言葉にして俺への気持ちを聞かせてくれ。俺をお前に夢中にさせてくれよ」

「あ、ん、ぁああ、好き、好きなのぉ。主のこと、好きぃ。我は、魔王、なのに、女になってしまった。どうしようもなく、そなたの前では女になってしまうのだ。あるじ、あるじぃ、好きだ。愛してる。これからも我を可愛がってほしい」

「最高だよ。一生かけて死ぬまで可愛がってやるからな。イクぞ。俺も限界だ」

「来てぇ、我を満たしてくれぇ」

「硬い言葉を使うなよ。もっと素直に女になっていいんだ」

「そ、そんな、ぁあ、らめぇ、女になっちゃう、満たしてぇ、あるじぃ。膣の中、あるじの精液でいっぱいにしてぇ。我を女の幸せで満たしてぇえええ」

腰の動きを速く強くしていく。ぬちゅぬちゅと蠢く膣内がより強い快楽を求めて肉棒へと絡みついてくる。

「ああ、イクぞ、リンカッ」

「ぁああ、好きぃ、あるじぃ、好きぃいいいいいいい」

びゅるるるるる、ドクドク、ビュクン、ビュクン……

「ぁああ、出てるぅ、幸せの子種が、我の中にいっぱいになってぇ……こんな、のぉ。幸せ過ぎるよぉ」

決壊したプライドは彼女の女の部分を容赦なくさらけ出していく。

俺もマリアもアリシアも、そんなリンカを微笑ましく眺めている。

思わず彼女の名前を叫んでしまったがどうやら聞こえてはいなかったらしい。

心の流れに変化はないため気付かれなかったのだろう。

◆
◆
◆

「んぁあ、はあうんぁあ、凍耶様、凍耶様ぁア」

アリシアも、リンカもマリアも。俺を愛してくれる全ての女性が、自分を俺の所有物と言ってくれる。

誰もがうらやむであろう美しい花達にこの世で唯一触れることが許される優越感。そして何物にも代えがたい愛しい女達を愛することができる幸福感が俺を満たしてくれる。

ああ、幸せだ。こんなにも幸せで、俺はとても嬉しい。

語彙力が下がっていくのが分かる。

「あ、んぁあ、凍耶様、凍耶様。私、幸せです。こんなにも貴方に愛していただけて、こんなにもみんな一緒に幸せな生活ができるなんて」

「アリシア。そうだ。俺が君達を幸せにしてみせるからな」

「嬉しい。あん、こんなに幸せで、怖くなってしまいます」

「心配いらないさ。俺は神様になったらしいからな。どんな不幸も吹き飛ばしてやる」

「御館様、マリアは貴方様に生涯をかけてお仕えいたします。この命を懸けてあなたを愛しぬきます」

「マリア。お前の献身を嬉しく思うぞ。俺はお前のその愛に全力で答えよう」

「我が主よ。張りぼての魔王だった我を屈服させし偉大な神よ。そなたの寵愛を受けることを幸せに思う」

「そう卑屈になるなよ。可愛いぜ。そんなお前のことをこれからもちゃんと愛させてくれよな」

そこまで言って彼女を抱き寄せ、最後にボソリと「愛してるよリンカ」と囁いた。

案の定そのまま湯気を出しながら果ててしまうリンカ。やっぱり可愛いなぁ。

こうして、平和は続いていく。どうにもまだトラブルの種は残っているような気がするが、しばらくはこの平和で幸せなラブラブ生活を満喫するとしよう。

◆　◆　◆

凍耶達が魔王軍を下し、世界に平和は戻った……かに見えた。

だが、凍耶の予感した通り〝とある帝国〟では、新たな火種が巻き起ころうとしていた。

それは凍耶がこの世界に降り立ったのと丁度同時期。この異世界に一人の来訪者がいたことを、凍耶達はまだ知らない。

そして、ドラムルーからほど近い土地にあるブルムデルド魔法王国。

ここに凍耶にとって、とても大きな……そう、【運命の再会】が待っていることになるのだが、それを知ることになるのはもう少し後の話……。

「感じる……感じるぞ凍耶。おぬしの猛烈な神の波導を。嗚呼、楽しみじゃ……我らが王たる存在よ。もうすぐ会いに行くからのう。楽しみに待っておれ。ふふふふ……」

赤く、煌めくような炎の色を湛えた炎髪灼眼の少女が城のテラスに佇んでいた。

かつて天空を貫く光の柱を見た方角を眺め、とても愉快そうに目を細めて彼女は低く笑う。

その達観した目つきは子供のように小さな身体でありながら、年相応ではない老獪さを宿していた。

まるで全ての生物の頂点に君臨した龍のように……

《つづく》

第三章　完

あとがき

皆様お久しぶりです。かくろうです。世間はウイルス騒動でてんやわんや。いかがお過ごしでしょうか。

光栄なことにこのご挨拶も三度目でございます。本当にありがとうございます。

前回の発売から約半年。三巻はもうないのかなと思っていたところに突然のオファーをいただき狂喜乱舞（笑）。

この巻に掲載されている話はかくろうにとっても物凄く思い入れの強い話がてんこ盛りになっているため、まさしくこの後書きをかけていること自体が感無量と言わざるを得ません。

今回三巻の製作をしていただくにあたって、かくろうの我がままで様々な方に多大なご迷惑をお掛け致しました。

この場を借りて一人一人に謝罪と感謝を述べさせていただきたく思います。

まず今回もイラストを担当してくださった能都くるみ先生。

作者が一番思い入れの強いキャラであるアイシスのイラストや衣装にこだわったリンカ、髪の色やエッチシーンにこだわったアリシア、更にはロリっ子マリアに関して沢山の我がままを聞いていただき、また細かい注文を何度も訂正して送ってしまったことに謝罪を。

そしてそれらの要望に真摯に応えていただき、素晴らしいイラストを仕上げてくださったことに多大なる感謝を述べさせていただきます。

能都先生との何気ない会話で生まれたロリマリアの誕生は私にとってもキャラの幅が非常に広がる大きな勉強となりました。

そして全てのイラストに関して沢山の我がままを聞いていただき本当にありがとうございます。

そして編集を担当してくださっている一二三書房のS様を始め、製作に関わってくださった皆様、今回の大ボリュームの追加文章を何とか所定枠内に収めてくださり本当にありがとうございます。

しかも一度送った後も次々に追加してしまい謝罪すると共に本当に感謝しかありません。

おかげ様で最高の出来に仕上げて下さったこと、感動しております。

さて、相変わらずの皮算用ですが（笑）、次巻に該当する部分は連載史上で一二を争う激しいバトルシーンと、そしてこの作品のヒロインたちとの最高の幸せの形を表現できる話が載っています。

アイシスの登場と双璧を成す「あのシーン」が掲載されることになります。多分表紙絵はあのシーンになるかもです。


我がままを言わせていただけて、もしも第四巻でお目にかかれることが叶うならば、更に上を行く最高の作品にすることが出来るとお約束いたします。

どうか応援してくださいませ。

かくろうもますます精進いたします。

どうせなら最終回まで書籍化して沢山の皆様に読んで頂きたいと願っています。

私事ではありますが、かくろうはこの度ノクターンノベルズから小説家になろう本家に異世界転移もので参戦することにいたしました。

皆さんのお手元にこの本が届くころにはそちらの作品も掲載され始めていることでしょう。

「神てち」で読者様に鍛えていただいた力を十全に活かしてなろう本家に殴り込みをかけます（笑）。

あわよくばそっちも書籍化ゲフンゲフン。

でも本当にそうなったらいいなぁと夢想しています。

だけど、裏を返せばこんなセリフが言えるほど自分の作品に自信が持てたのも、応援してくださる皆様のおかげであります。

最後になりますがこの本を手に取ってくださった読者の皆様。

いつもWEB連載で応援してくださるユーザーの皆様。

かくろうの理想を絵に起こしてくださるイラストレーターの能都くるみ先生。

未熟な文章を校正してくださるS様を始めとする一二三書房の皆様。

皆様のおかげでこの文章を書くことが出来ています。

「神てち」に関わってくださる全ての方々に最大限の感謝を込めて、この後書きを締めさせていただきます。

第四巻で四度目の再会を心より願っております。

この度は本当にありがとうございました。またお会いしましょう。


——二〇二〇年　五月　二六日　雨の降りしきる名古屋市から皆様へ感謝を込めて　かくろう——

1時間限定とはいえ、最強職の「賢者」にクラスチェンジできるようになったレオン。クラスチェンジしたことで覚えたスキルにより「赤魔道士」としてもかなり強くなっていた。レオンは自分の能力を知るため、ソロで塔の探索を開始する。ある日、リディアからパーティーを組まないかと誘われる。しかも、リディアとレオンのデュオ。レオンはリディアの協力？のもと、さらに塔を攻略することでレベルをあげ、強力な魔法やスキルを次々と獲得していく。そして、ついに塔の最上階へ挑戦することに…。人気シリーズ第二弾登場！！

｜サイズ：四六判｜価格：本体1,300円＋税｜

現人神として大陸を統べる宗教上の最高権威【媛巫女】であるミーミィアは、魔族の血を引いていることから国を追放されてしまう。そんな彼女を保護したのは、若くして大陸北方を統一した遊牧民【鬼狄】の王、バータルだった。自らを追いやった者たちに復讐するために協力を仰ぐミィーミアに対し、鬼狄の王バータルが言い渡した協力の条件とはミィーミアを性奴隷とすることだった……。

｜サイズ：四六判｜価格：本体1,300円＋税｜

うちのメイドと結婚するためなら
俺はハーレムを作る
Uchino meido to
kekkon surutamenara
oreha ha-rem wo tsukuru
Hino Akari
火野あかり
Ill. れいなま
俺は、うちのメイドと
絶対結婚する!

世界の八割を支配する大帝国グラウシュラウド。その帝国の有力貴族、ギリアム伯爵家の次期当主として生まれたアレクには夢があった。それは長年一緒に生活している、幼馴染で専属メイドのクロエと結婚することだ。しかし、有力貴族の次期当主が、身分の差があるメイドと結婚することなど許されるはずがない。アレクの父であり現当主のアイザックも「魔族討伐に行く途中で、外に子供と有力貴族の妻を作れ」とアレクに嫁取りを命令する。クロエ以外の誰とも結婚したくないアレクは、結婚を実力で認めさせるため父アイザックに反逆することを決め、決闘を申し込むが……

| サイズ:四六判 | 価格:本体1,300円+税 |

ジャポナール国の王都で開催された武闘会を、チーム『治癒の恋人達《ラバーズ オブ キュア》』を率いて激闘の末勝利したダイたち。そのうえ、武闘会を利用してクーデターを画策していた王弟クルダと王国騎士団長アインクラッドの陰謀も粉砕して、二人の王女と王国の危機を救った。しかし、第一王女のダイアには、ルナシア宗教国の教皇から婚姻の申し入れが来ていた。ダイアはダイと一緒になることを決意しているため、国王は事情を説明する親書をダイに託し、ダイアと共にルナシア宗教国に使者として送るが……。
大人気シリーズ第四弾登場!

| サイズ:四六判 | 価格:本体1,300円+税 |

ダンジョンが
思ったよりも深くてどうしようもないので
諦めて女の子を
口説いていく
ことにしたっ
1
みざ
Miza
ill. さうざんど

異世界に転移してダンジョン攻略
頑張ったけど、もういいよね!?
!!!ダンジョンより女の子!!!

交通事故に遭い、女神から「とある世界のダンジョンを最奥まで攻略し、その世界を救って欲しい」と言われ、気軽に引き受けてしまったタケル。よくある異世界転移と違い、タケルは死んだわけではなく植物状態で、約束を果たせば元の世界に戻れるはずだった。しかし、最初は女神からもらったチートスキルでダンジョンをサクサクと攻略するも、ダンジョンはあまりにも深かった…。いつしかタケルは元の世界に戻ることを諦め、酒、娼館通いにハマり、享楽的な生活を送るようになる。これは「諦めた転移者」がダンジョンで日銭を稼ぎつつ、女の子と楽しくHするお話である。

| サイズ：四六判 | 価格：本体1,300円＋税 |

「ノクターンノベルズ」発!!
第2回次世代"官能"小説大賞、
《金賞》受賞作、ついに書籍化！

結婚を間近に控えたゴーシュ。彼は女性との「経験」が一度もなかったことから、新妻との夜の営みに備え、練習相手として愛玩奴隷を探していた。この世界、肉体仕事や頭脳仕事、夜の相手まで、さまざまな奴隷の仕事が広く認知されている。ゴーシュは奴隷市場の様子を窺いつつ愛玩奴隷のエリアに進み、一人の奴隷商人に声をかけた「すまないが、奴隷をひとり買いたいのだ」と。奴隷商人から勧められたのは、背が低く胸も控えめなレイナと名乗る少女。初めて買う奴隷に戸惑いながらも、ゴーシュはレイナから奴隷を扱う上でのルールやマナーから夜の段取りまで、さまざまなことを学んでいく。

｜サイズ：四六判｜価格：本体1,300円＋税｜

オルギスノベル
ORGISNOVEL

神の手違いで死んだらチートガン積みで異世界に放り込まれました❸

2020年6月25日 初版第一刷発行

著　者　かくろう

発行人　長谷川　洋

編集・制作　一二三書房　編集部

発行・発売　株式会社一二三書房
〒101-0003 東京都千代田区一ツ橋2-4-3 光文恒産ビル
03-3265-1881

印刷所　中央精版印刷株式会社

作品の感想、ファンレターをお待ちしております。

〒101-0003 東京都千代田区一ツ橋2-4-3 光文恒産ビル
株式会社一二三書房

かくろう 先生／能都くるみ 先生

※本書の不良・交換については、電話またはメールにてご連絡ください。
一二三書房　カスタマー担当
Tel.03-3265-1881（営業時間：土日祝日・年末年始を除く、10：00～17：00）
メールアドレス：store@hifumi.co.jp

古書店で本書を購入されている場合はお取替えできません。
※本書の無断複製（コピー）は、著作権上の例外を除き、禁じられています。
※価格はカバーに表示されています。
※本書は小説投稿サイト「ノクターンノベルズ - 小説家になろう」（http://noc.syosetu.com/top/top/）に掲載された作品を加筆修正し書籍化したものです。

©KAKURO
Printed in japan
ISBN 978-4-89199-634-5